本研究成果获湖北省社科基金一般项目（项目编号：2020259）及湖北省高等学校省级教学研究项目（项目编号：2016361）资助

福克纳《喧哗与骚动》及其汉译研究

龙江华　姜月婵　李珊珊 ◎ 著

西南交通大学出版社

·成　都·

图书在版编目（CIP）数据

福克纳《喧哗与骚动》及其汉译研究 / 龙江华，姜月婵，李珊珊著. —成都：西南交通大学出版社，2021.10
ISBN 978-7-5643-8314-5

Ⅰ.①福… Ⅱ.①龙… ②姜… ③李… Ⅲ.①福克纳（Faulkner, William 1897-1962）–小说研究 Ⅳ.①I712.074②I207.42

中国版本图书馆 CIP 数据核字（2021）第 204878 号

Fukena《Xuanhua yu Saodong》ji qi Hanyi Yanjiu
福克纳《喧哗与骚动》及其汉译研究
龙江华　姜月婵　李珊珊　著

责任编辑	居碧娟
封面设计	原创动力
出版发行	西南交通大学出版社
	（四川省成都市金牛区二环路北一段 111 号
	西南交通大学创新大厦 21 楼）
发行部电话	028-87600564　87600533
邮政编码	610031
网址	http://www.xnjdcbs.com
印刷	四川煤田地质制图印刷厂
成品尺寸	148 mm×210 mm
印张	11.75
字数	246 千
版次	2021 年 10 月第 1 版
印次	2021 年 10 月第 1 次
书号	ISBN 978-7-5643-8314-5
定价	62.00 元

图书如有印装质量问题　本社负责退换
版权所有　盗版必究　举报电话：028-87600562

前　言

文学翻译旨在跨越不同语言和文化的障碍,将原文之美传递给目的语读者。"原文之美"包括形式美、内容美、音韵美和意境美四美。然而由于英、汉两种语言和文化的差异以及文学作品自身的文学性,文学翻译似乎永远都是一种"遗憾的艺术",这也成为优秀卓越的译者们前仆后继、挑战自我、力争将遗憾降到最低的动力源泉,也成为经典文学作品复译的重要动因之一。而对经典文学作品的复译研究则可以探究不同时期和不同历史语境下不同的译者在处理同一文学作品时所采用的不同的翻译模式、翻译策略、翻译方法和翻译技巧,并探究意识形态、主流诗学、翻译诗学、翻译目的、译者身份、伦理观念、读者期待视域和审美视域等多种社会文化因素对译者的影响,从而为阐释文学翻译史上众多的文学译著以及文学翻译批评提供更加广阔的思路和更多的参考意见。

本书源于笔者读博期间对威廉·福克纳小说汉译的宏观研究。在为期三年的福克纳小说及其汉译研究的过程中，笔者发现《喧哗与骚动》这部小说迄今已经有了11个全新的译本，这些译本由于各种不同的社会文化因素而呈现不同的特征，而且迄今为止在翻译界还没有对该小说11个译本的全面而深入的研究，于是笔者便对此产生了兴趣。在博士论文完成后，笔者便下定决心要对该小说进行一个详细的研究，以对11个译本的翻译历程、翻译特征、翻译策略、社会效果等进行一个分析比较，并期望能给对各种译本的选择感到迷茫的读者提供一些参考意见，同时为其他文学作品的汉译提供一些借鉴。

　　本书首先进行了文献综述，描述并分析了从1929—2020年间各个历史阶段中美学界对福克纳经典小说《喧哗与骚动》的研究成果以及1934—2020年期间我国对《喧哗与骚动》的汉译研究。第一章从小说的创作背景、叙事策略、主题意象、人物形象以及南方文化书写五个方面探讨了这部小说的艺术魅力和文化内涵。第二章描述了《喧哗与骚动》在中国曲折而艰辛的译介历程，包括其在中国译介的两次萌芽（1934—1936，1958—1966）、在中国译介的初步发展（1979—1999），以及在中国译介的深化和拓展（2000—2020）。第三章探讨了译者们所使用的多重翻译策略，包括逻辑明晰化策略，以"介""研"促"译"，"介""研""译"结合的翻译策略，深度翻译策略，以异化为主、归化为辅的翻译策略等，并分析了影响译者翻译策略选择的多种因素。第四章首先对 11 个译本进行了一个总体的介绍，然后分别从词汇特征、句法特征、篇章特征三个层次对李文俊、方柏林、李继宏、董刚等 11 个译本进行了对比研究，接下来从人名翻译、典型动词的翻译、文化负载词的翻译、文学方言的翻译等微观层面对 11 个译本进行了对比分析，最后对 11 个译本进行了总体的鉴别。第五章对《喧哗与骚动》在中国的传播与接受情况进行了一个总体的描述和分析。第六章分析了《喧哗与骚动》及其译著对中国当代文学、中国当代文学史、中国文化等所产生的影响。

学术写作的过程漫长而艰辛，一路幸有师长和领导们的扶持以及师兄弟、同事们、家人的鼓励。笔者的博士论文导师曹明伦先生是国内知名的翻译家及翻译研究专家。先生在译坛默默耕耘数载，成就卓著，其严谨的治学态度、扎实的文学功底、丰厚的学术积淀、宏大的学术视野给我们留下了难以磨灭的印象，令我们受益终生。先生对我们的每一次课堂讲述和课外指导都能给我们极大的启迪，帮助我们拓宽研究思路，引导我们发现问题，并引导我们找到解决问题的方法。没有先生的教诲和宏观上的指导，本书是不可能完成的。

其次，四川大学外国语学院的段院长、石坚教授、叶英教授、金学勤教授、方仪力博士等都对本研究提出过宝贵的建议，一并致谢。此外，也感谢湖北民族大学外国语学院的各位领导对于本书出版给予的一贯的支持和鼓励。同时，也感谢各位师兄弟、同事、朋友、家人在本书撰写过程中给予的支持和鼓励。最后要感谢西南交大出版社的编辑孟媛和居碧娟老师一丝不苟的工作态度和敬业精神。

本书属于社科类学术专著，读者对象主要为从事翻译研究的师生和对翻译及文学感兴趣的读者。本书第一章由四川大学文学与新闻学院博士生、湖北民族大学外国语学院教师姜月婵完成，本书的前言、绪论、第二章至第五章由四川大学外国语学院学院博士毕业生、湖北民族大学外国语学院副教授龙江华完成，第六章由四川大学文学与新闻学院博士生、四川传媒学院教师李珊珊完成。由于才疏学浅，不当之处在所难免，烦请各位读者批评指正。

本书由湖北省高等学校省级教学研究项目（2016361）及湖北省社科基金一般项目（2020259）资助出版，特此致谢。

龙江华
2021 年 9 月

目 录

1 / 绪 论

第一章
《喧哗与骚动》的艺术价值及文化内涵

19 / 第一节　创作背景介绍
23 / 第二节　叙事策略分析
32 / 第三节　主题与意象构建
44 / 第四节　人物形象塑造
51 / 第五节　南方文化书写

第二章
《喧哗与骚动》在中国的译介历程

62 / 第一节　在中国译介的两次萌芽
　　　　　　（1934—1936，1958—1966）

72 / 第二节 在中国译介的初步发展（1979—1999）

85 / 第三节 在中国译介的深化和拓展（2000—2020）

第三章
《喧哗与骚动》的多元翻译策略

105 / 第一节 意识流长句翻译中的逻辑明晰化策略

114 / 第二节 以"介""研"促"译"，"介""研""译"结合

120 / 第三节 文化翻译策略之一——深度翻译

133 / 第四节 文化翻译策略之二——以异化为主、归化为辅的翻译策略

153 / 第五节 翻译策略的影响因素

第四章
《喧哗与骚动》11个汉译本的比较研究

172 / 第一节 汉译本简介

174 / 第二节 复译动因

187 / 第三节 11个汉译本词汇、句式、篇章整体对比研究

207 / 第四节　11 个汉译本微观对比研究

第五章
《喧哗与骚动》汉译本在中国的传播与接受

270 / 第一节　汉译本在中国文学场域的传播
280 / 第二节　译介主体
288 / 第三节　汉译本在中国文学场域中的接受情况

第六章
《喧哗与骚动》对中国社会的影响

297 / 第一节　对中国当代文学及当代文学史的影响
316 / 第二节　对中国文化的影响
330 / 第三节　在中国的其他影响

第七章
结　论

341 / 参考文献

362 / 附录一　福克纳作品译著要目

364 / 附录二　*The Sound and Fury* 各译本要目

绪 论

一、研究缘起

美国著名作家威廉·福克纳（William Faulkner，1897—1962）是"公认的 20 世纪美国最为伟大的作家，也是世界文坛上数一数二的大师"[①]。美国作家、文学评论家哈罗德·布鲁姆称他为"自亨利·詹姆斯去世以来我们这个世纪的经典作家以及最重要的散文体小说家"[②]。1949 年他因为"对当代美国小说做出了强有力的和艺术上无与伦比的贡献"[③]而获得了诺贝尔文学奖。他之所以伟大，一是因为在写作生涯中，他一直专注于对西方现代社会中的人性、人的心灵深处、人与人之间的关系、人类精神上的净化和救赎的探索；二是因为他丰富多彩、大胆创新的创作手法；三是因为"在语言艺术上，他显示出风格多样、挥洒自如的大师

[①] 陶洁：《福克纳研究》，上海外语教育出版社 2013 年版，第 6 页。
[②] Harold Bloom: *William Faulkner's the Sound and the Fury*, Chelsea House Publishers, 2008, p.2.
[③] 福克纳著、李文俊译：《喧哗与骚动》，北京燕山出版社 2015 年版，第 1 页。

风范"①；四是因为"他的作品百科全书式地反映了美国南方近现代的历史与现实，揭示了历史对现实的深刻影响"；五是因为他创造了一个约克纳帕塔法神话王国，深刻地影响了马尔克斯、莫言等众多的当代作家。福克纳是一位才华横溢而多产的作家，他一生创作了中长篇小说19部、短篇小说120多篇。此外，他还著有若干诗集、文学评论、散文、杂文、演说词和公开信等，收在其后出版的《早期散文与诗歌》(1962)中。截至2020年12月，福克纳的长篇小说已经有13部被翻译成汉语，此外还有40篇中短篇小说有了相应的汉译本。

在福克纳众多的作品中，《喧哗与骚动》(*The Sound and Fury*，又译作《声音与疯狂》，以下除了章节标题外全部简称为《喧》)是他最经典的代表作，也是他第一部真正成熟的实验小说，亦是他花费心血最多、最喜欢的小说，当然也是他最受关注、最具争议的小说。该小说在1929年10月出了第一版，之后在1956年又出了带有附录的修订本，此后，该小说不断被剑桥大学出版社、企鹅兰登书屋等多家出版社多次再版和重版。据笔者初步的不完全统计，从1946年到2020年，该小说总共再版20次。从该小说在美国的再版频率和次数，可以看出该小说在美国本土受到欢迎和关注的程度还是比较高的。除了在美国本土，该小说在其他国家也受到了很多欢迎和关注。比如，在中国，1979年这部小说在台湾出版了第一个由黎登鑫翻译的版本《声音与疯狂》。随后

---

① 福克纳著、李文俊译：《喧哗与骚动》，北京燕山出版社2015年版，第3页。

在大陆，1981年由刁绍华翻译的《喧》的一个片段（1910年6月2日"昆汀的部分"）发表在《北方文学》1981年第6期。3年后的1984年，由李文俊耗时4年翻译的《喧》的第一个全译本出版。此后，《喧》的复译本不断出现。从1984年至2021年5月，《喧》共有黎登鑫、李文俊、戴辉、富强等11位译者翻译的译本13个，包括李文俊的大陆首译本和重译本2个（分别出版于1984年、2015年、2019年）和其他10位译者的10个译本，所有这些汉译本共涉及出版社26个，再版共计45次。从该小说的重译情况和再版情况，我们已经可以感受到该小说在中国受到的高度关注。

《喧》这部小说之所以在世界范围内受到高度关注有4个原因：一是小说所体现的卓越超凡、达到极致、打破传统的现实主义文学格局的先锋叙事技巧和写作技巧；二是小说所展现的超脱世俗、独一无二、令人震撼的文学性和文学之美；三是小说所刻画的那些栩栩如生、别具一格、感人至深的经典的悲剧人物形象；四是小说呈现的那种悲壮宏大的社会人文和历史画卷、隽永而气势磅礴的自然之美以及广博、复杂而深沉的文化画卷；五是小说所揭示的那些永恒的、发人深思的母题和主题；六是小说对人性、历史、社会和文化的复杂性、深刻性和多元性的深刻认知、深度阐释和高度概括；七是小说所蕴含的在残酷的社会和命运背后闪烁的理性之光、神性之光、正义之光、人性之光、希望之光和仁爱之光。相信绝大多数读者在读到这部小说的时候都会震撼、惊叹于它的独特、复杂和凄美，也会在阅读中深刻地体会到迷惘、烦躁、疯狂和痛苦以及最后的释然和豁然开朗，还会产生这样的共鸣：世界是荒谬的，社会是残酷的，历史是悲壮的，命运是无常的、悲剧的，人生是破碎的、没有意义的，爱情是虚幻的，亲情是淡漠的，但是仁爱、公平、正义、宽容、忍耐、忠诚、美好仍然是存在的，生命的奇迹仍然是存在的，这便是我们活在这世上的意义和理由。由于上述种种原因，笔者认为，《喧》这部小说给世界人民留下了宝贵的文化遗产和精神财富，它当之无愧是我们这个世界上最伟大的文学作品和最有价值的艺术作品之一。

二、本研究国内外研究概况

由于其巨大的艺术成就和独创性，《喧》长期成为人们关注和研究的对象。从 1929 年开始，美国评论家就开始了对《喧》的批评研究，并在 1929 年至 1930 年间形成了一小股研究热潮，仅仅在这 2 年的时间内，关于《喧》的评论文章就达到了 27 篇。[①]由此可见，《喧》出版伊始就引起了很多美国学者们的关注和兴趣。最早对《喧》进行评论的是著名女作家伊芙琳·司各特（Evelyn Scott）。1929 年伊芙琳·司各特在小说出版的同时发表了一篇评论文章《论福克纳的〈喧哗与骚动〉》，称《喧》是一本"独一无二又十分出色"的小说，[②]并深刻剖析了小说中几位主要人物的道德寓意。司各特的批评研究开启了《喧》的研究并奠定了《喧》未来的研究模式和研究基础。除了伊芙琳·司各特，较早对《喧》

---

① Inge Thomas. *William Faulkner The Contemporary Reviews*. Cambridge University Press, 1995, p.32-41.
② O. B. Emerson, *Faulkner's Early Literary Reputation in America*, UMI Research Press, 1984, p.8.

进行评论的还有亨利·纳什·史密斯、茱莉亚·K. W. 贝克、温菲尔德·汤利·斯科特、泰德·鲁宾孙、沃尔特·尤斯特、哈罗德·W. 雷希特等作家和评论家,他们虽然也指出了《喧》这部小说的一些不足之处和令人困惑的地方,但总体评价都比较好。比如:茱莉亚·K. W. 贝克(Julia K. W. Baker)认为"喧哗与骚动是一部优秀的小说,是美国有史以来最出色的小说之一"[①]。值得一提的是,学者们早期对《喧》的研究基本上是采用形式主义的文学批评方法,即基于文本细读,对文本的文学性进行分析和评论,比如从小说的艺术价值、结构、主题、文体、技巧、人物刻画等方面对《喧》进行探讨。

进入20世纪三四十年代,对《喧》进行研究和评论的有乔治·马里恩·奥唐奈、马尔科姆·考利、康拉德·艾肯、沃伦·贝克以及美国20世纪二三十年代著名诗人和文学评论家团体"纳什维尔派"(又称为逃亡—重农派,The Nashville Groups, The Fugitives and Agrarians)的代表人物罗伯特·潘·沃伦(Robert Penn Warren)、艾伦·泰特(Allen Tate)、约翰·克劳·兰塞姆(John Crowe Ransom)、唐纳德·戴维森 (Donald Davidson)。这一时期评论家们仍然是从形式主义的文学批评视角对《喧》进行更为深入、更为细致的剖析和评论。比如乔治·马里恩·奥唐奈在《肯庸评论》1939年夏季号上发表了一篇题为《福克纳的神话》的论文,其中有3个段落从伦理道德的角度分析了《喧》的几位

---

① Inge Thomas. *William Faulkner The Contemporary Reviews*. Cambridge University Press, 1995, p.40.

主要人物的形象特征，在此基础上得出结论，昆汀的内心斗争构成了这部小说中的戏剧性紧张气氛。[①]这一时期，评论家们对《喧》这部小说的总体评价仍然有褒有贬，但正面评价更多，如"纳什维尔派"的诗人唐纳德·戴维森在1935年曾对《每周出版》说："在过去和现在的南方最出色的小说是《喧》和《我弥留之际》"[②]；康拉德·艾肯在《论威廉·福克纳的小说的形式》中，也认为《喧》这部小说可以被称作"'创作艺术'的毋容置疑的杰作"[③]。英美新批评是基于英美新批评理论的一种批评方法，其秉承了俄国形式主义文学的本体论观念，把作品看作一个整体的多层次的艺术客体，主张通过文学作品本身和文本细读来研究文学的各种特征，同时也主张文学作品内容和形式的不可分离。这种文学批评理念和方法在当时对美国文学评论家产生了深远的影响。另一个当时在美国影响深远的思潮是结构主义。该文艺批评思潮关注文学作品的整体性及共识性，强调整体与各个部分之间关系的研究。在这几种文艺思潮的影响下，这一阶段学者们对《喧》的评论仍然以对小说总体艺术价值以及文本主题、形式、人物形象、叙事策略等文学文本的内部研究为主，只是对《喧》研究得更为深入和

---

① 参考乔治·马里恩·奥唐奈《福克纳的神话》第8-9页，转引自福克纳著、李文俊译《福克纳评论集》，中国社会科学出版社1980年版。
② Brooks Cleanth. *On the Prejudices, Predilections, and Firm Beliefs of William Faulkner*, Louisiana State University Press, 1987, p.12.
③ 康拉德·艾肯《论威廉·福克纳的小说的形式》第78页，转引自李文俊编译《福克纳评论集》，中国社会科学出版社1980年版。

细致,成果更加丰硕。这一阶段最引人瞩目的研究成果包括:安德烈·布莱卡斯坦(André Bleikasten)的《最了不起的失败:福克纳的〈喧哗与骚动〉》(1976),布鲁克斯·克林斯(Cleanth Brooks)的《威廉·福克纳:约克纳帕塔法世系》(1963),伊雷娜·卡希扎(Irena Kahiza)的《威廉·福克纳〈喧哗与骚动〉意识流技巧中句子结构的作用》(1967),布兰查德、玛格丽特(Blanchard,Margaret)的《圣言:喧哗与骚动的声音》(1970),罗森博格·布鲁斯·A.(Rosenberg Bruce A.)的《谢高格牧师在威廉·福克纳〈喧哗与骚动〉中布道的口述质量》(1969),卡维尔·柯林斯的《〈喧哗与骚动〉的内心独白》(1954)。值得一提的是,在这一阶段,布鲁克斯·克林斯(Cleanth Brooks)首次将《喧》的研究纳入整个约克纳帕塔法世系中进行,这一研究格局具有非常重要的意义。此外,这一阶段,已经有学者从哲学角度剖析《喧》所折射的哲学含义,如哈戈皮安·约翰·V.(Hagopian John V.)在《福克纳〈喧哗与骚动〉的虚无主义》(1967)一文中分析了《喧》所折射出的哲学理念。

此外,这一时期文学批评还受到了神话-原型批评理论的影响。该理论由加拿大学者弗莱创立。弗莱认为,"原型是一种典型的或重复出现的象……原型指一种象征,它把一首诗和别的诗联系起来,从而有助于统一和整合我们的文学经验"[①]。神话-原型批评将文学作品放置于一个更深更广的社会文化背景中来考察,

---

① 弗莱著、陈慧等译:《批评的剖析》,百花文艺出版社1998年版,第99页。

突破了文学研究的狭小空间,"有助于说明文学创作与文学传统、人类文化之间的广泛联系,揭示文学自身的嬗变规律及其审美奥秘"[①]。在这一文学流派的影响下,有学者尝试了从原型理论的视角探讨福克纳作品。如威廉姆斯、戴维(Williams, David)《福克纳的女人:神话与缪斯》(*Faulkner's Women: The Myth and the Muse*, 1977)。作者探讨了《喧》《我弥留之际》《八月之光》等6部小说中的女性原型,阐释了少数非常强大的女性是如何以口头的形式体现(化身为)女性的原型的。总之,在1950—1979这一阶段,受到英美新批评的文学本体论影响,《喧》的研究者仍然延续了前一阶段的内部研究。在这一阶段,福克纳文学虽然获得了多方肯定,但在正面评价居主导地位的前提下,仍然还是不断地有批评的声音,如1956年,肖恩·奥福莱恩(Seán O'Faoláin)在《正在消失的英雄:二十世纪小说研究》(*The Vanishing Hero: Studies in Novelists of the Twenties*)的第四章对福克纳进行了评论,并将之称为消极作家。

从20世纪80年代后期开始一直到新世纪,学者们对《喧》的研究再次达到了一个小高潮。根据巴瑟特的《威廉福克纳:带注释的自1988年以来的批评的文献目录》(2009),自1988年至2007年将近20年的时间内关于福克纳及其小说的评论文章有将近3500篇,专著有182部,其中关于《喧》的文章210篇。[②]在

[①] 顾国柱、刘劲文:《20世纪西方文论述评》,《云南大学学报(社会科学版)》,2007年第4期,第89页。

[②] Bassett, John E. *William Faulkner: an annotated bibliography of criticism since 1988*. Metuchen, Scarecrow Press, 2009, p.4.

百度学术中输入 Faulkner's The Sound and Fury 找到约 5 800 条相关结果,由此我们可以确定在 20 世纪末和 21 世纪头几年美国学者们仍然保持着对《喧》的研究热情和兴趣。

以前关于《喧》的研究基本上是内部研究,研究方法和研究视角也比较单一,新的时代呼唤新的研究方法和研究视角。而新时期的各种文艺思潮正好迎合了这种时代的呼唤。20 世纪 70 年代以来,西方文艺理论界各种批评方法和文艺思潮开始登场,给整个西方理论界带来了无穷的生机和活力,这些思潮同时也导致了西方人文社科领域研究的文化转向。从 20 世纪八九十年代开始,在这些文艺理论和批评方法及文化转向的影响下,《喧》的研究开始呈现多元化的研究态势。21 世纪以来,随着新的批评理论以及新的社会问题的不断涌现,学者们不断挖掘新的视角来分析和阐释《喧》这部小说,英语世界对《喧》小说的研究不断取得突破,并继续走向深入。新时期的《喧》研究呈现出两个特点:

(1)此段时期跨学科研究的趋势开始出现并逐渐显化。20 世纪八九十年代随着各种理论和思潮的涌现,人文社科空前繁荣,各个学科都得到迅猛发展,同时跨学科研究也成为一种趋势,从而为《喧》的解读和研究提供了无限的可能性。在这种学术氛围下,一些学者开始尝试把其他学科中的一些概念、理论和方法运用到福克纳研究上,比如运用符号学、哲学、人类学、心理学和精神分析等学科中的一些理论对《喧》进行了相关的跨学科研究。比如,L. H. 亚当斯(L. H. Adams)的《弗洛伊德视角下福克纳〈喧哗与骚动〉中的迪尔西及自我实现》(*A Freudian View of Dilsey and Fulfillment in Faulkner's The Sound and the Fury*, 2013）这部著作从弗洛伊德精神分析的角度分析了《喧》中黑人保姆迪尔西的性格特征，并详细描述了迪尔西是如何实现她的本我和超我成为一个人格健全和多面性的人物的。再比如，P. Li 的《从弗洛伊德和拉康的精神分析视角看福克纳的〈喧哗与骚动〉》(*Freud and Lacan's psychoanalytic perspective and Faulkner's "The Sound and the Fury"*，1992）结合弗洛伊德的无意识概念、拉康的叙事理论分析了《喧》这部小说的意识流技巧和其他叙事策略。

（2）该时期《喧》的研究呈现了内部研究和外部研究齐头并进、互相结合、互相促进的研究格局。一方面，承接前两个阶段的研究，对《喧》的艺术创作手法、人物分析、小说文体和表现形式的研究在这一阶段更加深入。另一方面，文学领域内，各种新理论和批判方法提供了对《喧》多样性的研究和解读，受到各种理论思潮和批评方法的影响，学者们开始把文本同作品所处的时代背景、历史文化背景、政治意识形态以及作者的个人身份结合起来进行外部研究。

这一时期内部研究的论文和专著很多，主要研究内容为《喧》的写作风格、叙事技巧、小说形式、主要人物、时间概念等，其中最典型的例子是"马克斯文学指南"系列丛书中的《喧》(*MAX Notes Literature Guides On Faulkner's The Sound and the Fury*，1996）,研究者对《喧》进行了详细的阐释，包括内容和主题的总结、人物列表，对故事情节的解释和讨论，作品的历史背景，作品传达的思想感情，还附有作者传记。每章都有总结和分析，并附有可供研究的问题和答案。内部研究的另一个典型例子是"克里夫笔记"系列丛书中的《喧》(*Cliff Notes On Faulkner's THE SOUND AND THE FURY*, 1992），该书对小说各个部分的故事情节和小说重要人物进行了详细的介绍，并对小说各个部分的一些重要场景和人物形象进行了详尽的解释和分析。此外，该书还分析了小说的标题、结构、福克纳的写作风格、意识流以及时间、水、影子等母题所传递的意义。

这一时期外部研究的论文和专著也比较多，学者们基于女性主义、后现代主义、精神分析、解构主义、民族志、文化身份等理论视角对《喧》进行了历史、文化、身份和意识形态的阐释和分析。比如迈纳尔（Mainar）的《威廉·福克纳的〈喧哗与骚动〉：现代主义作品中流行文化的地位》(*William Faulkner's The Sound and the Fury: the Status of the Popular in Modernism*, 1999）一文运用文本分析和文化分析相结合的方法，考察了福克纳的《喧》这部现代主义作品对大众文化的态度，以及对在20世纪20年代改变美国的社会变迁的态度。外部研究的另一个例子是P. 拉巴克什和P. 托尔卡马纳（P. Lalbakhsh, P. Torkamaneh）的《赫达亚特的〈盲猫头鹰〉和福克纳的〈喧哗与骚动〉中对身份的追寻》(*The Parallel Quest for Identity in Hedayat's The Blind Owl and Faulkner's The Sound and the Fury*, 2015），该著作探讨了《盲猫头鹰》(1937）、《喧》(1929）两部小说中主人公对自我身份的追寻。外部研究的例子还包括：M. 鲁曼哈尼（M. Romdhani）的《威廉·福克纳〈喧哗与骚动〉〈我弥留之际〉〈献给爱米丽的一朵玫瑰〉中女性的沉默：跨越可言之界》(*Female Silence in William Faulkner's "The Sound and the Fury", "As I Lay Dying" and "A Rose for Emily": Crossing the Borders of the Speakable*, 2015) 基于女性主义理论从社会文化和心理分析的视角解读了福克纳三部小说中女主人公从可言到不可言的转变过程，并探讨了这种转变的动因；K.雷利（K. Railey）在《骑士意识形态与历史：〈喧哗与骚动〉昆汀部分的意义》(*Cavalier Ideology and History: The Significance of Quentin's Section in The Sound and the Fury*, 1992)中探讨了《喧》昆汀部分的意识形态意义和历史意义。

综上所述，从 1925—2020 年 95 年时间内，英语世界的学者对《喧》的研究经历了一个从不成熟到成熟、从单一的形式研究到多元化的研究、从内部研究到外部研究、从单一学科研究到跨学科研究、从浅层研究到深层研究、从单一视角研究到多视角研究、从一般阐释到深层阐释的过程，虽然研究成果丰硕，但迄今为止，对《喧》的研究仍然集中于叙事技巧、写作技巧、人物形象主题探讨几个方面，重复研究较多，真正创新的研究比较少。

国内研究状况

国内对《喧》的研究经历了一个时起时落、断断续续、由浅入深的过程。国内对《喧》的研究始于 1934 年和 1936 年赵家璧和凌昌言两位学者对《喧》的介绍，但昙花一现之后从 1937—1980 年 43 年间，由于受到种种因素的影响，国内对《喧》的研究几乎一直处于停顿状态，随后福克纳研究专家李文俊的翻译和研究才开启了中国学者的探索之旅。1981年7月，李文俊翻译了《喧》第二章"昆汀部分"，并附载了对福克纳创作情况的简单介绍以及对《喧》的简要评析，其翻译和简介刊载在袁可嘉主编的《外国现代派作品选》第二册上编，这可以看作自改革开放以来我国学者对《喧》的最早研究，为我国学者深入了解《喧》这部小说奠定了基础。3年后的1984年，李文俊翻译的《喧》全译本出版。难能可贵的是李文俊在该译著的前言部分对《喧》揭示的主题、主要人物、文本结构、表现手法做了比较全面的分析和评价，为后来的《喧》的研究奠定了坚实基础。可以说，是李文俊开启了中国学者对《喧》的探索之旅，但是直到20世纪90年代，中国学界对《喧》的研究才全面展开，并在90年代中后期达到了研究的第一个小高潮。进入21世纪，随着越来越多的《喧》译著出版发行和国际交流的日益频繁，中国的福克纳及《喧》的研究达到了另一个高潮。总之，在长达80多年的《喧》研究中，国内学者取得了丰硕的研究成果。根据可查文献，从1934年到2020年这86年间，中国学者共发表关于《喧》的各级各类研究论文1184篇，其中1934—1989年23篇；1990—1999年这10年间相关研究论文95篇；随后的2000—2009年这10年间相关研究的论文数量已经达到407篇；2010—2020相关论文数量再创新高，达到了669篇。关于《喧》研究的硕、博士学位论文共有160篇，其中博士学位论文3篇，硕士学位论文达到157篇。[①] 除了期刊论文

[①] 数据均来自CNKI数据库，最后一次的查询日期为2021年3月19日11：30。

和硕、博士学位论文,与《喧》相关的专著大约有20部,可谓硕果累累。但是纵观所有的研究成果,重复研究的现象十分突出,原创性的、有价值的研究却不多。

迄今为止,最具有代表性的福克纳研究论著有李文俊的《福克纳评论集》(1980)、《福克纳评传》(1999),肖明翰的《威廉·福克纳研究》(1997)和《威廉·福克纳——骚动的心灵》(1999),朱振武的《在心理美学的平面上:威廉·福克纳小说创作论》(2004)、《福克纳的创作流变及其在中国的接受与影响》(2015),刘建华的《文本与他者:福克纳解读》(2002)、朱宾忠的《跨越时空的对话:福克纳与莫言比较研究》(2006)等。这些专著虽然不是研究《喧》的专著,却有很多关于《喧》的研究成果。比如,在《福克纳评传》中,李文俊非常详细地描述了福克纳创作《喧》创作的灵感来源、创作目的、创作素材、创作历程、创作细节、具体情节、创作手法等,是研究《喧》的重要一手资料。[①]再比如,《威廉·福克纳——骚动的心灵》剖析了《喧》在创作手法上的创新和主题上的深入探索来源于作者作为一位伟大作家勇于探索、不断超越自己的精神品质,并对《喧》的创作始末、创作动因、主要人物形象等进行了详细的阐释。[②]这些专著为《喧》后来的研究者提供了翔实的研究资料。

就期刊论文而言,从20世纪80年代一直到21世纪的头20

---

① 李文俊:《福克纳评传》,浙江文艺出版社1999年版,第86-119页。

② 肖明翰:《威廉·福克纳——骚动的心灵》,浙江文艺出版社1999年版,第126-153页。

年,《喧》研究论文的数量不断稳步增长,同时研究范畴和研究视野也在不断扩大。研究者主要从 5 个方面对其展开研究:① 分析《喧》的叙事技巧,创作手法,修辞手法,风格,意识流、语言特色等小说的形式特征。如李燕萍(2014)分析了《喧》的叙事技巧。② 解析《喧》中的人物形象和特征,其中关注最多的是凯蒂,其次是班吉、昆汀、迪尔西、杰生和父亲、母亲形象。如沈进宇(2016)分析了《喧》中凯蒂的形象。③ 从多个理论视角解析《喧》的主题、意象、伦理意义、文化意义、历史意义等。如王海燕(2016)从文学地理学视角研究了《喧》中的意象。④ 比较研究,比如将《喧》与莫言、贾平凹等其他作家的作品进行比较研究。⑤ 对《喧》研究的总结和综述。如刘道全(2004)年总结了中国 20 年来(1980—2003)中国学者的研究内容、研究视角和研究重点。莫俊伦(2021)分析了《喧》中国和英语世界批评的差异,比如中国批评家普遍关注道德观伦理问题,而英语世界的批评家更多地关注小说的形式与结构问题;中国批评家更倾向于集中研究凯蒂,而英语世界的批评家则更多地关注昆汀。①

与《喧》蔚为大观的研究成果形成鲜明对比的是,关于《喧》汉译的研究大大滞后于对其小说的研究。可以说,对《喧》的汉译研究在进入 21 世纪才真正开始。根据 CNKI 数据库所提供的信息,关于福克纳作品汉译的相关研究仅有博士学位论文 1 篇、硕士学位论文 16 篇,相关期刊论文 19 篇,论文总数仅有 36 篇,迄

---

① 莫俊伦:《〈喧哗与骚动〉在中国批评趋势的变异》,《中外文化与文论》,2021 年第 4 期,第 336-454 页。

今还没有一部关于《喧》汉译的研究专著。事实上，福克纳的《喧》对中国作家和中国文学都产生了深远的影响，而且在中国当代文学史的书写中也占有重要的地位[①]，值得我们投入更多的时间和精力去研究。

The Sound and Fury 截至 2021 年 6 月共有署名不同译者的汉译本 11 个。目前仅有少量的研究涉及李文俊译本和方柏林译本，李文俊译本与富强、曾蔼译本的比较研究，但皆是比较粗浅的、主观的、简单的词句对比研究。此外，关于《喧》汉译小说在中国的接受及对中国文学和中国作家的影响问题，目前的研究缺乏数据和理据支撑，有待更进一步的深入研究。鉴于上面两个方面的研究缺陷，笔者拟在本书探讨几个方面的问题：一是《喧》在中国各个历史阶段的汉译状况及其背后的各种影响因素；二是通过分析《喧》的 11 个译本在各个维度上所呈现的翻译特征来探讨文学翻译的复译问题；三是探讨《喧》的汉译者在处理文化因素时所采取的文化翻译策略及影响译者翻译策略抉择的因素；四是深入分析《喧》及其汉译本在中国的传播和接受情况；五是剖析《喧》对中国当代作家和中国文学的影响。

综上所述，国内外的福克纳小说研究都始于 20 世纪 30 年代，八九十年代达到了研究的高潮，在 21 世纪的头 20 年继续深化拓展，再创新高。回顾国内外福克纳小说 80 多年的研究历程，我们

[①] 王春：《深度翻译与当代文学史的书写——以李文俊的福克纳译介为例》，《福建论坛（人文社会科学版）》，2012 年第 2 期，第 134-138 页。

可以看出福克纳小说研究的总体趋势：从关注文本形式到关注文本内容；从关注文本到关注文本背后的种族、身份和文化；从单一的静态研究走向多元的动态研究；从个案文本的研究走向文本对比研究；从少量经典长篇小说的研究走向非经典小说和短篇小说的研究；从小说文本研究走向电影剧本、诗歌和散文的研究。而关于《喧》汉译的研究目前仅仅处于起步阶段，还有大量的研究空间。因此，本书试图对《喧》的汉译进行一个比较全面而深入的研究，以抛砖引玉，为《喧》的汉译开启一个更加广阔的研究空间。

第一章

《喧哗与骚动》的艺术价值及文化内涵

《喧》创作于 1929 年,是福克纳的第四部长篇小说,也是他最负盛名的作品。这部小说之所以取得如此大的成就,在很大程度上归功于其独树一帜的艺术手法以及丰厚深邃的文化内涵。本章将从小说的创作背景、叙事策略、主题意象、人物形象以及南方文化书写 5 个方面来探讨这部小说的艺术魅力和文化内核。

第一节 创作背景介绍

创作背景通常指一个作家在创作时所有影响创作的因素,比如历史因素、文化因素、个人因素等,这些因素通常会对小说产生深刻的影响。本节将从小说创作的历史背景、家族文化背景以及作者创作的个人经历来分析《喧》的背景知识,以便为更好地解读这部小说提供更开阔的视野。

一、小说创作的历史背景

小说中的故事发生在美国南方一个名叫克纳帕塔法县的地方,这是作者以自己的家乡为蓝本虚构的一个南方小镇。随着社会发展,这片土地经历了历史的巨变。19世纪后半叶和20世纪初,整个美国经历了历史上前所未有的变化——从农业社会向工业社会转变。这一转变对美国南方产生了十分深刻的影响,这一切要追溯到18世纪的工业革命。工业革命标志着人类文明史上的一个重大转折点,最初发生在英国,并在几年内扩大到西欧各国和北美。在当时的美国,北方各州的资本家紧跟工业革命脚步,大规模从事工业制造业,而南方则依旧从事世代经营的传统种植园作业。

南北双方在不同的经济发展模式下矛盾重重,矛盾的核心是对资源的争夺和奴隶制的废除问题。当时美国北方的制造业需要大量原材料,尤其是南方种植的棉花,但南方种植者出于利益的考虑,更愿意将棉花出口到英国,这引起了北方资本家的愤怒。

此外，北方的工业制造业需要大量的自由劳动力，但南方的种植园主却将拥有的黑奴牢牢禁锢在种植园中，不允许其到其他地方工作。如此一来，北方劳动力便极其短缺，经济发展受阻。

南北双方长期的矛盾和冲突，最终导致了内战的爆发，这是美国历史上最惨烈、死亡人数最多的战争。内战历经4年，由于双方实力悬殊，最终以南方惨败告终。经过4年的战争，南方的许多基础设施被摧毁，南方种植园以奴隶制为基础的生产关系被瓦解，奴隶制被废除。南北战争是美国南方历史的分水岭，南方种植园主无法从内心接受种植园经济体制的解体，也无法接受黑人获得社会地位和政治上的平等。

在《喧》中，尽管福克纳没有直接写出工业革命和内战的细节，但他在南方种植园的故事中展示了这2个开创性事件的影响。在小说中，北方金融市场的入侵是显而易见的。杰生·康普森投资于股票市场，但他抱怨股市被北方资本家操纵。此外，在内战惨败之后，康普森三世（康普生先生）回到了被毁坏的种植园的家中，整日酗酒，沉迷于酒精的麻痹中无法自拔。福克纳本人也在小说中表达了对于南方历史和现实的思考，对于福克纳来说，南方的失败同样是悲惨的，因为他认为这是由于罪恶的奴隶制造成的。此外，他还指出了南方种植园的不公正和残酷的本质，因此它注定要衰落。

二、小说创作的家族背景

在小说中，福克纳对于南方历史和现实的思考、理解与描绘，不仅仅出于一个南方作家的本能，还受益于自己的成长经历和家族历史。1897年9月25日，福克纳出生在美国南方密西西比州北部一个叫纽爱尔巴尼（New Albany）的小镇。他祖上是有名的庄园主，在这一带颇有声望。他的曾祖父叫威廉，人称"老上校"，同南方许多庄园家族的创始人一样，也是一个白手起家的传奇式人物。"老上校"不仅在事业上很成功，而且是一个小有名气的作家和诗人。在政治上，他也显示出兴趣和才华，并于1889年当选为州议员。然而就在当选那天，他被原先的合伙人枪杀在大街上。到福克纳父亲这一代，因其父亲毫无才干，因此家道中落。对于这位平庸无奇的父亲，福克纳没有多少感情，在外从来不提。每次谈及家族，总是绕过父亲，大谈其曾祖父。

"老上校"在福克纳出生前8年去世，但他对福克纳的影响极大。福克纳在童年时代听了大量关于曾祖父的故事和传说，并为其才干、魄力和创业精神所倾倒。

在作家眼里，他曾祖父是过去时代的象征，是旧南方那些早期拓荒者中坚韧不拔的代表人物。福克纳后来不仅以"老上校"为原型塑造了约翰·沙多里斯上校这个人物，而且还描写了一系列像他曾祖父那样白手起家、意志坚定又冷血无情的家族创始人形象。这些人物的创作在他的艺术成就中占有极为重要的位置，反映出他对南方历史和传统的思考。

三、小说创作的个人经历

1924年，福克纳写出了他的第一部作品——《云石牧神》

(*The Marble Faun*),反响一般,福克纳本人也不甚满意。1926年和1927年,福克纳相继创作了《士兵的报酬》(*Soldier's Pay*)和《蚊群》(*The Mosquitoes*)两部小说,得到作家舍伍德·安德森的帮助并出版,但销量不佳。随后,福克纳听取舍伍德·安德森关于写"密西西比州那个小地方"的建议,开始创作一系列以约克纳帕塔法郡(简称约克郡)为故事背景的小说。1929年,福克纳2部重要作品《萨托里斯》(*Sartoris*)和《喧嚣与骚动》(*The Sound and the Fury*)问世,开启了他著名的"约克纳帕塔法世系",标志着福克纳创作艺术上的飞跃。在1929年至1942年,福克纳先后创作了《我弥留之际》(*As I Lay Dying*,1930)、《圣殿》(*Sanctuary*,1931)、《八月之光》(*Light August*,1932)、《押沙龙,押沙龙!》(*Absalom, Absalom*,1936)、《去吧,摩西》(*Go Down, Moses*,1942)等重要作品。研究福克纳和南方文学的美国专家认为,"福克纳是南方文艺复兴的中流砥柱,他在1929—1942年的创作成就至今没有人可以媲美"[1]。此后,他不断创新,在世界文坛影响了一批又一批的作家和读者,并于1950年获得诺贝尔文学奖,赢得了世界性的声誉。

在1956年接受记者采访时,福克纳谈到他创作《喧》的灵感,最开始他脑海中浮现了一个画面,画面上是梨树枝叶中一个小姑娘的裤子,屁股上尽是泥,小姑娘是爬到树上,在从窗子里偷看她奶奶的丧礼,把看到的情形讲给树下的几个弟弟听[2]。就这样,福克纳开始了《喧》的创作。

---

[1] 陶洁:《福克纳研究》,上海外语教育出版社2013年版,第67页。
[2] 李文俊编译:《福克纳评论集》,中国社会科学出版社1980年版,第274页。

《喧》是福克纳第一部成熟的作品，也是福克纳花费心血最多、最喜爱的一部作品[①]。小说创作过程十分艰辛，福克纳曾在采访中说，"我对这本书最有感情。总是撇不开、忘不了，尽管用足了功夫写，总是写不好。"[②]根据福克纳在未出版的序言中所说的，它的创作是一次强烈情感碰撞的经历，在他的写作生涯中是无与伦比的。"有一天，我似乎把我和所有出版商之间的一扇门关上了。我对自己说，现在我可以写作了。现在我可以给自己做一个花瓶，就像老罗马人放在床边的花瓶，用吻慢慢地磨去它的边缘。"[③]福克纳和其他美国现代主义者一样，相信无论是花瓶还是小说，艺术品都具有至高无上的价值。

第二节　叙事策略分析

作为福克纳呕心沥血之作，《喧》出版时恰逢华尔街股市大崩盘，当年销量并不乐观。然而，评论界却给出了极高的评价，尤其是对小说中的叙事技巧和艺术手法赞不绝口。美国诗人、小说家康拉德·艾肯（Conrad Aiken）认为"这本小说有坚实的四个乐章的交响乐结构，也许要算福克纳全部作品中制作得最精美的一本"[④]。

[①] 福克纳著、李文俊译：《喧》，北京燕山出版社2015年版，第5页。
[②] 福克纳著、李文俊译：《喧》，北京燕山出版社2015年版，第262页。
[③] Wagner Linda W. "The Sound And the Fury: Overview." *Reference Guide to American Literature*, edited by Jim Kamp, 3rd ed., St. James Press, 1994.
[④] 李文俊编译：《福克纳评论集》，中国社会科学出版社1980年版，第78页。

在艺术表现方面，福克纳是一个大胆的试验者。对于很多读者而言，《喧》可能是一部让人困惑又让人迷恋的小说，这种复杂的感觉源于小说独具一格的艺术手法，这也是《喧》"杰作"的一个重要部分。

一、多角度叙事

一般来说，叙事作品要么是从第一人称的角度（故事中的"我"局限于"我"所看到或听到的东西）叙事，要么是从全知的角度（像一个全知全能的上帝），这两种单独的叙述都有其缺点。第一人称叙述者不能向读者表达他未能观察到或接触到的东西，第一人称叙述者可能会有意识地充当情感过滤器，筛选出他认为不重要的场景，可能会有意避免痛苦的记忆，甚至可能谎报真实情况，陈述不充分的观察，错误地评价人物。因此，第一人称视角往往带有偏见，可能会错过关键事件和信息。而全知全能（即作家无处不在、无所不知）的视角，虽然很全面，但对读者来说不那么有说服力，也很容易忘记。

福克纳在《喧》中挑战并打破了这两种单独叙事模式，让不同的人物在故事中有自己的发言权。小说分为四个部分，每个部分由不同的叙述者在不同的日期讲述。康普森家的三个兄弟——班吉、昆汀和杰生，分别以第一人称讲述了前三个部分，每一个兄弟都讲述了康普森一家发生的事情以及他们对凯蒂失去童贞的看法，而第四部分是从一个无所不知的第三人称的角度（福克纳以黑人仆人迪尔西视角）讲述。

在采访中，福克纳曾谈到自己写这部小说的构思：

我先从一个白痴孩子的角度来讲这个故事……可是写完以后，我觉得我还是没有把故事讲清楚。我于是又写了一遍，从另外一个兄弟的角度来讲，讲的还是同一个故事。还是不能满意。我就再写第三遍，从第三个兄弟的角度来写。还是不理想。我就把这三部分串在一起，还有什么欠缺之处就索性用我自己的口吻来加以补充。然而总还觉得不够完美。直到书出版了十五年以后，我还把这个故事最后写了一遍，作为附录附在另一本书的后边，这样才算了却一件心事，不再搁在心上[1]。

在新闻报道中，新闻记者为了获得事件最真实的味道而必须采访许多目击者，不同的目击者从自己的经验和立场来讲述故事，但这种方式仍然是单一的叙述，福克纳的多角度叙事获得了比单一的叙述者更具说服力和效果。读者会惊奇地发现，不同版本的叙事片段整合成一个更为可靠的整体，多重叙事技巧作为修辞手法在读者的脑海中留下深刻的印象。

福克纳在 1955 年的一次采访中解释了他为什么用多角度的观点来叙述这个故事：自己"写了四次同样的故事，但它们没有一个是对的"[2]，自己变得如此"痛苦"和爱它们，不愿意放弃

---

[1] 李文俊编译：《福克纳评论集》，中国社会科学出版社 1980 年版，第 262 页。
[2] Cowan, M. *Twentieth Century Interpretations of "The Sound and the Fury"*. A Useful Collection of Critical Essays Contains Excerpts From Faulkner's Remarks About The Sound and the Fury, and Essays by Irving Howe, Olga Vickery, Cleanth Brooks, and Carvel Collins,1968, p.34.

它们中的任何一个，所以决定出版它们所有。这本书很复杂，不容易理解，除非读者认真阅读每一部分。

作家们通常把小说中的真相如实呈现出来，而福克纳却不是这样。在他看来，"真相是显而易见的，却很难接近。"在《喧》中，每一个叙述者都"给读者一个对康普森家族略有不同的看法"①，尤其是他们对凯蒂的滥交及其影响的不同看法。正如福克纳所提到的，真理是如此耀眼和难以接近，如果更多的观点被采纳和表达，就像《喧》所做的那样，尽管一个人很难获得完整的真相，但他会发现自己或多或少地接近真相的完美。

无论是福克纳有意发明的叙事技巧，还是作者写作中四次戏剧性的"失误"，多角度叙事的艺术手法在这部小说中取得了巨大成功。正如莫言所说，"如果没有多人叙述者，《红高粱》将是一部没有创新的平实小说"②。福克纳和《喧》同样如此，没有多角度的叙述，《喧》可能会是一部平淡无奇的作品。

二、非线性叙事

在传统的小说创作中，小说的叙事时间一般是线性的，即一个故事中的事件是按时间顺序发生的，只有一系列的时间序列才能构成整个故事。然而，随着叙事学和叙事技巧研究的发展，故事中的时间序列被认为是可以被打乱的。孟繁华在《叙事艺术》

---

① Martin, R. A. *The Words of "The Sound and the Fury"*. The Southern Literary Journal, 1999, 32(1): p.50.
② 杨扬：《莫言研究资料》，天津人民出版社2005年版，第101页。

一书中论证了"情节中的叙事时间是三维的"[①]，即发生在不同时空层次、不同地点的事件，可以在同一个层次上共同叙事。

在《喧》中，叙事是非线性的，也就是几个不同时间发生的事件叠加混合在一起，由此"叙事序列中出现了一些干扰"[②]。在《喧》中，宏观时间顺序被打乱和重新安排；在每一个单独的部分中，每一页的片段都会出现混乱的时间顺序。

《喧》中的四个部分属于四个不同的时间，班吉、昆汀、杰生、迪尔西的叙述分别发生在1928年4月7日、1910年6月2日、1928年4月6日、1928年4月8日。从事件原本发生的时间顺序看，四个部分的叙述者出现的时序是错乱的，没有让最早出场的昆汀先讲，而是采用了"CABD"这样的方式。对于整个故事而言，每一部分既是独立的，又是与整个故事息息相关的，每个人物的叙述就像是"一系列不同焦点的照片，一个叠加在另一个上，模糊了所有轮廓或细节的清晰度"[③]。

在每一个叙述者讲述部分，也会出现混杂的时间顺序，尤其是在开篇班吉讲述的部分。班吉是白痴，他认识不到时光的流逝，也无法分辨过去、现在和未来，所有的时间在他的认知里都是混溶的，他只能凭借自己独特的嗅觉和听觉去费力地感受周围的世

[①] 孟繁华：《叙事的艺术》，中国文联出版社1989年版，第72页。
[②] 林斤澜：《"谈'叙述'"，小说文体研究》，中国社会科学出版社1988年版，第21页。
[③] Millgate, M. *The Sound and the Fury*. Faulkner: A Collection of Critical Essays. Ed. Robert Penn Warren. Englewood Cliffs, Prentice-Hall, 1966, p.104.

界。所以在他叙述的部分，时间线是完全错乱的，回忆里的过去和眼前的当下是交织在一起的。

作为一部精心打磨的作品，《喧》颠倒了时间顺序，抛弃了时间顺序惯例，违反一般的时间顺序叙述的规则，就像一张交织在一起的网，错综复杂，让人难解，使读者的探究欲望无法简单实现的同时，也增加了它的神秘魅力和艺术上的美感。

三、意识流叙事

《心理学原理》一书中，威廉·詹姆斯（William James）特意强调了"意识流"这一术语，认为"意识本身并没有被分割成碎片……它不停地流动"[1]。史蒂文森（Stevenson）以隐喻的方式将其称为"河流或溪流"[2]，这个术语也可以称为情感流、思想流或精神状态流。在艾布拉姆斯（Abrams M. H.）看来，意识流是一种叙事技巧，通常被用来描绘"一个人物心理过程的连续流动"[3]。意识流是指所有形式的"感觉的流动"，包括思想的回顾、情感和精神的自由联系或联想。思想的流动不一定是完全有意识或完全无意识的，在很多情况下，两者可以混合。

正如李·詹金斯（Jenkins Lee）所写，福克纳是一位天生的

---

[1] R Stevenson. *Modernist Fiction: An Introduction*. University Press of Kentucky, 1992, p. 39.
[2] R Stevenson. *Modernist Fiction: An Introduction*. University Press of Kentucky, 39, 1992, p. 39.
[3] M H Abrams. *A Glossary of Literary Terms*. (7th ed.). Heinle & Heinle, A Devision of Thomson Learning, 1999, p. 299.

作家，因为他"对精神失常的深度和特征以及各种精神功能模式有着直观的认识"[①]，所以在描写小说中人物的意识流动上十分出色。在小说中，意识流的手法主要体现在班吉无条理的叙述、昆汀的大段内心独白以及无标点的叙述风格。

班吉是个白痴，智力水平相当于一个三岁的孩童，既缺乏思维能力，又没有时序观念，完全凭着印象和本能去体验周遭的世界。在他的叙述中，过去、现在和未来相互交织，他的叙事主要以主观印象为主体，是没有逻辑的纯粹"意识流动"。据说为了模拟班吉的意识流，福克纳使用了一种引人注目的意识表达方式——把小说分成八种不同颜色的字体。但如此一来，成本会让人望而却步，出版商最后使用了斜体字进行区分。

昆汀自杀当天，情绪已经失控，他的意识就在回忆和现实之间徘徊辗转，他的死亡独白中透露出他内心的思想流动。一个作家如何让自己的读者更好地了解马上就要死的人呢？最好的办法是读者进入人物的思想。福克纳让主人公花了一整天的时间沉思，而只用一分钟来完成最终的溺水任务。这样，长篇大论的独白解释了昆汀身上所发生的一切，也引起了读者的极大同情。采用意识流的方式，福克纳成功地将这个人物的思想外化了，这样读者就可以深刻感受到昆汀内心的巨大痛苦，也可以理解这个哈佛的高才生为何一心求死。

此外，为了更好地表达昆汀极端歇斯底里的思想，福克纳把

[①] Jenkins, Lee. *Faulkner and Black-White Relations: A Psychoanalytic Approach.* Columbia University Press, 1981, p. 148.

舞台交给了人物本人，这样他的意识就可以像河流中的水流一样快速而自由地流动。在这里，福克纳打破了正常的叙事顺序，忽略了标点符号和句法规则，所有的图像和对话都在一个扭曲的纠结中混合在一起。福克纳之所以采用无标点的叙述方式，旨在突出人物幻觉和精神错乱的真实心理状态。

总之，作者通过意识流的手法，有意删去标点符号和时空转换的明确标记，并频繁运用混乱的句式，以凸显人物心理活动的跳跃性和复杂性。

四、神话模式叙事

"神话模式"也是福克纳在创作《喧》时所用一种艺术表现手法。所谓"神话模式"，就是在创作一部文学作品时，有意识地使其故事、人物、结构，大致与人们熟知的一个神话故事平行。[①]

诺斯洛普·弗莱是神话原型批评理论的集大成者，他在《批评的解剖》一书中指出，原型就是"典型的即反复出现的"意象。在弗莱看来，文学总的说来是"移位"的神话，文学不过是神话的赓续，神话移位为文学，神也变成了文学中的各类人物[②]。

福克纳从小便熟读《圣经》，在接受采访时，福克纳谈到自己小时候家里的一条家规就是，吃早饭前每个人"都得准备好一节《圣经》的经文，要背得烂熟、马上要能脱口而出。谁要是讲

[①] 福克纳著、李文俊译：《喧》，北京燕山出版社2015年版，第13页。
[②] 赵利民：《当代西方文学批评方法与实践》，中国文史出版社2013年版，第122页。

不出来，就不许吃早饭"①。从他的每一部作品中几乎都能看到《圣经》原型的影子。在一次访谈中，谈到神话原型的使用时，福克纳说道："这只不过是件工具，适于用来建造我的鸡圈的一个拐角，所以我就用了。"②

《喧》无论是故事情节还是结构，都流露出基督受难的原型。从故事结构来看，书中第三、一、四章的标题分别为1928年4月6日、1928年4月7日、1928年4月8日，恰好都在复活节前后的一周里，分别是基督受难日、复活节前夕和复活节。第二章的标题是1910年6月2日，是基督圣体节的第八天——即再庆祝复活周的洗足沐曜日。小说的四章就分别有四个日子与基督受难的四个主要日子有关，而康普生家族每一个日子所发生的事，又与基督历史和祷告书里同一天发生的事情有关。福克纳故意利用这四个日子暗示读者要对故事的隐藏意义加以注意。

从故事情节来看，康普生家三兄弟的事件与基督的事件之间也存在着一定的对应和平行。这种对应使康普生家族悲剧的根源昭然若揭：他们家分崩离析最根本的原因在于爱的匮乏。这个笼罩着病态气氛的家庭以及他们失败的生活与基督临死前的谆谆教诲形成鲜明的对比：基督临死时告诫他的门徒的第十一戒便是"你们要彼此相爱"，而康普生家族所遭受的苦难恰恰是因为违反了基督的临终教导。

---

① 李文俊编译：《福克纳评论集》，中国社会科学出版社1980年版，第268页。
② 宋兆霖：《诺贝尔文学奖获奖作家访谈》，浙江文艺出版社2005年版，第40页。

《喧》还暗中将《圣经》中亚当和夏娃的故事与昆汀和凯蒂乱伦的爱相对应。作为康普生家族的长子，昆汀从小就没有体验过父母的爱。父亲康普生先生是一个悲观主义者，母亲自私、冷酷、没有爱心，整天怨天尤人、无病呻吟。极度缺爱的昆汀因而对妹妹凯蒂特别眷恋，将对妹妹的兄妹之情扭曲成了一种超越血缘关系的情人般的乱伦的爱。

"人类的堕落是由一个女人夏娃引起的，康普生家的堕落也与一个女人凯蒂有密切关联。"[①] 凯蒂正常的爱被扭曲后，在放纵的道路上越陷越深，最终沦为一名德国纳粹军官的情妇。凯蒂的不幸是家族衰落的缩影，她的堕落象征着南方传统价值体系的崩溃。福克纳在《喧》中引入神话原型因素，使得康普生家族在精神上的毁灭具有了更为深刻和普遍的悲剧性。

总之，在《喧》中大量运用神话原型，把《圣经》作为小说的一个参照物，使小说上升到了神话的高度，使其充满了对现代社会中人性的种种反思，表达了拯救现代精神危机的强烈意识。

第三节　主题与意象构建

当初福克纳构思这部作品时，书名叫《黄昏》，显然这个有象征色彩的书名暗示康普生家的没落衰败。福克纳将书名改为《喧》无疑进一步深化了主题，揭示了南方旧贵族在走向衰败中的

[①] 刘道全：《创造一个永恒的神话世界——论福克纳对神话原型的运用》，《当代外国文学》，1997年第3期，第65-67页。

无奈、挣扎与痛苦。福克纳把莎士比亚《麦克白》中"人生如痴人说梦,充满着喧哗与骚动,却没有任何意义"这段台词的内涵在小说中充分地表现了出来,它暗示了《喧》的多重主题以及多个意象。

一、多重主题呈现

在小说中,作者探讨了多个主题,如时间、死亡、人生的虚无等。这些主题反复呈现,凸显了作者深邃的思想的同时,也体现了作者对时空观念的理解和对人生意义的不断追寻。

(一)时　间

在《喧》中,福克纳精妙地运用了时间因素来表现昆汀的内心世界。小说中有关时间的文字和段落不下三四十处,福克纳似乎在提醒读者:时间绝不仅仅是一个简单的机械刻度,而是一个带有哲学意味的命题。在小说第二章开头,作者一下就把读者带入了时间的哲理思考之中:

窗框的影子显现在窗帘上,时间是七点到八点之间,我又回到时间里来了,听见表在滴嗒滴嗒地响。这表是爷爷留下来的,父亲给我的时候,他说,昆汀……我把表给你,不是要让你记住时间,而是让你可以偶尔忘掉时间,不把心力全部用在征服时间上面。因为时间反正是征服不了的。[①]

[①] 福克纳著、李文俊译:《喧》,北京燕山出版社2015年版,第76页。

昆汀对时间的强烈意识使他的叙述部分有了更连贯的结构，他醒来时听到手表的声音，这是他父亲送给他的礼物，意在帮助他"不时忘记（时间）"。但他认为时间是一种毁灭性的力量，无处不在的时间流动让他无所适从。

人类疯狂地试图征服一切，但唯有时间是人类永远无法征服的，因为时间会销蚀你的生命，最终把你希望梦想化为尘土。[1]所以，康普生先生才会说："这只表是一切希望与欲望的陵墓。"[2]他甚至说："基督不是在十字架上被钉死的，他是被那些小齿轮轻轻的喀嚓喀嚓声折磨死的。"[3]

小说中的昆汀毁坏手表，是想阻止时间，从而留住"既往"。然而，时间是永恒的、不可战胜的，这个时间指的是宇宙的时间。相对于个体而言，时间是有限度的，人的存在是有时间性的。福克纳曾谈到自己的时间观，"时间乃是一种流动状态，除在个人身上有短暂的体现外，再无其他形式的存在"[4]。手表在这里是时间的物化象征，是昆汀心理上时间焦虑的外在对象。时间作为一切欲望的终结者，使人不胜惶恐：个人在时间长河中的存在稍纵即逝，时间无所不在，永不灭亡。昆汀可以毁坏手表，但他无法

---

[1] 刘道全：《论〈喧哗与骚动〉的多重主题与叙事结构》，《许昌学院学报》，2005年第4期，第65-67页。
[2] 福克纳著、李文俊译：《喧》，北京燕山出版社2015年版，第76页。
[3] 福克纳著、李文俊译：《喧》，北京燕山出版社2015年版，第77页。
[4] 李文俊编译：《福克纳评论集》，中国社会科学出版社1980年版，第274页。

消灭它们。因为时间是比手表、时钟和年历更为深刻、更为基本的东西。取消钟表指示的时间，并不意味着退回到没有时间的世界中去，这是由于人之存在与时间之间是一种共在的关系。就人之生命意义而言，通过死亡虽可以摆脱时间之暂时性，留住永恒（在昆汀那里是"既往"），但一个移出了"此在"之本身的"永恒"则是毫无意义的[1]。

整部小说也许只有一个人能逃脱时间的专制，这个人物就是班吉。他是个白痴，对他来说，时间无所谓现在过去之分，在他脑中时间不是从过去延续到现在，一切时间都是现在时，他也不清楚他叙述的故事是梦还是现实，时间的流逝对于他来说毫无意义。班吉的例子具有强烈的讽刺意义，它似乎暗示一个人只有成为白痴，丧失正常的时间意识，才能逃脱时间进程带来的痛苦。

（二）死　亡

在《西西弗神话》中，加缪在开篇便提出"真正严肃的哲学命题只有一个，那便是自杀"[2]。加缪认为，人们常把自杀当成一种习以为常的社会现象，实际上这是一个值得深思的问题。

万物有生有灭，人亦如此，无法逃脱自然规律。人终究都是要走向死亡的，但"死亡"却并非完全是一个自然现象，并非所有的死亡都是"生命的自然终结"，有时候，"死亡"更像是一种

---

[1] 冯文坤：《论福克纳〈喧哗与骚动〉之时间主题》，《外国文学研究》，2007年5期，第131-136页。
[2] 加缪著、李玉民译：《西西弗神话》，天津出版传媒集团2018年版，第3页。

逃避、一种解脱，又或者是一种无声的反抗。它是一种沉默的武器，用来对付那个无法面对的世界，那个了无希望、晦暗无比的人生。

在小说中，昆汀是有强烈"死亡"意识的人，整个小说的第二章几乎都可谓他临死前的内心独白。作为家族里最有前途的继承者，他却在现实中到不到任何希望。他爱自己的妹妹凯蒂，更珍视凯蒂身上象征家族荣誉的"贞操"。他无法阻止自己的妹妹与他人厮混，更接受不了妹妹的婚前"失贞"，他眼看着一个家族摇摇欲坠却毫无办法。他越是清醒，便越是痛苦；越是痛苦，便越想反抗；越是反抗不得，便越想解脱。对他来说，"死亡"是最好的解脱，所以他一心求死，只为摆脱那个让他痛苦又倍感孤独的世界。

（三）人生的虚无

《喧》的书名出自莎士比亚悲剧《麦克白》第五幕第五场麦克白的一句台词："人生如痴人说梦，充满着喧哗与骚动，却没有任何意义。"在这一场剧中，麦克白的妻子因为忍受不了内心良心的折磨，发疯而死。妻子作为麦克白最强有力的"同谋"，她的死让麦克白陷入巨大的痛苦以及对人生的怀疑之中。为了登上荣誉之巅，为了与妻子共享荣华富贵，麦克白不惜采用最残暴的手段篡夺王位，展开血腥的谋杀。可到最后，挚爱的妻子却因此而丧命，对于麦克白来说，这既是一场人生悲剧，又是一种莫大讽刺。

20世纪的福克纳借用16世纪的莎士比亚的一句戏文，其用意恐怕不只是传递一种悲观的情绪，更重要的是用来隐喻现代社会中人的生存状况。在福克纳看来，回到过去是不可能的，但是当下又找不到存在的意义，不能给人幸福和期待，也无法让人拥有归属感。

在小说中，昆汀一直处于焦虑和痛苦之中，他对传统价值观的坚守也是一种对实利主义的抵抗。他的自杀，可以视为对于现实荒诞世界的无声反抗。在存在主义作家加缪的代表作《局外人》中，主人公莫索尔就是通过一种近乎冷血的冷漠态度，来表达自己对于一个荒诞世界的不满和反抗。莫索尔好像对什么都无所谓，对什么都不在意，甚至对于母亲的死也很淡漠。作者加缪认为，莫索尔对世界的疏离，并非真的冷漠，而是用这种疏离来表达一种对荒诞人生的反抗和对人生虚无的思索。对于昆汀来说，也同样如此。

昆汀的痛苦，从更广泛的意义上来讲，已不仅仅是个人的痛苦，也是美国南方青年一代遭遇精神危机时的痛苦。南方传统的经济制度遭遇新的资本主义的强烈冲击，旧的价值理念被解体，新的价值理念却没有深入人心。在这种新旧历史交替之际，一切都是混乱的，一切都是要被重估的，人生是虚无不确定的。

作为一名不屈不挠的勇士，面对这种人生的虚无之感，福克纳依旧对人的灵魂满怀期待，就像他在接受诺贝尔文学奖的演讲中所说的："我相信人类不但会生存下去，而且还会发展兴盛。人是不朽的。"[①]

[①] William Faulkner. *Nobel Prize Acceptance Speech*, Essays Speeches & Public Letters. Random House, 1965, p. 120.

二、多种意象叠加

在小说中,作者反复描写了一些意象,如"火""影子""香味"等,这些意象叠加在一起,构成了一个意蕴丰富的意义世界。

(一)火

小说中班吉的叙述部分经常出现"火"这个意象,"火"这一部分中提到40多次,可以看出班吉执着于"火"。火对班吉来说意义重大,这是他能看到的比任何东西更直接和具体的东西,对班吉来说,它的存在强化了火光中任何事物或任何其他人的存在,没有火的世界是黑暗和令人不安的。

他对外界事物的认知基本源于感官感受,尤其是炉火——有着明亮、多变的形体,在冬日给人带来温暖。小说中有炉火出现的部分,大多数都营造出温馨舒适的家的氛围。

> 迪尔西打开炉门,拉过一把椅子放在炉火前,让我坐下来。我不哭了。[1]
>
> ……
>
> 一根长长的铁丝掠过我的肩头。它一直伸到炉门口,接着炉火就看不见了。我哭了起来。[2]
>
> ……

---

[1] 福克纳著、李文俊译:《喧》,北京燕山出版社2015年版,第55页。

[2] 福克纳著、李文俊译:《喧》,北京燕山出版社2015年版,第58页。

"你又叫个什么劲儿。"勒斯特说。"你瞧呀。"那炉火又出现了。我也就不哭了。[①]

火带有隐喻意味,班吉只要看到火就不哭了,这意味着火是爱和温暖的象征,而康普生太太所躺的地方总看不到火光,这暗示着母亲不能给班吉带来温暖与关爱。

(二)影　子

正如"火"的意象支配着班吉的叙述部分一样,"影子"的意象也支配着昆汀叙述的部分。在昆汀讲述的这一部分,"影子"被提及 40 余次,几乎与班吉部分提到火的次数相同。可以说,影子在昆汀的生活中扮演着重要的角色。在这一部分,"影子"被反复提及,具有重要的叙事功能,同时也有深刻的象征意义。

首先,"影子"是"时间"的另一种表现形式,影子在空间上的移动意味着时间在流动。文中有多处表述提到这一点:

窗框的影子显现在窗帘上,时间是七点到八点之间,我又回到时间里来了。[②]

……

我差不多能根据影子移动的情形,说出现在是几点几分,因此我只得转过身让背对着影子。

[①] 福克纳著、李文俊译:《喧》,北京燕山出版社 2015 年版,第 58 页。
[②] 福克纳著、李文俊译:《喧》,北京燕山出版社 2015 年版,第 55 页。

......

一等我知道我看不见影子了，我又开始琢磨现在是什么时候了。[①]

......

阴影还没有完全从门前的台阶上消失。我在门里边停住脚步，观察着阴影的移动。[②]

在这里，"影子"的存在，对于昆汀是一种自然时间的提醒，也是一种无形的压迫。他可以让钟表停止转动，但是无法让自然的影子停止移动。影子的移动，时时刻刻提醒他"时间"的存在。对于昆汀来说，影子也是另一种压迫。所以昆汀经常注意到自己的影子，而且一心想逃避它。

其次，影子也是"死亡"来临的预兆。昆汀对阴影的痴迷几乎是不可避免的，因为它引导了他的死亡。影子的一直伴随着他，直到他死去。有人看到昆汀走向一座桥，从昆汀的角度讲述了这一幕：

桥的影子、一条条栏杆的影子以及我的影子都平躺在河面上，我那么容易地欺骗了它，使它和我形影不离……黑人们说一个溺死者的影子，是始终待在水里等待着他的。影子一闪一烁，就像是一起一伏的呼吸，浮码头也慢慢地一起一伏，也像在呼吸。[③]

[①] 福克纳著、李文俊译：《喧》，北京燕山出版社2015年版，第77页。

[②] 福克纳著、李文俊译：《喧》，北京燕山出版社2015年版，第82页。

[③] 福克纳著、李文俊译：《喧》，北京燕山出版社2015年版，第90页。

从他开始往桥上走起，他就下定决心结束自己的生命。无论读者听起来多么沮丧，他自己影子的倒影不断提醒他，邀请他走向死亡。

最后，"影子"也是人物心情的隐喻，它反映出昆汀心如死灰的精神状态。昆汀自尽的前一天，水面上的影子就像是死亡的阴影，暗示昆汀早已有了必死不可的"决心"，也预示了他最后溺死的结局。

（三）香　味

嗅觉作为人类重要的感知方式之一，在文学作品中一直占有一席之地。在《喧》中，作者就花了大量笔墨描写各种香味，有树的香味，也有花的香味。

作为智力低下的白痴，班吉认知能力有限，但却拥有超强的感知能力，嗅觉尤其灵敏。在班吉讲述的部分，"凯蒂身上有一股树的香气"在文本中被多次提及，他对姐姐的最大记忆是她身上的树香味。据统计，班吉敏锐地感觉到凯蒂身上树的香气的次数共 11 次之多。可见"树的香味"在《喧》中不管是对于福克纳抑或班吉、凯蒂还是作品本身都具有特殊象征意蕴[1]。班吉对凯蒂身上树的香味是敏感的，也是痴迷的，文中对此有多处描写：

"嗨，班吉。"凯蒂说。她打开铁门走进来，就弯下身子。凯

---

[1] 杨杰：《〈喧哗与骚动〉中的香味选择刍议》，《无锡职业技术学院学报》，2018 年第 5 期，第 61-64 页。

蒂身上有一股树叶的香气。①

……

"好了，别哭。"她说，"我不会逃走的。"我就不哭了。凯蒂身上有一股下雨时树的香味。②

……

凯蒂伸出胳膊来搂住我，她那闪闪发亮的披纱也缠在我的身上，我一点也闻不到树的香味，于是我就哭起来了。③

……

"你难道以为凯蒂逃掉了吗。"凯蒂又像树一样香了。④

"树的香味"对于凯蒂本人和班吉都意义重大。从"有一股下雨时树的香味"到"一点也闻不到树的香味"，这种变化是凯蒂个人成长的隐喻，即从"南方淑女"变为"放荡女子"。而在整个成长过程中，班吉透过敏锐的嗅觉觉察着凯蒂每一步的改变，在凯蒂穿着背心和衬裤同男生玩水时,身上是一股下雨时树的香味；放学回家，是树的香味；卸下大人的装束，洗掉香水时，又像树一样香了；结婚时一点也闻不到树的香味。

在昆汀叙述的部分，也是多次出现香味，不同的是，班吉对

---

① 福克纳著、李文俊译：《喧》，北京燕山出版社2015年版，第4页。
② 福克纳著、李文俊译：《喧》，北京燕山出版社2015年版，第17页。
③ 福克纳著、李文俊译：《喧》，北京燕山出版社2015年版，第39页。
④ 福克纳著、李文俊译：《喧》，北京燕山出版社2015年版，第41页。

"树的香味"痴迷，而昆汀则对"忍冬花的香味"敏感。文中有很多处对"忍冬香味"的描述，几乎都是负面的：

> 特别是在阴雨的黄昏时节，什么东西里都混杂着忍冬的香味，仿佛没有这香味事情还不够烦人似的。[1]
>
> ……
>
> 那只手痉挛抽搐起来我得使劲呼吸才能把空气勉强吸进肺里周围都是浓得化不开的灰色的忍冬香味。[2]
>
> ……
>
> 真讨厌这忍冬的香味我真希望没有这味儿。[3]
>
> ……
>
> 这该死的忍冬香味。[4]

在昆汀看来，"忍冬是所有的香味中最悲哀的一种了"[5]。忍冬香味出现的地方几乎都是和"阴雨""灰色"等消极字眼联系在一起。从树到花，在班吉那里，凯蒂还只是散发树的香味，而到昆汀那里，花已经混同着其他东西。可以说，忍冬花香味

---

[1] 福克纳著、李文俊译：《喧》，北京燕山出版社2015年版，第135页。
[2] 福克纳著、李文俊译：《喧》，北京燕山出版社2015年版，第153页。
[3] 福克纳著、李文俊译：《喧》，北京燕山出版社2015年版，第155页。
[4] 福克纳著、李文俊译：《喧》，北京燕山出版社2015年版，第156页。
[5] 福克纳著、李文俊译：《喧》，北京燕山出版社2015年版，第171页。

混同着其他东西是凯蒂失贞的符号。所以昆汀才会极度厌恶，避之不及。

第四节　人物形象塑造

《喧》的故事发生在20世纪早期的密西西比州，讲述了康普森家族逐渐衰败的历程，可以说是美国20世纪南方贵族家庭败落历史的缩影。这个故事中塑造了多个栩栩如生的人物形象，这些人物主要集中于康普生一家——康普生先生、康普生太太以及他们的儿女和黑佣人迪尔西。

整部小说的人物可以归为三大类：核心人物（凯蒂），重要人物（班吉、昆汀、杰生、迪尔西），边缘人物（康普生先生、康普生太太和其他人物）。

一、核心人物形象塑造

福克纳曾在采访中提到自己写过一个名为《暮光之城》的短篇小说，在这个故事中塑造了凯蒂这个角色。他声称他非常喜欢凯蒂这个角色，以至于他觉得她应该得到的不仅仅是一个短篇小说，[1] 于是《喧》的故事雏形诞生了。由此可见，这部小说最初的灵感，也是源于凯蒂这个角色。凯蒂是小说中的核心人物，然而与其他小说中的核心人物不同，凯蒂并没有直接出现在小说中，

---

[1] *Overview: The Sound and the Fury. Novels for Students*, vol. 4, Gale, 1998.

是一个"缺席的在场者"。福克纳允许多个参与者（康普生家的3个兄弟）发表意见和辩论，但不包括凯蒂，她在叙述中没有自己的声音，她只存在于她兄弟和仆人迪尔西的叙述中。

凯蒂是书中"非在场性"的存在，却构成了整个故事的关键，是小说中的灵魂人物。尽管没有以她的时间视野为中心的单独的一章，但书中一切人物的所作所为都与她息息相关，书中前三部分班吉、昆汀和杰生的独白都是围绕凯蒂和对凯蒂的不同态度展开的。她是康普生家族荣誉变化的"晴雨表"，是伴随白痴班吉一生的意识活动中心，是昆汀欲望的投射对象，更是杰生怨恨了一生的女人。

福克纳本人十分喜爱凯蒂这个人物，写她的笔触充满温情。生活在康普生家族那样冷漠的家庭，她的热情和善良就是一团火，温暖和照亮了他人。凯蒂并不是一个简单的性格败坏的女子，从某种意义上说，她也是一个受害者，是美国旧南方的传统道德观念压制了凯蒂追求个人自由和幸福的权利。[①]凯蒂从"南方淑女"变成一个轻佻放荡女子，暗示了南方传统道德逐渐分崩离析的过程。

二、主要人物形象塑造

小说中的主要人物包括康普生家三兄弟和黑佣迪尔西。

[①] 吴南辉：《剖析福克纳〈喧哗与骚动〉中凯蒂的命运悲剧解读》，《湖南科技学院学报》，2018年第7期，第67-68页。

（一）班　吉

小说中，首先出场的是小儿子白痴班吉，班吉33岁，智力却停留在3岁，所以他是以一个3岁孩童的目光来叙述这个故事的。心智不全的班吉搞不清楚事情的来龙去脉，也没有主观的评判能力，他只能做到原原本本地叙述自己看到的和感觉到的事情。虽然班吉的许多记忆是支离破碎的，意义也不是很明显，但他的叙述却揭示了几个重要的事件。伴随着他思维的不断跳转，我们看到这个家族起起落落的大致轮廓：凯蒂的堕落，昆汀的自杀，大姆娣和父亲的去世，杰生的暴躁冷血，小昆汀的离家出走。

班吉一开始似乎是一个不可靠的叙述者，因为他无法解释他所看到的。事实上，这一特点使他成为一个非常可靠的叙述者，因为他既不能欺骗他人，也不能欺骗自己。他可能无法理智地思考，但准确地记录了客观发生的一切。作家采用疯癫叙事中的白痴视角，让小说的第一部分呈现出一种粗糙的真实[①]。

作为白痴，班吉在整个家族中是被嫌弃漠视的对象，最在意他的是他的姐姐凯蒂和黑佣迪尔西。在班吉的叙事中，他一直在试图找回从前的凯蒂，找回快乐的童年。那里有凯蒂，有关心、爱护和安全感。班吉对姐姐有一种依恋和喜爱。他爱那个纯洁、善良、质朴的凯蒂，当他感觉到姐姐的变化时，意识中有一种本能的恐惧。当他闻不到树香，预感要失去从前的姐姐了，便哭个不停。虽是白痴，班吉却有超乎常人的感受能力，感觉敏锐，而

[①] 杨翠平：《〈喧〉中的疯癫叙事研究》，南京师范大学硕士学位论文，2014年，第17页。

且各种感觉还可以相通。他能闻到"耀眼的冷的气味",死的气味,能听见黑夜的声音。

福克纳曾被问及塑造班吉这一人物形象的真正用意。他说道:"塑造班吉这个人物时,我只能对人类感到悲哀,感到可怜。"那么,福克纳为什么要对人类感到绝望?福克纳赋予天真、善良的班吉某种温情,而这种温情正是人类所缺失的感情。作者塑造班吉这一傻子人物形象是为了反映人性的善恶,同时揭示人类之间爱和温情的缺失。

(二)昆　汀

昆汀是康普生家的大儿子,是哈佛大学的高才生,原本是整个家族最大的希望,可是他对妹妹的痴迷远远超过了任何学术抱负。在他临死前,他陷入了对往事的痛苦回忆:回忆起他试图阻止凯蒂嫁给赫伯特,提议他们和班吉去一个没人认识他们的地方,遭到了凯蒂拒绝,因为她婚前失身并已经怀孕,迫切需要一段婚姻掩盖这一切;回忆起他和父亲的一次谈话,谈到他对凯蒂的感情,以及他极力阻止凯蒂结婚的事,然而父亲沉醉于自己的酒精世界中,并不理解他,他绝望至极。反反复复的痛苦回忆,让他精神错乱,最后溺水自杀。

从深层心理上讲,昆汀是南方旧道德的捍卫者,所以他纠结于凯蒂的失身,他把凯蒂失去童贞和随后的怀孕与失去南方的高贵和骄傲联系在一起。他无法接受心中信仰的倒塌,他唯一能为自己想象的未来就是死亡,如福克纳在附录中所写:"他最爱的还是死亡,他只爱死亡,一面爱,一面在期待死亡。那是一种从容不迫、几乎病态的期待。"①因为对他来说,死亡是一种沉默的反抗,也是一种彻底的解脱。

通过昆汀这个人物形象,福克纳成功刻画了一个南方青年在遭遇道德和社会秩序崩溃时的迷茫、痛苦与无所适从。昆汀是南方旧文明的殉葬品,是整个南方种植园经济向资本主义经济转型时期的一个牺牲品。昆汀的遭遇不仅仅是他个人的,也是社会性的,是当时所有信仰动摇而陷入精神危机从而走上悲剧之路的人们的人生写照。

(三)杰 生

杰生是康普生家的二儿子,是昆汀和凯蒂的弟弟,班吉的哥哥。这是一个极度自私冷漠的人物,是一个偏执的复仇者和虐待狂。他身上充满了无止境的仇恨:他恨父母只为哥哥昆汀和姐姐凯蒂打算,不为自己谋划;恨凯蒂的失身让自己失去了本应得到的银行职位;恨凯蒂的私生女小昆汀,骂她"天生的贱胚就是贱胚"②;恨关心凯蒂母女的黑佣迪尔西,总想解雇她。总之,他恨周围的一切。除了钱,他什么都不爱;除了自己,对谁都不信任,即使是对自己相好多年的情人,也是充满防备,把两人的关系看成简单的金钱交易。他处处占便宜,玩弄花招,把姐姐寄给

---

① 福克纳著、李文俊译:《喧》,北京燕山出版社2015年版,第320页。
② 福克纳著、李文俊译:《喧》,北京燕山出版社2015年版,第181页。

小昆汀的赡养费据为己有，还时刻装出一副受害者的模样。

在小说中，昆汀是作为"恶"的典型形象被塑造的，但却是通过杰生的自我辩白来完成的，如此一来，整个人物形象便有了反讽的效果，形象真实又鲜明生动，这也是作者艺术功力深厚的表现。

如果说，昆汀是"旧南方"道德的捍卫者，那么杰生则可称得上是"新南方"资本主义制度下的产物。他的价值观和金钱观，是典型的实利主义者的表现。通过对杰生这个人物的塑造和揭露，作者福克纳表达了对南方"新"价值理念的怀疑与否定。

（四）迪尔西

在整本书中，真正体现了积极思想的是迪尔西。福克纳说过："迪尔西是我自己最喜爱的人物之一，因为她勇敢、大胆、豪爽、温存、诚实。她比我自己勇敢得多，也豪爽得多。"[①] 她一辈子勤勤恳恳，每天忙忙碌碌做各种家务，不但养大了自己的儿子和孙子，还拉扯大了康普生家的几个孩子，就连凯蒂的私生女小昆汀自小也一直是由她带着。她毫不畏惧世俗的压力，坚定地保护弱者，尤其是白痴班吉和小昆汀。在整个冰冷的大家庭中，只有她是充满爱和同情心的。她的忠心、忍耐、坚强与慈爱同前面三个叙述者的病态的性格形成了对照。

很多研究者认为，迪尔西的人物原型是福克纳家里的黑佣罗琳·巴尔大妈，福克纳对她的感情颇深，在巴尔大妈晚年时像服

[①] 福克纳著、李文俊译：《喧》，北京燕山出版社2015年版，第9页。

侍长辈一样服侍她,并在 1942 年创作小说《去吧,摩西》,又将此书献给她。

在《喧》中,福克纳始终是爱憎分明的,他满怀激情歌颂勤劳善良的黑佣迪尔西,使她成为整部书中救赎的象征。通过她,作者讴歌了存在于纯朴的普通人身上的精神美,迪尔西这个形象体现了福克纳"人性的复活"的理想。[1]

三、边缘人物形象塑造

小说中主要提到的边缘人物是康普生先生、康普生太太以及毛莱舅舅等其他人。如果说这部讲述的是一个家族的悲剧,那么造成这种悲剧的根源就是康普生夫妇。

康普生先生一生无所作为,整日饮酒,对于家中纠纷视而不见,丝毫没有一家之主的担当和责任。当昆汀精神濒临崩溃向他"求助"时,他依然不痛不痒说几句无伤大雅的话。他从来不理解这个儿子,也从来没有试图去沟通过。他一人躲在自己的酒精世界里,得过且过,完全没有祖上的壮志雄心,更遑论作为孩子的榜样。

康普生太太则是一个整日无病呻吟、自私冷血、懒惰无情之人,身上丝毫没有作为妻子和母亲的温情,在孩子成长过程几乎没有爱的付出,而是不断进行"道德绑架",成为全家人的"拖累"。

---

[1] 福克纳著、李文俊译:《喧》,北京燕山出版社 2015 年版,第 9 页。

作者着墨不多的毛莱舅舅，也是一个极其不靠谱的人物。他和康普生太太一样自私，到处借钱，撒谎成性。作为康普生太太唯一的娘家人，他与康普生家来往密切，但除了康普生太太，谁都厌恶他，远离他。

可以想象，成长在这样的原生家庭中，康普生家的几个儿女都没能获得爱的能力，他们不知道如何去爱人，不知道正常有爱的家人是如何相处的。从小缺失家庭的温情与归属感，让他们精神匮乏，极其没有安全感。因此，他们长大后，不是自私冷漠，就是逃避厌世。

第五节　南方文化书写

在美国文学史上，出现过很多带有地方色彩的作家，他们被称为地方的代言人，如马克·吐温被称为"西部边疆幽默作家"，罗伯特·弗罗斯特有"新英格兰诗人"之称，侧面印证了文学与地方社会水乳交融的紧密联系。[①]

与其他地区比起来，美国南方在地域上和文化上都更具有独特性。在独立战争开始时，"美国南方"是指从纽约到佐治亚的各个州，即除新英格兰之外的其他殖民地。到独立战争结束时，一般认为南北的分界线是俄亥俄河和梅森—狄克孙线。与其说划分南北的是地域，还不如说是文化。从文化心理角度上看，

---

① 孙静波:《荣誉与暴力》，黑龙江大学硕士学位论文，2002年。

美国南方一直是神秘而引人入胜的。在大多数作家们笔下，内战之前的美国南方是一片舒适安逸的乐土、一个引人入胜的天堂，那里的男人风度翩翩，女人雍容华贵，棉田万顷，奴仆成群。这些作家的描述失于简单甚至单调，没有完全揭示出美国南方社会的多样性，尤其是经过内战洗礼的南方社会，其本身就有着复杂性。

一、对南方家园的深情书写

把"南方性"充分体现在其本身和作品中的作家首推威廉·福克纳。福克纳身上和作品中的"南方性"，许多接触过他的人或者评论家都提到或论述过。比如南方著名学者、作家和诗人爱伦·泰特就"感觉到"他身上那种"奇特的南方性"[1]。而另一位南方作家、诗人和新批评派的重要人物罗伯特·彭·华伦则把他同诞生在新英格兰、被许多人看作"乡土"诗人的罗伯特·弗罗斯特相比较，来指出他同南方之间的关系。华伦说："从根本上看，福克纳同罗伯特·弗罗斯特相似，而他与南方之间的关系类似于罗伯特·弗罗斯特与新英格兰之间的关系。"[2]福克纳多次谈到他和他的创作同南方之间的深厚渊源，他在弗吉尼亚大学说："记住，一个作家必须以他的背景从事创作……我的生活、我的童年是在密西西比一个小镇上度过的，那就是我的背景的一部分，我在其

---

[1] Faulkner: *A collection of Critical Essays*, Upper Saddle River: Prentice-Hall, 1986, p. 274.
[2] 陈永国：《美国南方文化》，吉林大学出版社1996年版，第2页。

中长大，在不知不觉中将其消化吸收，它就在我身上。"①

如福克纳自己所述，他一生中绝大多数时间都生活在美国南方小镇上，并将这个小镇及其周围地区作为自己小说的背景，将这片土地上人们的历史、生活、快乐和痛苦作为创作的素材。他对这片土地充满热情，对这里的人们充满热爱，这种对南方家园炽热的情感成为他创作上源源不断的动力。

从1929年起，福克纳开始创作以家乡为蓝本的小说，此后的创作几乎没有偏离"南方家园"这个主题。他激情满满、乐此不疲，如他自己所说，"打从写《沙多里斯》开始，我发现我家乡的那块邮票般小小的地方倒也值得一写，只怕我一辈子也写他不完，我只要化实为虚，就可以放手充分发挥我那点小小的才华"②。福克纳喜欢为他的故事建立一个谱系树。通过这种方式，他试图说服他的读者，他所写的不是一系列孤立的事件，而是一个连贯的有机整体，它是南方历史的缩影。

福克纳的作品，几乎无一例外都表现了他对南方这片土地的关注和对人性的探索。正如马克斯威尔·盖斯默在《危机中的作家们》中说的："福克纳不仅代表了南方腹地，而且是南方腹地的化身。"③在南方书写的过程中，福克纳对于人性的探索体现在两个方面：对南方旧道德的批判以及对种族主义的谴责。

---

① Gwyin Frederick L, Joseph Blotner, eds. *Faulkner in the University*. The University of Virginia Press, 1959, p. 86.
② 李文俊编译：《福克纳评论集》，中国社会科学出版社1980年版，第274页。
③ 陈永国：《美国南方文化》，吉林大学出版社1996年版，第235页。

二、对南方旧道德的批判

如前文所述，内战给美国南方带来了深刻的影响，它不但从军事上摧毁了南方的军队，从经济上瓦解了南方赖以生存的以农奴制为基础的种植园经济体制，还从文化上摧毁了南方的世代相传的传统价值观念。

在小说中，"新南方"对旧南方传统价值的冲击引起了昆汀极大的惶恐不安，这一点非常典型地体现在昆汀对待女性贞操的态度上。在南方传统价值观念中，失贞和通奸被认为是大逆不道的罪孽，19世纪美国小说家霍桑在其小说代表作《红字》中对此有过深刻的披露。即使到了20世纪初，这种观念仍然十分强烈，尤其是南方的旧土地贵族把捍卫女性的贞操看得与生命一样重要。

昆汀深爱着妹妹凯蒂，他把妹妹当作家族荣誉和女性贞洁的象征。当他得知妹妹未婚先孕时，他感到自己的精神世界坍塌了，因为贞操曾是南方原有秩序中重要的一环。昆汀对妹妹与其他男人的交往总是忐忑不安，想方设法予以阻挠，生怕她做出什么玷污家族荣誉的事。福克纳在《喧》附录中说："他倒不是爱他妹妹的肉体，而是爱康普生家的荣誉观念，这种荣誉，如今却取决于他妹妹那脆弱的、朝不保夕的贞操。"① 昆汀为了阻止妹妹失贞，甚至宁愿假装和妹妹"乱伦"，认为这样可以就可以把自己和妹妹打入地狱，如此一来，他就可以时时刻刻监视她，让她保持清白

---

① 福克纳著、李文俊译:《喧》，北京燕山出版社2015年版，第319页。

之身。昆汀对于传统贞操观念的固执坚守，让自己陷入深渊，最后因为无法面对妹妹的失贞，只能选择一死了之。

如果说昆汀是南方传统价值观的守护者和牺牲者，那么凯蒂就是南方旧道德的受害者。凯蒂情窦初开，与他人相恋动情失身。男欢女爱本是人之本能，却被旧道德观念所不容，被家人当成奇耻大辱。在家人逼迫下，只得匆匆嫁给一个不爱的人，来掩盖怀孕事实。不久被新婚丈夫发现，被盛怒的丈夫赶出家门，流浪在外。南方顽固的甚至病态的贞洁观，让凯蒂失去了拥抱幸福的可能。在生下女儿后，凯蒂将其寄养在父母家却不能见其一面。家里人怕丢怕脸，甚至不允许在家里提她的名字。凯蒂的女儿小昆汀一生下来，便被视为"耻辱的象征"，在外祖家受尽冷眼。

昆汀黯然自杀，凯蒂颠沛流离以及小昆汀忍无可忍离家出走，这一切都源于南方旧道德对于人性的桎梏和束缚，福克纳在小说中或明或暗都进行了批判。

三、对种族主义的谴责

作为美国南方的土生土长的作家，福克纳一生都在写南方的故事，而南方社会的核心问题便是白人与黑人的关系问题，即种族问题。种族主义问题是任何一个南方作家都无法回避的问题，也是南方社会生活中最重要、最敏感的话题。

福克纳在他的很多作品中都探究了这个话题，"在南方白人作家中，恐怕没有人像福克纳那样对种族问题如此关注"[1]。约

---

[1] 肖明翰：《威廉·福克纳研究》，外语教学与研究出版社1997年版，第215页。

克纳帕塔法世系中的 15 部长篇小说几乎都涉及了种族问题，在《喧》这部小说中，福克纳第一次对种族问题进行了深入探讨。

内战结束不久，1863 年，美国正式宣布废除奴隶制，使黑人奴隶摆脱了长久以来受奴役的地位。然而，即便是到了内战结束几十年之后的 20 世纪，种族偏见依然存在，黑人仍然没有取得与白人一样的平等地位，白人对待黑人的态度依然充满了歧视和偏见，普通白人仍存在着不易察觉的、微妙的种族主义观念，这些观念一直在左右着南方白人的意识。

在《喧》这部小说中，作者福克纳也探讨了这个敏感的话题。这部小说以内战后的美国南方社会为背景，讲述了康普生家族衰败的故事。在小说中，康普生家族曾是名门望族，祖上黑奴成群，到康普生先生这一代，只剩下一栋旧宅子和黑奴迪尔西一家。《喧》中的黑奴迪尔西，是福克纳塑造的最为成功的黑人女性形象。迪尔西整个一生都奉献给了康普生家族，她结婚生子后，依然带着全家（丈夫、两个儿子和外孙）为康普生家服务。在小说中，杰生为了逼迫她离开而故意停发工资，可她依然选择留下照顾一大家子。福克纳一方面高度赞扬了迪尔西具有爱与奉献精神，拥有优良的品质，另一方面也揭露了以迪尔西为代表的黑人满足于奴仆的地位，谦卑地为白人服务，丧失自我，甘心受奴役。

福克纳一直是反对种族主义的，他在文学创作中揭露和批判了奴隶制带来的罪恶，批判了"白人至上"思想，表达了对黑人群体的同情。福克纳认为，南方的失败，归根到底，就是因为那惨无人道的奴隶制。即使在南方被打败之后，奴隶制的阴魂也没有消散，它仍然左右着南方人的意识，种族偏见仍然在给南方人带来巨大的灾难。

在《喧》之后的小说中，福克纳继续探讨种族偏见的问题，与前期相比，他的思想发生了很大的转变。如果说在前期，福克纳主要是揭露和谴责种族偏见，那么到了20世纪40年代之后，他试图寻找一条解决种族偏见的出路。在1948年创作的小说《坟墓闯入者》中，福克纳通过主人公——黑人卢卡斯为广大黑人树立了榜样，那就是把自己看成人，维护自己的尊严，敢于去反抗社会强加给黑人的不公正待遇，身体力行去改变白人对黑人的偏见。尽管这种观点有不完善之处，但他的探索精神十分可贵，毕竟在美国文学上，如此深入持久地探讨这个敏感问题的作家，并不多。

结　语

本章分为五个小节。第一小节介绍了《喧》的创作背景，其中包括小说创作的历史背景、家族背景和个人创作经历。《喧》这部小说描写的美国南方小镇上康普生一家的故事，是以内战后的美国南方的社会发展为大背景的，内战不仅使得美国南方种植园经济体制解体，奴隶制被废除，而且在精神上动摇了南方传统的价值观。福克纳对于南方历史和现实的思考、理解与描绘，不仅仅因为南方人的身份，还在于他自身的家族背景。他的曾祖父"老上校"是家族的传奇人物，虽在福克纳出生前已经逝世，但其留下的故事和传说对福克纳的影响极大，他以此为素材塑造了一系列人物。在创作《喧》之前，福克纳也曾写过诗集，创作过其他题材的小说，但都没有获得成功。随后，福克纳听取舍伍德·安德森关于写"密西西比州那个小地方"的建议，开始创作一系列以约克郡为故事背景的小说，《喧》可以说是这个系列的开启之作。《喧》创作过程十分艰辛，是福克纳花费心血最多的一部作品，同时也是作者最喜爱的一部作品。这部小说的成功，为福克纳赢得了世界性的声誉。

第二小节从"多角度叙事""非线性叙事""意识流叙事"以及"神话模式"叙事四个方面分析了《喧》这部小说的叙事策略。《喧》的成功，离不开它独特的叙事技巧和艺术手法。在艺术表现方面，福克纳可以称得上是一个大胆的试验者。在小说中，福克纳通过班吉、昆汀、杰生、迪西尔四个不同人物的视角去叙述同一个故事，并且采用第一人称和第三人称结合的方式，极好地揭示了整个故事的全貌。此外，福克纳采用非线性的叙事方式，颠倒了时间顺序，将几个不同时间发生的事件叠加混合在一起，有一种陌生化的效果，在增加了小说的阅读难度的同时，也增加了其神秘魅力和艺术上的美感。在此过程中，福克纳还采用了"意识流"的叙事技巧，使得人物的内心情感尽情倾泻。班吉毫无逻辑的思绪，昆汀濒临崩溃的错乱精神，杰生狂妄躁动的情绪，无不逼真生动，让人印象深刻。除此之外，福克纳还借用了"神话"模式，有意识地使故事、人物、结构，大致与《圣经》故事平行，提示读者对故事的隐藏意义加以注意，使小说充满了对现代社会中人性的种种反思，表达了拯救现代精神危机的强烈意识。

第三小节探讨了《喧》中的主题和意象。《喧》是一部寓意深刻、具有浓厚象征彩色的作品，它囊括了时间、死亡、人生的虚无多重主题以及"火""影子""香味"等多个意象。在小说中，时间并非一个简单的机械刻度，而是一个带有哲学意味的命题。手表是时间的物化，昆汀毁坏手表，是想试图阻止时间的流动，从而留住"既往"，但显然是徒劳的。因为时间是永恒的，不可战胜的。时间的流动是昆汀无法阻止的，但是死亡却是他可以选择的。死亡在昆汀这里不是一种生命自然终结，而是对那个让他痛苦的现实世界的无声反抗。昆汀的痛苦，是超越个人的，是美国南方青年一代遭遇精神危机时的集体痛苦、价值观的混乱、信仰的破坏，使得人生虚无缥缈。小说在意象的营造上也十分精彩，多种意象叠加创造出一个生动多样的世界。"火"是温暖和爱的象征，有炉火的地方，就有家的氛围。"影子"是灰暗的，让人深感压抑的，它既是对时间流逝的提醒，也是死亡的预兆。班吉对"树的香味"痴迷，因为那是姐姐身上最纯粹的味道，是他最熟悉也最依恋的味道；而昆汀则对"忍冬花的香味"敏感，对昆汀而言，"忍冬花的香味"是凯蒂失贞的符号，是让人厌恶的。

第四小节分析了《喧》中的种种人物。在这部小说中，福克纳通过多种手法，塑造了多个栩栩如生的人物形象。凯蒂是小说中的核心人物和灵魂人物，虽然是一个"非在场性"的存在，却构成了整个故事的关键，书中所有人物的所作所为都与她息息相关。她是家族眼中的"放荡者"，是不祥的存在，但从某种程度上看，也是南方旧道德的受害者。她热情善良，是作者同情的对象。小说中的主要人物有康普生家的三兄弟班吉、昆汀、杰生以及黑佣迪尔西。白痴班吉天真而善良，他所渴望的温情正是人类所缺失的感情。昆汀是懦弱的，妹妹凯蒂的失贞让他迷茫而痛苦，他不敢直接"教训"与妹妹私通之人，便只好结束自己的生命。杰生则是一个彻头彻尾的"恶"的代表，一个极度自私冷漠的人物，一个偏执的复仇者和虐待狂。在他身上，作者福克纳表达了对南方"新"价值理念的怀疑与否定。黑佣迪尔西是小说中唯一充满爱的人物，她勤恳善良，她的忠心、忍耐、坚强与慈爱让她成为整个家族实际上的"灵魂"人物，康普生家风雨飘摇还能够苟延残喘，离不开她多年如一日无私的爱与付出。

  最后一小节探讨了小说中的南方文化书写。作为土生土长的南方作家，福克纳身上和作品中具有浓厚的"南方性"，他热爱这片土地，这片土地上的风土人情也滋养了他，也成就了他。福克纳的作品，几乎无一例外都表现了他对南方这片土地的关注和对人性的探索。他在作品中批判了南方的旧道德，也对种族主义进行了长久而深入的探讨——从前期对种族主义的揭露和谴责，到后期努力寻求解决种族偏见的方法，福克纳对于这个敏感的问题一直未曾放弃。

  作为美国 20 世纪最重要的小说家和美国南方文学的代表人物，福克纳的创作受到了广泛的关注和认可。《喧》作为福克纳的代表作，以独树一帜的艺术手法、意蕴丰富的主题意象、栩栩如生的人物形象、深厚浓郁的南方文化以及颇具现实意义的人性探讨，从福克纳所有的作品中脱颖而出。小说既具有深厚的历史文化底蕴，又切合了时代精神，符合当下西方知识子的精神苦闷的心境，因此经久不衰。

第二章

《喧哗与骚动》在中国的译介历程

《喧》在中国的译介始于 1934 年,之后由于种种原因,在长达 40 多年的时间里,只有零零星星的一点译介,甚至一度完全中断。直到 20 世纪 70 年代末,对《喧》的译介才真正开始,但是直到 20 世纪八九十年代,福克纳的译介工作才全面展开。进入 21 世纪,《喧》的译介逐渐达到一个高潮。如今《喧》的译介工作仍在继续进行。

笔者按照"发生—发展—高潮—现状"这样一个基本思路来划分《喧》译介的几个阶段。下面分四个阶段对《喧》的译介状况进行描述和阐释。

第一节 在中国译介的两次萌芽
（1934—1936，1958—1966）

福克纳在 1929 年发表了长篇小说《沙多里斯》《喧》后，又接连发表了几部经典小说：《我弥留之际》(1930)、《圣殿》(1931)和《八月之光》(1932)。至此福克纳在欧洲文坛已经产生了较大的影响，各国都兴起了福克纳小说的译介。20 世纪 30 年代初的中国正是渴求西方新思想和新文学的黄金时代。在这股西方潮流的影响之下，中国的一些远见卓识的知识分子开始译介福克纳小说。而《喧》作为福克纳最经典、最具代表性的小说，自然成为 20 世纪 30 年代初中国知识分子关注和研究的对象。然而由于各种因素的影响，对《喧》的早期译介刚刚开始就匆匆结束了，直到 20 多年后的 1958 年，对《喧》的译介才又重新开始。由于种种原因，这一次译介也只是昙花一现就匆匆结束了。从 1934 年到 1966 年这漫长的 32 年间，中国只有少数几位的知识分子关注《喧》并就其故事情节、人物形象、写作技巧等进行简短的介绍。在这一阶段还没有译者对《喧》进行正式的、全面的翻译，但早期的知识分子对《喧》的研究是基于对原版小说的阅读、理解和阐释的，而理解和阐释在某种程度上来说也是一种翻译，因此我们在本章使用的"译介"一词涵盖了翻译、理解、阐释、介绍、研究等含义。

一、《喧》在中国译介的第一次萌芽（1934—1936）

《喧》在中国的译介始于我国早期美国文学研究者、介绍者，著名编辑出版家、作家兼翻译家赵家璧的推介。[①]1934年5月1日，赵家璧在《现代》杂志发表了一篇翻译过来的评论文章《近代美国小说之趋势》，其中有一节专门介绍了美国作家福克纳（当时译为福尔格奈）。这是福克纳的名字第一次出现在中国读者眼前。同时，赵家璧又在《世界文学》杂志和《现代》杂志上各发表了一篇评论文章，一篇是福克纳专论，题为《福尔格奈研究：一个新进的悲观主义者》，分析了福克纳的6部作品，并把福克纳定位为一个"悲观主义者"。还有一篇涉及对福克纳的评论，题为《美国小说的成长》，分析了福克纳的语言特色、创作主题、叙事技巧、故事结构。同一时期另一位学者凌昌言也向中国读者介绍了福克纳的几部长篇小说。1年后，即1936年，赵家璧出版了《新传统》一书，将《福尔格奈研究：一个新进的悲观主义者》作为其中一章。尽管这几篇论文不是《喧》的专题研究，但都对《喧》进行了简短的介绍，这是早期中国知识分子了解《喧》的重要研究文献。1934—1936年间对《喧》进行介绍的论文详细情况如表2-1所示。

[①] 关于1934—1936福克纳在中国译介情况，已经有很多学者进行过研究，笔者这一部分的研究资料来源于以下几位：陶洁：《福克纳研究》，上海外语教育出版社2013年版，第335-336页；冯舒奕：《时隐时现的福克纳——福克纳在中国的译介》，上海外国语大学硕士学位论文，2006年，第10页；石洁：《福克纳在中国的译介及中国当代小说中的福克纳因素》，上海外国语大学硕士学位论文，2010年，第25页；黄春兰：《二十世纪中国对福克纳的接受》，华东师范大学硕士学位论文，2006年，第8页。

表 2-1 1934—1936 年间对《喧》进行简介的论文

出版时间	篇 名	作者/译者	出版期刊	主要内容/观点
1934 年 5 月 1 日	《近代美国小说之趋势》	作者密尔顿·华尔德曼（作），赵家璧（译）	《现代》（第五卷第一期）	福克纳是一个具有独创性的美国作家，福克纳的作品（比如《喧》）是纯粹的艺术品，并且是"十足美国"的真正意义上的
1934 年 10 月 1 日	《福尔格奈研究：一个新进的悲观主义者》	赵家璧（作）	《世界文学》（第一卷第二期）	分析福克纳 3 个阶段的创作特点，评析《喧》等 6 部作品，并把福克纳定位为一个"悲观主义者"
1934 年 10 月 1 日	《福尔克奈———一个新作风的尝试者》	凌昌言（作）	《现代》（第五卷第六期）	介绍了《喧》等几部长篇的故事情节和写作技巧，盛赞其"各种各式的新技巧的尝试"
1934 年 10 月 1 日	《一个美国小说的成长》	赵家璧（作）	《现代》（第五卷第六期）	分析了《喧》等小说的语言特色，创作主题，叙事技巧，认为他的创作具有鲜明的美国特色
1936 年 1 月	《新传统》	赵家璧（作）	良友图书印刷公司	介绍了福克纳的生平，创作及其《喧》等 6 部长篇小说，并介绍了国外对福克纳的部分评论。还将《喧》定义为"现代文学中最大胆的实验作品"

20世纪30年代在中国发起的对《喧》等福克纳小说的介绍是借着"近代美国小说"这股东风进入中国民众的视野的，其间赵家璧起到了重要的引导作用，他非凡的文学鉴赏力和敏感度促使他注意到福克纳这位潜在的文学巨匠，并先后4次将他介绍给中国的知识分子，希望引起他们对福克纳及《喧》的关注和兴趣。然而因为种种原因，赵家璧的努力没有得到应有的回报，中国知识分子反应冷淡。从1936年赵家璧出版《新传统》开始一直到1957年，在长达21年的时间内，中国对《喧》的研究和介绍处于全面停滞的状态。

二、《喧》在中国译介的出版机构（出版人）因素（1934—1936）

任何一个翻译文本都是一定时代、一定社会文化背景下的产物。纵观《喧》在中国的译介，在不同的历史时期，各种因素，如意识形态因素、出现机构（出版人）因素、诗学观因素、文化因素等，都或多或少对《喧》在中国的译介产生过影响。20世纪30年代哪些社会文化因素造就了《喧》在中国的译介？让我们首先来回顾一下《喧》译介当时的时代历史语境。

自从进入20世纪开始，中国的先进知识分子就开始了文学领域内反对传统文学的文学革命。一方面大力提倡白话文、现代诗等新的语言形式和诗歌形式，另一方面力图通过大量引进西方文学思潮和文学观念冲击旧的文学形式，发展中国新文学。在这种背景下，大量的文学期刊诞生了，如《新小说》(1902)、《新青年》(1918)、《语丝》(1924)、《新月》(1928)、《现代》(1932)、

《译文》(1934)等。这些文学期刊刊载了大量的翻译小说，比如"《小说月报》从12卷1号至22卷12号，先后共译介39个国家304位作家的804篇作品"[1]。各个期刊发表的翻译小说数量之多令人震惊，据谢天振、查明建的考证，"清末民初的翻译小说达4000余种。在1906—1908年间翻译小说甚至超过了创作小说"[2]。从这些数据可以看出从19世纪末到20世纪30年代这一历史时期翻译文学的繁盛状况。伊文·佐哈（Itamar Even-Zohar）勾勒了翻译文学处于主要地位的三种社会历史条件：第一种是某国或某民族文学处于发展初期；第二种是该文学处于"边缘"或"软弱"状态或兼而有之；第三种是该文化处于转型期或危机期或真空期。[3]正是因为当时中国传统文学受到西方思潮的冲击而处于危机期，翻译文学才得以繁荣兴旺。

那么在传统文学受到冲击、翻译文学大行其道的历史时期，又是什么因素造就了《喧》译介的产生呢？起源于欧洲低地国家的操纵派翻译理论将翻译看作一种"文化改写"和"文化操纵"。美国翻译理论家、操纵学派的代表人物之一安德烈·勒菲弗尔认为，社会是一个由多个"系统"组成的综合体，翻译文学是其中的一个系统。翻译文学作为一个系统会受到各种力量的影响和操控，其中最主要的影响因素是意识形态、诗学观和出版机构（出

---

[1] 李曙豪：《20世纪初文学期刊的译介活动及其贡献》，《韶关学院学报（社会科学）》，2009年第2期，第21页。
[2] 谢天振、查明建主编：《中国现代翻译文学史（1899—1949）》，上海外语教育出版社2004年版，第16页。
[3] Itamar Even-Zohar. *The Position of Translated Literature within the Literary Polysystem*, 1978, Lawrence Venuti. The Translation Studies Reader. Routledge, 2012, p. 162.

版人）。这3个影响因素之间的互动操控了翻译活动的整个过程及其结果——翻译文本的产生。这3个因素之间的互动和博弈并不是恒定的，而是会随着时代的变迁呈现出动态的特点。就意识形态而言，勒菲弗尔认为它并不仅仅限于政治方面，而是一种"由指令我们行动的形式、风俗和信仰构成的观念体系"[①]。在某个特定的社会文化系统中，正是勒菲弗尔所说的观念体系使得占统治地位的阶级或社会集团的"政治权力合法化"，也正是这一套观念体系支配控制着人们的思想和行为。而关于诗学，勒菲弗尔认为是由2个部分组成的："一个是文学技巧、体裁、主题、原型人物和场景以及符号；另一个是关于文学在整个社会制度中的作用是什么或应该是什么。"[②]

那么在20世纪30年代究竟是什么因素促成了《喧》的译介呢？在当时的历史语境中，正是出版机构（出版人）发挥了重要的作用。这一时期《喧》在中国的译介主要靠的是上海的著名现代文学杂志《现代》和其主编施蛰存先生。《现代》杂志的出现与上海这一重要城市息息相关。上海经济、商业、文化发达。五四新文化运动后，上海快速崛起，东西方文化交流日益频繁，人们的生活方式也随之发生了深刻变化。人们思想相对开放，言论相对自由，作家评论家眼界开阔。此外，当时来沪的一些外国传教士在上海开办了众多的西学书馆开始出版西学图书。同时，在京

---

① Lefevere, A. *Translation, Rewriting and the Manipidation of Literary Fame*. Shanghai Foreign Language Education Press, 2004, p. 16.
② Lefevere, A. *Translation, Rewriting and the Manipidation of Literary Fame*. Shanghai Foreign Language Education Press, 2004, p. 26.

师同文馆之后，政府还成立了江南制造局翻译馆专门进行外文书籍的翻译出版工作，从而促成了上海印刷与出版业的繁荣兴旺。1932年5月《现代》杂志就在这样的氛围中诞生了。该杂志引进现代主义思潮，推崇现代意识的文学创作。杂志的创办理念就是"想办一个不冒政治风险的文艺刊物"。其主编施蛰存先生在《现代》创刊号上曾明确提出"本杂志所载的文章，只依照编者个人的主观为标准，至于这个标准，当然是属于文学作品的本身价值方面的"[①]。此外，凭借其地理优势和经济优势，《现代》杂志还拥有最迅捷的文学、文化信息来源。正是《现代》杂志不受主流意识形态操控、推崇现代文学的办刊理念和其快捷的文化信息促成了《喧》在中国的译介之旅。

施蛰存（1905—2003），著名文学家、翻译家、教育家、华东师范大学中文系教授。正是施蛰存的远见卓识和独具慧眼才使他在众多的美国作家中看中了福克纳这位当时还没有享有盛名的年轻作家。也正是施蛰存对现代主义文学思潮的推崇和鉴赏力才使他选中了福克纳作为译介对象。同时也因为施蛰存自己就是一位心理分析小说家，才使他能够理解和欣赏福克纳的小说。总之，《喧》30年代在中国的译介完全得益于赞助人施蛰存。没有施蛰存的引荐，《喧》在中国的译介可能会推迟到80年代。

然而1934—1936年《喧》的译介在中国只是昙花一现，很快就销声匿迹了，且国内学者对《喧》等福克纳小说的译介并没

[①] 转引自冯舒奕：《时隐时现的福克纳——福克纳在中国的译介》，上海外国语大学硕士学位论文，2006年，第33页。

有当时的知识分子中产生大的影响。一是因为《喧》的主题、情感基调和艺术风格都不符合当时中国的主流意识形态和诗学；二是因为其赞助人《现代》杂志主编施蛰存先生在第四卷后已经淡出了杂志社，杂志也在1935年5月停刊，《喧》在中国的译介随之暂停。此外，《喧》译介没能在30年代继续进行还因为当时福克纳还不是一名声名显赫的美国作家，在世界范围内还没有产生很大的影响，因而还没有引起中国知识分子的关注。

1936年后接着就是抗日战争和解放战争，我国翻译出版事业进入了一段荒芜沉寂的时期，除了翻译出版一些来自苏联的鼓舞人心的革命文学作品如《钢铁是怎么样炼成的》《静静的顿河》外，其他文学作品的翻译出版几乎停滞，此时的翻译出版界根本没有"闲情"出版福克纳的作品，《喧》的译介也就在这股洪流中完全停止了。抗日战争后，出版业出现了一次短暂的"复兴"，但是短短几个月后，内战全面爆发，除了新闻出版外，文学作品的翻译出版几乎全面停滞，《喧》的译介也随之全面停止。

整个30年代，尽管有赵家璧先生等人的努力推介，福克纳及其《喧》也没有引起中国读者和研究者的兴趣，福克纳在中国仍然只是惊鸿一瞥，并很快被人们遗忘。

三、在中国译介的第二次萌芽（1958—1966）

中华人民共和国成立以后的几年间，我国各行各业都快速发展，翻译事业和其他科学文化事业一样，也获得了蓬勃的发展。然而由于当时教育领域内掀起了学习俄语的热潮，在这种社会背景之下，俄苏文学成为中国文学翻译的主流，其次才是一些东欧文学的翻译作品和少量英美国进步作家的作品。福克纳作为一位资产阶级作家，自然受到排斥和冷落，因而在1949—1958年间，中国没有福克纳的译作出版，也没有任何有关他作品的评论文章发表。一直到1958年，福克纳才得以与广大的读者和文学爱好者见面。

四、在中国译介的总体情况（1958—1966）

经过20多年的沉寂之后，在1958年到1966年间，部分有远见卓识的评论家和文学爱好者开始关注《喧》，《喧》的译介又重新被提上了议事日程。但是由于意识形态的影响，这一时期的福克纳译介主要集中在福克纳的几部（篇）体现其反战思想的小说，如翻译《拖死狗》（赵萝蕤译，1958）和《胜利》（黄星圻译，1958）两篇小说，介绍分析《士兵的报酬》《胜利》《寓言》和《沙多利斯》等小说的创作历程和其中的反战思想。直到1964年，袁可嘉在《英美"意识流小说"述评》一文中才又一次分析和评论了《喧》这部小说。《英美"意识流小说"述评》是我国第一篇深入探讨、分析和评论英美"意识流小说"的学术论文。该文以乔伊斯、伍尔夫、福克纳三位作家为例，概括地总结分析了意识流小说的源流、发展历程和特性，对意识流小说及其意识流作家进行了批判，进而对《喧》也进行了批判性评述，称其开头两章"逻辑与文法荡然无存"[①]。评述中袁可嘉以《喧》为例说明英美"意

[①] 袁可嘉：《英美"意识流小说"述评》，文学研究集刊编辑委员会《文学研究集刊》第1册，人民文学出版社1964年版，第165页。

识流小说"是一种反社会、反理性、反现实主义,同时又是反对小说艺术本身的颓废艺术。60年代最后一篇关于福克纳的研究论文出现在1966年,阿伦在《现代外国哲学社会科学文献》第四期上发表了《威廉·福克纳与美国南方》一文(周煦良译),分析了《喧》(文中译为《声音和愤怒》)题目的来源、小说揭示的主题、小说的结构、主要内容和情节、主要人物形象、写作技巧和风格,通过分析《喧》等3部小说,揭示了美国南方堕落的根源及其注定毁灭的悲剧命运。

从以上译介情况可以看出,在1958年到1966年间仅有2位学者在对福克纳及其小说创作的总体研究中对《喧》进行了粗略的介绍,但没有针对《喧》的专题研究。

五、译介的意识形态和诗学因素(1958—1966)

1958—1966年这一时期对福克纳译介和研究仍然很少,主要是因为当时文学翻译和文学研究受到意识形态、诗学和赞助人的严格控制。在这一时期,社会主义的文艺观和诗学观建立。在社会主义文艺观和诗学观的指导下,革命文学和进步文学受到推崇,苏俄文学因为被看作典型的社会主义革命文学和进步文学而被大量译介。在这种历史语境中,虽然也有少部分美国文学的翻译,但仅仅限于"马克·吐温、杰克·伦敦、德莱赛、马尔兹、法斯特这几位被认为是进步的、批判现实主义的作家作品"[①]。

---

① 查明建:《中国20世纪外国文学翻译史》,湖北教育出版社2007年版,第565页。

在这种情况下，国家对翻译出版采取了一系列调控措施，比如：整顿民营出版机构、合并出版机构、限定翻译文学作品的出版社、统筹翻译活动、掌握翻译内容等。对出版机构和翻译出版的调控保证了勒菲弗尔所说的"赞助人"和意识形态的高度统一。在意识形态、诗学和赞助人高度统一的历史语境中，译者在翻译选材、翻译策略的选择、创造性能力的发挥等方面都受到了较大的限制。在这样的历史语境中，翻译的对象通常都是以无私奉献，品德高尚的英雄人物为主人公的小说，而福克纳被定性为"资产阶级作家"，其小说的主人公要么是自私贪婪的庄园主，要么是精明狡诈的新兴资产阶级，要么是堕落的人间天使，这样的小说与当时的意识形态、诗学观和出版机构（出版人）意志严重不符，译介和研究福克纳小说都要冒着被批评教育的风险，因而当时几乎没有译介福克纳小说的机会。

此外，50年代末60年代初，社会主义文学、革命文学和进步文学再次成为译介的热点，欧美文学尤其是欧美文学中的现代派文学再次被拒绝和冷落。因而在1964年后《喧》的译介和研究全面停滞。

第二节　在中国译介的初步发展
（1979—1999）

1976年，"文化大革命"结束。尽管这一时期呼唤译介外国文学作品，文坛仍然需要1~2年的恢复期和缓冲期。因此，直到

70年代末80年代初，文学创作和西方现代主义文学的翻译和研究才开始逐渐升温。

一、在中国译介的总体情况（1979—1989）

1979年到1984年这一阶段在《喧》的译介史上具有里程碑的意义。在这一个阶段，《喧》在1981年和1982年拥有了大陆的部分译本，分别于1979年和1984年在台湾和大陆拥有了首个全译本。1984年大陆李文俊的首个全译本《喧》的翻译激发了部分中国学者对《喧》的研究热情，从而掀起了1985年到1989年《喧》研究的第一小波研究热潮。以下（如表2-2、表2-3所示）是《喧》译介和研究的具体情况。

表2-2　1979—1989年《喧》翻译情况

出版年份	作品名称	译者	出版刊物
1979	《声音与愤怒》	黎登鑫	远景出版公司，世界文学全集（49）
1981	《喧嚣与愤怒》的片段：一九一〇年六月二日"昆汀的部分"	刁绍华	《北方文学》1981年第6期
1982	《喧嚣与骚动》第二章	李文俊	《外国现代派作品选》（第二册上）
1984	《喧哗与骚动》（二十世纪外国文学丛刊）	李文俊	上海译文出版社

表2-3　1979—1989年《喧》研究的总体情况

年份	1985	1986	1987	1988	1989
论文数量	2	3	4	2	2

纵观整个80年代的《喧》译介,可以看出这10年是整个20世纪《喧》译介的第一个小高潮,这一时期先后共翻译《喧》4次,涉及大陆和台湾,3位重要译者,2个全译本,2个部分译本,2家知名出版社,1家知名杂志,1部重要的外国文学作品集。这一时期的翻译为后期的《喧》的重译打下了良好的基础。这一时期的翻译皆由知名翻译家译成,而且耗时较多,对作品的理解也很透彻,因此翻译质量较高。但是由于译者身份的较大差异,大陆和台湾的两个全译本的译文在行文风格上有着较大的差异。值得一提的是,在《喧》早期的译介史上,其译名呈现了多样化的格局,包括《声音与愤怒》《喧嚣与骚动》《喧哗与骚动》。这3个译名正好体现了不同的翻译策略和翻译风格。同时这一时期开始出现《喧》的复译和再版现象,这表明了《喧》在80年代已经引起了部分学者和出版社的关注。

80年代《喧》的翻译和出版的第一波热潮引起了中国部分学者对《喧》的关注和兴趣,因而也引发了《喧》研究的第一个小高潮。1985年到1989年短短的4年时间内共发表《喧》的研究论文13篇。这一阶段的论文都是对《喧》的内部研究,包括探究和分析小说的内容情节、主题意义、写作风格、象征意义、表现手法、叙事技巧、意识流技巧、人物形象等。总的来说,这一阶段中国学者们开始关注《喧》这部小说,其研究也处于初始的探究阶段,因而大多数研究都停留在肤浅的、介绍性的内部研究上,相比英语世界的《喧》研究,我国的《喧》研究视野狭窄,研究方法陈旧,研究内容集中,但这一时期的研究具有拓荒和奠基的性质，因而仍然具有莫大的意义和价值。

此外，这一时期值得一提的重要研究成果是1980李文俊组织翻译编写的标志性的福克纳汉译论文集《福克纳评论集》，该论文集汇集了美国众多学者对福克纳作品的评论，为国内福克纳小说研究提供了大量一手资料，其中的几篇文章都对《喧》的写作手法、风格、主题等进行了分析和评论，这对当时中国的知识分子了解《喧》、打开国际视野具有非常重要的意义，尤其是该评论集在我国《喧》译介和研究热潮暗涌的历史时期出现意义巨大。此外，由李文俊先生撰写的《福克纳评论集前言》也是非常重要的《喧》研究资料。在该前言中，李先生剖析了《喧》创作中运用的诸如意识流、多角度、时序颠倒、对位式结构、象征隐喻等表现手法和叙事技巧，也分析了福克纳独特的语言风格、人物形象、创作题材等。该前言如同指南针和启明星一样，为国内《喧》的研究者指明了方向，照亮了我国《喧》研究前进的道路。

二、在中国译介的多重影响因素（1979—1989）

是什么造成了80年代《喧》的译介和研究？事实上，有6个方面的因素促成了《喧》译介的第一个小高潮。

一是20世纪80年代，确立了以经济建设为中心、坚持四项基本原则、坚持改革开放的基本路线，为文学创作和文学研究创造了良好的外部环境，文艺领域迎来了百花齐放、百家争鸣的新局面。

二是中外政治、经济、文化的频繁交流促进了翻译实践和翻译理论的发展和繁荣，尤其是随着时任美国总统的尼克松访华和《中华人民共和国和美利坚合众国联合公报》发表，中美关系逐渐缓和，并于 1979 年 1 月 1 日正式建交，中美两国文化交流活动也日渐频繁，由此催生了美国文学翻译的繁荣，英汉翻译开始呈现出一派欣欣向荣的景象，这是造成《喧》译介的重要外部原因。

三是 80 年代文学观和诗学理念的改变为《喧》的译介和研究创造了直接条件。改革开放之初，虽然外国文学作品译介数量大增，但是当时译介的重点仍然是符合传统的现实主义诗学观和审美观的外国文学作品，背离现实主义文学观的西方现代派作品的译介还是没有受到重视。由于受到现实主义文艺观的长期影响，当时的部分知识分子一时难以接受西方现代派文学，认为西方现代派文学的思想代表资产阶级思想，是反动没落的、消极有害的。但是在这种背景下，仍然有一些知识分子意识到西方现代派文学作品潜在的价值。于是 80 年代初中国的知识分子开始就传统的现实主义文学与西方现代派文学孰优孰劣的问题展开了数次讨论和争鸣。从 1980 年到 1984 年，中国知识分子集中展开了一场声势浩大的关于西方现代派文艺的讨论，《外国文学研究》《文艺理论与研究》等重要期刊纷纷登载了关于现实主义和西方现代派论争的学术论文。袁可嘉（1980）、林良敏（1981）、冯骥才（1982）、徐驰（1982）等不少学者都主张有选择地接纳西方现代派文学。如袁可嘉在《略论西方现代派文学》中分析了西方现代派文学的发展脉络、思想特征、艺术特征等，建议"首先要把它有选择地拿过来，了解它，认识它，然后科学地分析它，恰当地批判它，指出它的危害所在，同时也不放过可资参考的东西"①。林良敏在《各领风骚数百年》中区分了现实主义和现代派，认为"现代派和现实主义最大的不同特点是：现实主义是采用忠实于客观地细致描绘外界世界的描写法，而现代派则采用着重刻画内心生活、内心感受，心理真实来曲折地表达思想感情的表现法"②。因此，他认为现代派作为一种外国的文学思潮是完全可以拿过来为我们所用的。③洪明（1982）等则反对现代派文学，认为应该对现代派文学设防。也有的学者主张这两者不应该互为排斥，而是应该互相补充、互为利用。④ 1980 年到 1984 年这 4 年间，我国文艺界经过激烈的争论基本达成了共识：由于现代派作品在表现手法和叙事技巧上的创新，可以适当借鉴，取其精华，去其糟粕。通过对现代派的论争，文艺界已经能够接纳、理解和欣赏现代派作品。文艺界关于西方现代派文学的论争结果直接引发了作为西方现代派文学典型代表的《喧》在中国译介和研究的小高潮。

四是当时的文学创作背景因素。70 年代末 80 年代初，中国的两大文学流派"伤痕文学"和"反思文学"开始在中国文坛崛起。这两大文学流派的文学宗旨是揭露"文化大革命"留下的历史创伤，

---

① 袁可嘉：《略论西方现代派文学》，《文艺研究》，1980 年第 1 期，第 98 页。
② 林良敏：《各领风骚数百年》，《外国文学研究》，1981 年第 3 期，第 134 页。
③ 林良敏：《各领风骚数百年》，《外国文学研究》，1981 年第 3 期，第 134 页。
④ 彭放：《现实主义与现代派》，《文艺评论》，1985 年第 2 期，第 45 页。

表现"文化大革命"后人们回忆创伤时的真情实感和反思心理，但是作家们在刻画人物心理和描写人性的技巧上却显得力不从心。此外，80年代中期诞生的"先锋文学"以远离现实生活、反叛现实主义文学的叙述语言和叙事策略，在当时的文坛上独树一帜，但先锋作家如余华、苏童、莫言等仍然对如何刻画人物的内心感到困惑。与"先锋文学"同时或稍后诞生的"新写实文学"以现实生活中的平常琐事和普通人物为题材，以"反理性""反本质""反典型""反英雄""无序化""大众化"、再现原生态的生活状态著称，然而"新写实小说"的琐碎和平庸也磨损了其思想的广阔与深刻，使其不能成为90年代的文学经典。在各种文学流派都遇到各自创作的瓶颈时，现代派的意识流创作手法恰好为中国当代作家提供了各种可供借鉴的蓝本，指导作家们如何深入人物的内心挖掘人的潜意识，表达深刻的寓意。而《喧》独具特色的叙述方法和艺术表现手法使得急切寻求表达方法和写作变革的中国当代作家产生耳目一新的感觉。同时，长时间浸润在现实主义文学中的中国读者也迫切渴望看到不一样的外国文艺作品，福克纳的现代派作品《喧》正好契合了中国读者的需要、激起了国人的阅读兴趣。在这种背景之下，西方的意识流小说被引入，而《喧》作为一部经典的意识流小说被率先译介到中国也就是水到渠成的事情了。

五是出版机构（出版人）因素。外国文学的翻译出版离不开出版社和期刊的支持。在十年浩劫中，很多出版社和杂志社都被迫关停，"文化大革命"结束后，特别是十一届三中全会后，大部分出版社和杂志社逐渐恢复出版和出刊。外国文学译著的三大主要出版社——人民文学出版社、外国文学出版社和上海译文出版社分别在1978年、1979年和1978年恢复出版。此后，随着出版业的快速发展，外国文学的翻译出版蔚为大观。除了翻译出版欧美著名作家安徒生、狄更斯、海明威等的文集外，还大量出版了普通读者喜爱的惊险小说、侦探小说、推理小说、科幻小说、间谍小说等通俗文学作品。另外，一些出版社竞相出版系列丛书，一时间出现了数十种系列文学丛书。在这种环境下，福克纳作品迎来了出版的热潮，长篇小说《喧》正是受到上海译文出版社和人民文学出版社的青睐而出版的。除了大陆的出版机构外，值得一提的还有台湾的远景出版公司。该出版公司于1974年3月创办，在台湾影响较大。其承担了《世界文学全集》的出版任务，因而福克纳的《声音与愤怒》（即《喧》）得以在1979年出版。另外，除了李文俊、黎登鑫两位福克纳翻译和研究的学者外（当然在这一时期，李文俊仍然对《喧》的译介和研究起着最重要的作用），黑龙江大学外国文学研究所所长、教授刁绍华也对《喧》的译介起到推动作用。正是在他们的辛勤耕耘下，《喧》才得以同中国读者见面，并成功地激发了部分中国学者对《喧》的关注和研究。

六是80年代美国、日本和欧洲对的《喧》译介开展得如火如荼，这不仅为中国知识分子对《喧》的译介和研究提供了经验和研究资料，而且还从正面感染、影响和鼓励了中国的知识分子对《喧》进行译介和研究。在多种因素的共同作用下，70年代末80年代初，《喧》终于在中国拉开了译介的序幕，并迅速成为80年代中国学界美国文学研究的热点。

三、在中国译介的总体情况（1990—1999）

80年代《喧》的译介为90年代福克纳小说大规模、体系化的译介奠定了良好的理论和实践基础。较之80年代，90年代《喧》的译介成果更加丰硕，影响更为深远。

从1990年到1999年这9年间，《喧》的李文俊译本被几家出版社不断再版，有些译本被收入了系列丛书或文集，《喧》的研究也随之达到了一个小高潮。这一阶段的具体译介和研究情况如表2-4、表2-5所示。

表2-4　1990—1999年福克纳小说翻译情况

出版年份	作品名称	编者/译者	出版刊物	所属丛书/文集
1990	《福克纳作品精粹》（《喧》班吉部分）	陶洁（选编）	河北教育出版社	世界文学博览丛书
	《喧哗与骚动》	李文俊（译）	上海译文出版社；人民文学出版社	二十世纪外国文学丛书
1992	《喧哗与骚动（精装本）》	李文俊（译）	浙江文艺出版社	外国文学名著精品，福克纳作品集
1994	《喧哗与骚动》（豪华本）	李文俊（译）	浙江文艺出版社	外国文学名著精品，福克纳作品集
1995	《喧哗与骚动》	李文俊（译）	上海译文出版社	威廉·福克纳文集
	《喧哗与骚动》（精装本）	李文俊（译）	浙江文艺出版社	外国文学名著精品，福克纳作品集

表2-5　1990—1999年《喧》译介和研究的总体情况

年 份	1990	1991	1992	1993	1994	1995	1996	1997	1998	1999
译文出版次数	2	0	1	0	1	2	0	0	0	0
论文数量	1	2	6	3	4	0	5	9	12	9

从表2-4可以看出，从1990年到1999年这9年间，《喧》的李文俊译本共再版5次。至此，《喧》的李文俊全译本已经多次再版。这一时期《喧》的翻译出版被纳入几家重要出版社的出版计划。比如：4家出版社分别推出了"获诺贝尔文学奖作家丛书""世界文学博览丛书""威廉·福克纳文集""二十世纪外国文学丛书""外国文学名著精品"5个文学系列丛书或文集，有计划地推出一些外国文学精品，以丰富国民的文化生活。这些丛书在90年代都出版了李文俊的《喧》译本，其中4家出版社在1990年、1992年、1994年和1995年4次出版了该译本，有些出版社甚至一版再版，比如浙江文艺出版社在1992年首版后，又分别在1994和1995年再版两次。这一方面意味着福克纳及其《喧》受到了我国文化部门和出版界的重视，另一方面也意味着《喧》在中国受到了读者的欢迎。

90年代李文俊的《喧》的出版和再版对《喧》的研究起到了很大的推动和促进作用。根据表2-5的统计，这9年间共有51篇相关论文，约为80年代论文总数的4倍。与80年代的研究相比，90年代《喧》的研究更加全面深入，成果更加丰硕，研究视野更加开阔，研究视角更加多样。具体体现在以下几个方面：

（1）80年代对《喧》的研究以内部研究为主，外部研究很少。而到了90年代，外部研究成为一大趋势，少部分学者开始尝试将《喧》与社会、文化和历史结合起来进行分析，比如：廖綵胜（1996）在《〈喧哗与骚动〉中的南方世界——语言、文化、历史三面观》中从语言、文化和历史3个方面剖析了《喧》这部小说，认为小说中的黑人英语是美国南方的标志，也是社会文化的标志，同时也是历史的见证。①

（2）90年代后期有些研究者开始尝试跨学科研究，用文学理论或其他学科的一些基本理论剖析《喧》的深层次含义。有几位学者用音乐中的一些重要概念和理论分析了《喧》，比如：叶宪（1990）在《〈喧哗与骚动〉中复调结构与对位法初探》中，用音乐分析法分析了《喧》的"四个声部"中的音乐特质；扈娟（1992）年在《〈喧哗与骚动〉的赋格式结构》中也用西洋音乐中的一种复调曲式"赋格"分析了《喧》的结构；吴锡民（1998）阐述了《喧》的结构体现的对音乐艺术中的养料的吸纳。此外，陆道夫（1996）、刘波（1998）、刘晶秋（1999）、刘晶阳（1999）分别用立体派绘画、巴赫金的复调小说理论、弗洛伊德精神分析理论剖析和解读了《喧》的结构艺术和表现手法。还有一些学者运用接受美学的批评方法评析《喧》，如徐文培的《意识流与接受美学——析福克纳〈喧哗与骚动〉》。

（3）这一时期一些学者开始采用对比分析的方法从不同的视角将《喧》与其他作品进行比较和对比。比如：张春（1998）探讨了《圣经》对《喧》创作的影响；孔耕蕻（1991）将《喧》与《高老头》的叙事艺术进行了比较分析；叶世祥（1997）从家族、时间、罪感3个方面对比了巴金的《家》与《喧》的差异；王瑜琨（1996）通过对比《喧》与《红楼梦》讨论了中国和西方悲剧的差异。

（4）法国哲学家萨特早在30年代就开始关注福克纳的时间

---

① 廖绤胜：《〈喧哗与骚动〉中的南方世界——语言、文化、历史三面观》，《福建外语》，1996年第4期，第1-6页。

哲学,而国内学者直到 90 年代才开始关注《喧》所体现的时间哲学。徐立京(1995)在他的论文《走不出的时间——从昆汀的表谈起》中详细地分析了《喧》中的时间具象,指出"威廉·福克纳是一位对美国南方现代生活的'时间'问题求索得最深的大师"[①]。此外,高奋(1993)探讨了《喧》的叙述结构与时间艺术;周杰(1997)也通过《喧》分析了福克纳的真实观和时间观;王巾毫(1992)也通过《喧》剖析了福克纳的时间观与历史意识。

四、在中国译介的诗学和赞助人因素(1990—1999)

20 世纪 90 年代《喧》的译介和研究的初步发展与当时的社会、文化背景息息相关。90 年代改革开放进一步深化,经济建设蓬勃发展,社会活力激增。"以经济建设为中心"成为时代的主旋律,为文学的自由发展创造了良好的环境,即便是波澜起伏的国际政治因素也没有对文学生态的自由发展产生多大的影响。同时在商业化大潮、全球化以及互联网等的冲击下,文学固有的生存环境和生存方式、诗学观念和文化心理都随之发生了根本性的变化。

90 年代的中国文化处于急剧的裂变和转型时期,市场经济、全球化、大众文化、消费、传媒、资本等颠覆了封闭、僵化的旧文学场,形成了一个开放、自由、多元的新文学场,一系列诸如"人文精神讨论""后现代主义思潮"等各种社会思想论题以公共讨论的形式呈现在文学场域内,构成了一幅充满含混、复杂以及

---

① 徐立京:《走不出的时间——从昆丁的表谈起》,《外国文学评论》,1995 年第 2 期,第 66 页。

分化的 90 年代文学生态图景。在这个大的社会文学场域的浸染下，中国文学创作显现出从未有过的丰富、复杂和含混。各种文学流派、各种文学生态、各种驳杂的文学风格同时呈现在文学场域内，"伤痕文学""知青文学""反思文学""新生代小说""新写实小说""新历史主义小说""女性小说"等文种流派同时并存，呈现出纷繁复杂、丰富多彩的文学生态。在这种时代语境下，外国文学思潮、文学生态和文学话语的引进则成为时代的强烈要求。同时 90 年代开放、多元的文学氛围也为外国文学的译介创造了良好的环境。美国文学巨匠福克纳的代表小说《喧》在 90 年代成为译介热点也就是自然而然的事情了。

《喧》在 90 年代的译介也得益于出版社的有序组织。刚进入 90 年代，有三家出版社分别推出了文学丛书：河北教育出版社率先推出了"世界文学博览丛书"，出版了陶洁选编的《福克纳作品精粹》（1990），收了包括《喧》在内的福克纳最具代表性的小说 17 篇（或章节），并附了每篇小说的短评；上海译文出版社推出的"二十世纪外国文学丛书"也将《喧》（1990）包括在内；1992 年，浙江文艺出版社推出的《外国文学名著精品·福克纳作品集》也出版了《喧》，并在 1994 和 1995 再版了《喧》。上海译文出版社在 1995—1999 年间推出了《福克纳文集》，出版了包括《喧》在内的福克纳长篇小说 5 部。整个 90 年代各个出版社出版的这些文集虽然有商业化方面的考虑，但更多地证明了《喧》的文学价值及福克纳在中国文学界的影响和地位。除了出版社的组织和支持，各期刊的繁荣也是一个不可忽略的重要因素。进入 90 年代，各期刊纷纷改制、改版、转型，各期刊之间的竞争更加激烈，因此优质论文成为争抢的对象，这在某种程度上催生了《喧》研究的繁荣。可以说，《喧》的译介和研究在 90 年代的繁荣同出版社和期刊的推介有着千丝万缕的联系。除了出版社的推介外，一批译者兼学者的辛勤耕耘也是福克纳繁荣的重要因素，包括李文俊、陶洁等。

第三节　在中国译介的深化和拓展（2000—2020）

如果说 20 世纪 90 年代是《喧》在中国译介的高潮期和黄金期，那么进入 21 世纪，虽然高潮已退，但《喧》的译介并没有快速衰微，而是稳步进入了一个深化和拓展的时期。这一时期，大部分福克纳小说在中国得到译介，部分汉译本在中国各大媒体热销并获得了较高的关注和认可。另外，福克纳部分小说开始出现复译本，这从侧面反映了福克纳作品在中国文学场域内的声誉和地位。随着福克纳翻译作品的持续增加，福克纳及其小说的研究也如火如荼地进行着。可以说，21 世纪是福克纳在中国译介的另一个繁荣时期。

一、在中国译介的具体情况（2000—2020）

进入 21 世纪，我国的《喧》译介和研究承袭了 20 世纪 90 年代良好的发展态势，继续保持繁荣兴旺的势头。21 世纪以来，《喧》受到各大出版社的青睐，不仅频繁出版新译本，还频繁出版旧译本，有的出版社甚至一版再版，具体翻译出版情况如表 2-6 所示。

表 2-6　2000—2020 年《喧》翻译情况

出版年份	作品名称	译者	出版单位	所属丛书/文集
2001	《喧哗与骚动》	戴辉	印刷工业出版社，内蒙古出版社，内蒙古文化出版社	世界文学名著宝库
2002	《喧哗与骚动》（精装）	李文俊	中国戏剧出版社	世界文学名著宝库
2003	《喧哗与骚动》（英汉对照）	李文俊	天津科技翻译出版公司	哈佛蓝星双语名著导读
2004	《福克纳全集》（前面八部）		上海译文出版社	
2004	《喧哗与骚动》（硬精装本）	李文俊	上海译文出版社	
2004	《喧哗与骚动》	李文俊	漓江出版社	
2007	《喧哗与骚动》	李文俊	上海译文出版社	译文名著文库
2010	《喧哗与骚动》	李文俊	上海译文出版社	
2011	《喧哗与骚动》	李文俊	上海译文出版社	英文名著精选

续表

出版年份	作品名称	译者	出版单位	所属丛书/文集
2013	《喧哗与骚动》	李文俊	漓江出版社	
	《喧哗与骚动》	李文俊	新星出版社	诺贝尔文学奖作家典藏书系
	《喧哗与骚动》	富强	北京联合出版公司	
	《喧哗与骚动》	董刚	安徽师范大学出版社	世界经典文学名著
	《喧哗与骚动》	曾菡	新星出版社	诺贝尔文学奖作品典藏书系（福克纳卷）
2014	《喧哗与骚动》（英汉双语版）	李文俊	中央编译出版社	
	《喧哗与骚动》	李文俊	北京理工大学出版社	诺著贝尔文学奖大系
2015	《喧哗与骚动》	李文俊	重庆大学出版社，楚尘文化	福克纳经典作品
	《喧哗与骚动》	李文俊	北京联合出版公司	孩子们必读的诺贝尔文学经典
	《喧哗与骚动》	李文俊	北京燕山出版社	
	《喧哗与骚动》	方柏林	译林出版社	福克纳经典
	《喧哗与骚动》	金凌心	北京理工大学出版社	

续表

出版年份	作品名称	译者	出版单位	所属丛书/文集
2016	《喧哗与骚动》	余莉	北方文艺出版社	
2017	《喧哗与骚动》	何悠	北京联合出版公司	
2018	《喧哗与骚动》	李继宏	果麦文化，天津人民出版社	
2018	《喧哗与骚动》	李文俊	人民文学出版社	名著名译丛书
2019	《喧哗与骚动》	李文俊	中国出版集团，现代出版社	
2019	《喧哗与骚动》	李文俊	漓江出版社	诺贝尔文学奖作家集（福克纳卷）
2019	《喧哗与骚动》	李文俊	上海文艺出版社	福克纳作品精选系列
2019	《喧哗与骚动》	李文俊	时代文艺出版社	世界文学名著
2020	《喧哗与骚动》	李文俊	人民文学出版社	外国文学名著丛书
2021	《喧哗与骚动》	李文俊	人民文学出版社	福克纳文集

从表2-6我们可以清楚地看到这一时期《喧》翻译的具体情况。21世纪以来先后出版了9个不同译本，加上20世纪的2个旧译本，目前共有译本11个，涉及译者共计10人。此外，共有26家出版社先后出版了《喧》的各种译本31次，其中李文俊的《喧》各种版本就有出版记录21次。其次，还有几家出版社再版了《喧》，其中上海译文出版社先后5次出版《喧》译本，人民文学出版社、漓江出版社、北京联合出版公司先后3次出版《喧》译本，天津科技翻译出版公司、新星出版社、北京理工大学出版社先后2次出版《喧》译本。另外，《喧》的各个译本被"诺贝尔文学奖作品典藏书系""世界文学名著宝库"等18个系列丛书收录。这些数据足以证明福克纳的《喧》在中国的火爆和受欢迎程度。

21世纪以来，《喧》翻译出版的热潮也极大地促进了《喧》的研究，无论是期刊论文、硕博士学位论文、专著还是译著都达到了《喧》研究历史上的最高峰。其成果之丰、研究范围之广、研究视角之多皆引人关注。表2-7、表2-8是《喧》2000—2009年、2010—2020年的研究情况。

表2-7 《喧》研究状况（2000—2009）

年份	2000	2001	2002	2003	2004	2005	2006	2007	2008	2009
论文总数量（328）	14	16	19	23	28	24	37	43	60	64
专著总数量（0）	0	0	0	0	0	0	0	0	0	0
硕士学位论文总数量（69）	1	1	4	4	9	3	5	15	9	18
博士学位论文总数量（2）	0	0	1	0	0	0	0	1	0	0

表 2-8 《喧》研究状况（2010—2020）

年　份	2010	2011	2012	2013	2014	2015	2016	2017	2018	2019	2020
论文总数量（554）	59	68	62	66	65	55	42	44	42	37	14
专著总数量（1）	0	0	0	0	0	0	0	1	0	0	0
硕士学位论文总数量（91）	5	11	15	11	12	9	5	6	10	4	3
博士学位论文总数量（2）	0	0	0	1	0	0	0	1	0	0	0

在 21 世纪多元开放的语境下，《喧》成为国内学者们研究焦点之一。表 2-7 和表 2-8 显示了 2000—2020 年《喧》研究的总体状况。从表 2-7 和表 2-8 可以看出，关于《喧》研究的期刊论文在 20 年间共计发表 882 篇；硕士学位论文共计 160 篇；博士学位论文共计 4 篇；专著共计 1 部。

从表 2-7、表 2-8 还可以看出《喧》研究论文数量在 21 世纪前 9 年几乎一直呈递增的趋势，到 2009 年达到了顶点，之后《喧》研究论文数量一直处于稳定增长的态势。但是从 2016 年到 2020 年这 4 年相关研究论文数量略有下滑，2020 年达到最低。总的来说，《喧》研究在 21 世纪成果斐然，充分显示出国内研究者包括大量年轻学者和研究生对《喧》的高度关注和研究热情。对这些论文进行梳理考察，可以发现几个特点：

新世纪《喧》研究最显著的特点是多元化的研究视角。随着 21 世纪各种新旧文艺思潮的风起云涌，尤其是 20 世纪最后 20 年在西方盛行的后现代主义、新历史主义、精神分析、女性主义、解构主义、生态伦理、后殖民主义和文化身份对中国的文学批评产生了深刻的影响，《喧》的研究也呈现出鲜明的时代特色。不少研究者努力拓宽研究的视角，寻找新的切入点，从而产生了一批带有鲜明时代烙印的研究论文。众所周知，生态批评（生态主义、生态伦理）以及身份（身份认同、文化身份）都是新世纪衍生的新的批评方法和批评理论，《喧》的部分研究者也尝试了从这些新的视角分析这部小说，如徐国超（2008）从生态批评的视角分析了《喧》在地方、女性、人心三个维度上所体现的后现代精神；贾少英（2016）从生态批评的视角揭示了《喧》所呈现的自然生态、社会生态和精神生态的失衡状态；还有一部分论文从生态女性主义的视角解读了《喧》中的女性形象，如纪琳琳（2011）、杨露（2012）、赵龙（2013）、钱亚萍（2013）、陈曦和姜春梅（2016）、赵继红（2019）等；李长亭（2013）从后殖民主义理论的视角分析了《喧》的主要人物对迪尔西"他者"身份的认识、迪尔西的自我身份认同以及觉醒。此外，新世纪的研究者们还从其他各种视角研究了《喧》，比如：黄梦柯（2015）从文学伦理学视角分析了《喧》中体现的女性主义伦理、种族伦理和生态伦理；耿培英（2009）从后现代主义视角指出《喧》充分体现了福克纳的后现代主义思想；王晓梅（2010）、邢艳（2012）、毛丹（2013）等运用新历史主义批评理论分析了《喧》中所体现的新历史主义倾向及女性角色；韩彩虹（2013）、汪晓霞（2017）、王巧丽（2018）等从女性主义的角度解读了《喧》中的女性形象。

21世纪《喧》研究另外一个显著的特点是从比较文学的视角研究《喧》的论文数量较20世纪八九十年代有所增加,在选题、研究视角和研究方法上也更加多元化。表2-9、表2-10是福克纳比较研究的总体情况。

表2-9 《喧》与中国作家比较研究的总体情况

比较对象	论文数量	比较内容
《喧》与阿来的《尘埃落定》	17	叙事手法、人物形象、主题、语言特色
《喧》与贾平凹的《秦腔》	8	复调特征、叙事特征、对话性特征、人物形象、乡土文化
《喧》与莫言的《红高粱家族》	2	叙事模式、意象
《喧》与莫言的《丰乳肥臀》	3	生存之本和生命之源、母亲形象、叙事技巧
《喧》与莫言的《檀香刑》	3	叙事技巧、意识流、白痴形象
《喧》与巴金的《家》	3	男性人物形象、父亲形象、家族叙事
《喧》与曹雪芹的《红楼梦》	2	死亡叙事、家族悲剧、主要人物的象征意义
《喧》与韩少功的《爸爸爸》	3	傻子主人公比较
《喧》与李洱《花腔》	2	叙事技巧
《喧》与张炜的《古船》	2	原罪意识、主题思想
《喧》与陈忠实《白鹿原》	1	女性悲剧形象
《喧》与沈从文的《边城》	1	中美文化差异
《喧》与白先勇的《思旧赋》	1	以家庭衰落写历史变迁
《喧》与李冯的《英雄》	1	叙事艺术,结构
《喧》与老舍的《四世同堂》	1	兄妹形象比较分析
《喧》与苏童的《罂粟之家》	1	主题,文化内涵
《喧》与鲁迅的《狂人日记》	1	叙事艺术

表 2-10 《喧》与国外作家比较研究的总体情况

比较对象	论文数量	比较内容
《喧》与哈代的《德伯家的苔丝》	2	现实主义契合，性别观
《喧》与乔伊斯的《尤利西斯》	2	主题思想、意识流技巧、语言风格、写作方法及结构
《喧》与纳博科夫的《洛丽塔》	1	叙事艺术
《喧》与芥川龙之介的《竹林中》及米兰·昆德拉的《玩笑》	1	叙事特征
《喧》与欧内斯特·盖恩斯的《老人集合》	1	复调特征
《喧》与托尼·莫里森的《宠儿》	1	艺术手法、思想内容
《喧》与胡安·鲁尔福的《佩德罗·巴拉莫》	1	叙事手法
《喧》与略萨的《酒吧长谈》	1	叙事策略

从表 2-9 和表 2-10 可以看出，关于《喧》与莫言、沈从文、老舍、苏童、贾平凹等作家的作品比较研究相对较多，共有论文 51 篇，而《喧》与乔伊斯、哈代等外国作家的作品比较研究相对较少，仅有论文 13 篇。从比较内容来看，研究者主要从创作主题、文本结构、叙事特征、人物形象、文艺思想、乡土情结、语言特征等方面将《喧》与其他作品进行对比研究。同时，影响和被影响的关系也是研究者关注的一个重要问题。这些比较研究体现了 21 世纪中国《喧》研究的一种趋势及走向。

二、《喧》在中国译介的出版因素（2000—2020）

21世纪《喧》译介和研究空前繁荣，硕果累累，实现了质和量的飞跃。这得益于多方面的原因。首先是21世纪文学的文学性和审美性更受关注。其次，21世纪丰富、开放和自由的文学创作氛围以及多维的文学批评空间构成了一幅百花齐放的文学生态图景。最后，21世纪《喧》在中国的译介主要得益于出版机构。21世纪文学的翻译出版空前繁荣，在这种背景下，各出版社纷纷推出了系列文学作品集。如北京燕山出版社推出的"天下大师·福克纳作品"，北方文学出版社2016年推出的"福克纳诺贝尔奖精品文集"，上海文艺出版社自2011年起推出的"企鹅经典"丛书，漓江出版社2017年推出的"诺贝尔文学奖作家文集·福克纳卷"。如果没有各出版社推出的这些系列文学作品集，《喧》的译介也不可能持续繁荣。这些都为《喧》的译介提供了良好的环境。总之，在开放、包容、多元的社会文化语境中，出版业的繁荣和出版机构的策划造就了《喧》译介和研究的繁荣。

结　语

从本章的文献综述和数据统计，我们可以清楚地看出《喧》译介在各个历史阶段的总体情况以及过去80余年的发展历程：《喧》在中国的译介经历了一个由隐而显、波浪起伏的过程，从1934—1936年开始关注和译介，到之后24年的完全中断，再到1958—1966年的重新关注和译介，昙花一现之后又是11年的完全停滞，然后到 1979 年译介复苏，自此《喧》译介才逐渐走上正轨并不断深化和拓展。深受《喧》汉译小说影响并与其同步发展的《喧》的研究也同样经历了由早期零散、单一、浅显的研究逐步走向成熟、系统、多元、深入的研究的历程。

通过本章的分析，我们还可以清楚看到《喧》译介背后的原因和影响因素。归根结底，影响《喧》译介的主要因素是勒菲弗尔在经过大量的翻译实践和调查研究后总结出的三种基本影响力量：意识形态、诗学观和出版机构。其中，意识形态在《喧》译介早期（1936—1979）扮演着最为重要的角色，极大地影响了那一阶段的文学翻译及其研究，包括译出语的选择、译介作家的选择、翻译材料的选择、译者的选择、翻译策略的选择、译语词句的选择等，以至于《喧》译介在早期举步维艰。在《喧》译介后期（1980 年至今），意识形态的影响让位于诗学和出版机构。八九十年代中国文学流派风起云涌、纷繁复杂，形成了多元、开放的文学生态，同时八九十年代改革开放更加深入，商品经济和市场经济蓬勃发展，催生了中国出版业的繁荣。这些诗学和出版机构因素为《喧》译介创造了良好的外部环境。而直接造就《喧》译介产生的重要因素则是出版机构——上海《译文》杂志及其他外国文学译介杂志、杂志的主编、译者。如果没有上海《译文》杂志，如果没有施蛰存、李文俊、陶洁等重要出版人，《喧》译介的步伐很可能会迈得更加艰难。除了上面提到的意识形态、诗学和出版机构三个主要因素外，中国的社会时代变迁，中国读者期待视野、接受美学、阅读习惯的更新变化，国家层面的译介政策、规划和策略的调整，文学界和翻译理论界的批评和争鸣以及《喧》小说的文本特征等一系列变量都是造成《喧》小说译介由隐而显的重要原因。

《喧》的译介历程可以隐约折射出我国社会历史和文学的基本发展轨迹以及外国文学尤其是苏俄文学和美国文学在中国的发展历程。此外，外国文学在一个民族或一个国家的译介以及传播必定会或大或小、或显或隐、或正或反地影响到译入国文学和文化的发展。因此《喧》在中国的译介从某种程度上说，对中国的文学、文化乃至社会和历史都产生了一些微妙的影响。具体影响笔者将在其他章详述。

第三章

《喧哗与骚动》的多元翻译策略

在中国台湾，黎登鑫在1979年完成了"The Sound and Fury"的翻译，并将译本的标题定为《声音与愤怒》，这是中国的第一个全译本。在中国大陆，刁绍华于1981年翻译完成了"昆汀的部分"，这是中国大陆第一次尝试该小说的翻译，这次尝试正式开启了《喧》在中国大陆的翻译。紧接着在1982年，李文俊也完成了"昆汀的部分"的翻译。到1984年李文俊已经完成了该小说的全译，这是中国大陆的第一个全译本。在此后将近40年的时间内，《喧》不断地被再版、修订和重译。翻译这样一部艰涩难懂的小说对于任何译者都是一个巨大的挑战。为了达到翻译的文本目的和非文本目的，译者翻译策略的选择显得尤为重要。本章首先探讨翻译策略的内涵和外延，然后从四个方面探讨《喧》的多元翻译策略。

"翻译策略"作为一个专业术语，最早是1967年由语言学派的代表人物 Levy 引入翻译领域的，目的是"保证职业翻译工作中合理的输入和输出关系以及源语/译语表达在语篇上的高度等值"[①]。20世纪90年代中期，随着文化学派翻译理论的引进，"翻译策略"这个术语被引进我国译坛。很快这个术语在我国译界得到广泛使用，然而新的问题却出现了，由于它被引进时就界定不清，导致译界出现了将它同其他术语如"翻译方法""翻译技巧"等术语混用的现象。虽有国内外学者发文界定这一术语或澄清这一术语与其他术语的区别，如 Iolina & Albir（2002）、Chesterman（2005）、熊兵（2014）、郭亚玲（2016）、王立（2016）等，但该术语的混乱使用现象仍然很普遍。到目前为止，该术语的外延和内涵在国际国内译坛仍然没有公认的、统一的界定。因笔者要在本章探讨福克纳小说汉译本的翻译策略，故清楚地界定并说明这一术语就必不可少了。下面笔者将综合几位译界著名学者的定义，界

[①] Wilss W. *The Science of Translation: problems and methods*. Shanghai Foreign Language Education Press, 2001, p. 192.

定该术语在本文中的含义和分类。

Venuti（1998）指出翻译策略"涉及选择要翻译的外国文本并且采用某种翻译方法"，他用归化和异化的概念来指代翻译策略。①

Krings（1986）将翻译策略定义为"译者在具体翻译任务的框架内解决具体翻译问题时潜在的、有意而为之的计划"②。

方梦之（2013）认为翻译策略就是"翻译过程中的思路、途径、方式和程序"③，并根据翻译策略的性质将其分为三类：传统型翻译策略、理论型翻译策略和实践型翻译策略。据此，翻译策略是一个非常宽泛的术语，既包括直译、意译和音译等传统型翻译策略，也包括忠实翻译、语用翻译等语言学派的翻译策略和改写、归化、异化、阻抗、创译、文化移植、文化置换、同化等文化学派的翻译策略，而且还包括解释性翻译（段连成，1990）、"看易写"（林克难，2003）、陌生化（刘英凯，1999）、零翻译（邱懋如，2001）等从大量翻译实践中萃取的实

---

① Lawrence Venuti. *The Scandals of Translation: Towards an Ethics of Difference*. Routledge, 1998, p. 24.
② Krings H. P. "*Translation Problems and Translation Strategies of Advanced German Learners of French (L2).*" In J. House and S. Blum-Kulka *Interlingual and Intercultural Communication*. Gunter Narr Verlag, 1986, p. 18.
③ 方梦之：《翻译策略的构成与分类》，《当代外语研究》，2013 第 3 期，第 47 页。

践型策略。[1]可见方梦之所说的翻译策略实际上就是各种各样的翻译方法。熊兵（2014）则将翻译策略定义为"翻译活动中，为实现特定的翻译目的所依据的原则和所采纳的方案集合"[2]，并将翻译策略分为异化策略（foreignization）和归化策略（domestication）两种，前者包括零翻译、音译、逐词翻译、直译四种翻译方法，后者包括意译、仿译、改译、创译这四种翻译方法。[3]郭亚玲，王立（2016）则是从认知角度解读翻译策略的，认为"翻译策略是关于翻译方法、翻译技能技巧、翻译方式、翻译总体导向和解决翻译问题这一事件的认知结构，是一个多维、立体的图式，它可以有不同的例示（instantiation），即具体化到不同的形式"[4]。切斯特曼（Chesterman，2005）也认为"翻译策略是一种认知图式（cognitive schema）"[5]。从以上学者对翻译策略的定义和阐释，可以看出学者们对翻译

---

[1] 方梦之：《翻译策略的构成与分类》，《当代外语研究》，2013第3期，第49-50页。
[2] 熊兵：《翻译研究中的概念混淆——以"翻译策略"、"翻译方法"和"翻译技巧"为例》，《中国翻译》，2014年第3期，第84页。
[3] 熊兵：《翻译研究中的概念混淆——以"翻译策略"、"翻译方法"和"翻译技巧"为例》，《中国翻译》，2014年第3期，第84页。
[4] 郭亚玲，王立：《翻译策略：术语与隐喻》，《语言与翻译》，2016年第1期，第85页。
[5] Chesterman. *Problems with Strategies*. In Karoly, K.and A. Foris (eds.). *New Trends in Translation Studies:* In Honor of Kinga Klaudy. Akad mia Kiad, 2005, p. 26.

策略的内涵和外延的界定和阐释仍然存在较大的分歧。笔者将翻译策略界定为三大类：微观翻译策略、宏观翻译策略和文化翻译策略。下面是具体的分类情况：

（1）微观翻译策略。以下主要讨论意识流长句的翻译策略。

（2）宏观翻译策略或整体翻译策略，即根据翻译文本的具体情况制定的全局性的总体翻译策略，本研究涉及的是翻译与介绍、研究相结合的总体翻译策略。

（3）文化翻译策略。关于文化翻译，目前学界对其内涵和外延仍然没有一个放之四海而皆准的定义。一般来说，学者们对该术语的理解主要有 6 种：① 文化的翻译，即将一种文化当作一个文本[①]，以另一种文化所能理解的方式进行翻译表述；② 对原文中原语文化因素的翻译；③ 处理文化信息时所采取的翻译方法[②]；④ 翻译研究的一种方法或途径，即将翻译活动或翻译文本置于跨文化语境之下

[①] 文化人类学家格尔茨认为正如文学文本一样，社会/文化活动、事件和表述都可视为文本。Clifford Geertz. *The Interpretations of Cultures: Selected Essays.* Basic Books, 1973, p. 5.

[②] 奈达和泰伯在《翻译理论与实践》一书中将文化翻译定义为"为在某种程度上符合译入语文化的标准而改变信息内容，并且/或者在译文中引入了并非原文语言表达所暗含的信息，这样的翻译句叫作文化翻译。" Nida & Taber. *The Theory and Practice of Translation.* Shanghai Foreign Language Education Press, 2004, p. 201.

进行研究[①];⑤一个既没有起始文本,也没有固定的目标文本的文化互动过程[②];⑥塑造民族文化身份的手段[③]。可见,文化翻译有广义和狭义之分,本章要讨论的文化翻译限于狭义上的文化翻译,即对原文中源语文化因素的翻译,比如对文化负载词的翻译,对方言俚语的翻译,对人名、地名等专有名词的翻译等。本章涉及的文化翻译策略包括:归化、异化和深度翻译3类。归化、异化与直译、意译有着本质上的区别,直译与意译只是表明译者在语言上的一种取向,而归化与异化则表明了译者在语言和文化两个层面上的一种取向,因而更全面、更科学地体现了译者的翻译策略。

异化:所谓"异化"就是译者在翻译中尽量向原文作者和源语的文学文化规范靠拢,"具体表现为在翻译中,尽量保留原文的语言、文学、文化特

[①] 此处关于文化翻译这个术语的理解参考了刘芳:《翻译与文化身份——美国华裔文学翻译研究》,上海交通大学出版社2010年版,第21-23页。
[②] Anthony Pym .*Exploring Translation Theories* (Second edition) London, New York: Routledge,2014, p. 138
[③] 霍米·巴巴在《新鲜的东西是如何进入世界的:后现代空间、后殖民时代和文化翻译的实验》(How Newness Enters the World: Postmodern Space, Postcolonial Times and the Trials of Cultural Translation)一文中阐述了少数民族文化生存的文化翻译策略,即重新进行民族文化定位,凸显文化的异质性,从而重塑民族身份和民族认同。

质，保留异国风味"①。异化策略下的翻译方法有零翻译、音译、逐词翻译、直译4种。②

归化：与"异化"相对应，"归化"是在翻译中尽量向译语读者和译语文学文化规范靠拢，"具体表现为在翻译中，尽量用目的语读者喜闻乐见的语言、文学、文化要素来替换源语的语言、文学、文化要素，恪守、回归目的语的语言、文学和文化规范"③。归化策略下的翻译方法有意译、仿译、改译、创译4种。④

深度翻译：即在句子内外添加说明性文字或注释。根据深度翻译的可见度，又可以将其分为"显性深度翻译"和"隐性深度翻译"⑤，如脚注、尾注、加括号注释、文内释义（翻译句子时在句子中添加的说明性文字）等。本章主要研究显性深度翻译，即在译文正文之外增加关于整个翻译文本、章节、段落的说明性文字、图表、广告、照片、图

---

① 熊兵：《翻译研究中的概念混淆——以"翻译策略"、"翻译方法"和"翻译技巧"为例》，《中国翻译》，2014年第3期，第84页。
② 熊兵：《翻译研究中的概念混淆——以"翻译策略"、"翻译方法"和"翻译技巧"为例》，《中国翻译》，2014年第3期，第85页。
③ 熊兵：《翻译研究中的概念混淆——以"翻译策略"、"翻译方法"和"翻译技巧"为例》，《中国翻译》，2014年第3期，第84页。
④ 熊兵：《翻译研究中的概念混淆——以"翻译策略"、"翻译方法"和"翻译技巧"为例》，《中国翻译》，2014年第3期，第85页。
⑤ 曹明伦：《当令易晓，勿失厥义——谈隐性深度翻译的实用性》，《中国翻译》，2014年第3期，第112页。

片、插图等，如序言、导言、内容简介、人物谱系、附录、作者简介、译者简介等，其目的是为译文读者提供与原作和译作有关的背景知识，便于理解和鉴赏。

下面笔者将从这3类翻译策略入手，具体讨论4种翻译策略。

第一节　意识流长句翻译中的逻辑明晰化策略

翻译中的明晰化（explicitness/explicitation）在学术界是一个有争议的概念，目前公认比较准确的定义是 Vinay & Darbelnet（1995）提出的，他们认为，翻译中的明晰化是"一种文体翻译技巧，即把源语中隐含的、从语境或情境中可见的内容在目的语中清楚地表达出来"[1]。明晰化的目的是"增强译本的逻辑性和易解性"[2]。关于明晰化的分类，目前学界也没有统一的标准，但我们可以肯定的是明晰化有两种最基本的类型：强制性明晰化（obligatory explicitations）和可选性明晰化（optional explicitations）。Klaudy（1998）认为，强制性晰化是由"语言的句法和语义结构的差异"所决定的。句法和语义的说明是必需的，因为没有它们，目标语言的句子将不符合语法。[3] 可选性明晰化是"不同语言之间的文本构建策略和文体偏好的结果"[4]。但事实上，有时候强制性明晰化和可选性明晰化之间的界限是比较模糊的。此外，关于明晰化是否是一种翻译策略目前学界也有争议。笔者在此无意探讨明晰化的分类以及明晰化是否是一种翻译策略

---

[1] Vinay Jean-Paul, Jean Darbelnet. *Comparative Stylistics of French and English: A Methodology for Translation*. John Benjamins, 1995, p. 342
[2] Shuttleworth M, Cowie M. *Dictionary of Translation*. Shanghai Foreign Language Education Press, 1997, p. 55.
[3] Klaudy Kinga. Explicitation. In M. Baker (ed). Routledge *Encyclopedia of Translation Studies*. Routledge, 1998, p. 82.
[4] Klaudy Kinga. Explicitation. In M. Baker (ed). Routledge *Encyclopedia of Translation Studies*. Routledge, 1998, p. 83

等问题，而是将明晰化默认为一种翻译策略，并且将所有与本研究有关的明晰化策略都纳入本章的研究范围之内。由于篇幅有限，本研究仅仅探讨《喧》意识流长句中的逻辑明晰化翻译策略。

首先我们来看看什么是意识流。简单地说，所谓的意识流就是"那种流动的未经组织过的思想状态"，即那种未经组织加工和逻辑思考，通常是杂乱无章的、原始的思想状态。《喧》的第一章和第二章有大量的意识流句子，其中包含大量的意识流长句，有些意识流句子甚至连续两三页都没有一个标点符号。为保留原文的语言特色和语言风格，译者在翻译这些意识流长句时最好在总体上保留这些意识流长句的特色，译文句子中间不要添加标点符号，但考虑到译文的语言规范以及译文的接受度和可读性，笔者认为我们在翻译这些意识流长句时最好对它们进行恰当的逻辑明晰化处理，即采用各种明晰化策略增加译文的逻辑性和可读性。基于《喧》的 11 个译本，我们可以看出大部分译者在处理意识流长句时都采用了逻辑明晰化翻译策略，只是程度不一，方法不一。本节笔者主要以李继宏（2018）的译本为例。具体来说，译者们在使用逻辑明晰化翻译策略时通常使用了 2 种基本的方法，下面笔者将以一些译本为例进行说明。

一、简化句子，理顺逻辑

在《喧》的第一章和第二章，福克纳使用了很多结构复杂的意识流长句，这些句子即使母语是英语的读者也很难理解，因此在翻译成汉语时，译者可以将那些复杂难懂的句子进行结构重组，用相对简短的汉语句子来表达，同时理顺句子的逻辑关系，尽量在保持原文总体风格的前提下把句子的大意在译文中表达出来。纵观《喧》的 11 个译本，可以看出好几位译者在处理意识流长句时都采用了这种逻辑明晰化的方法。比如：

例 1

原文：*Women are like that they don't acquire knowledge of people we are for that they are just born with a practical fertility of suspicion that makes a crop every so often and usually right they have an affinity for evil for supplying whatever the evil lacks in itself for drawing it about them instinctively as you do bed-clothing in slumber fertilising the mind for it until the evil has served its purpose whether it ever existed or no* (Faulkner, 2015: p.80)

译文：女人就是那样的啦她们对别人缺乏了解不像我们男人通情达理她们天生就爱疑神疑鬼经常喜欢瞎猜而且往往还猜中了她们和魔鬼的关系十分亲密因为魔鬼缺少什么她们就提供什么她们本能地将魔鬼往身边拉就像你睡着时拉被子那样然后脑子里滋生出各种邪恶的想法最终坏事就这样发生了尽管本来是不会发生的（李继宏，2018：129）

原文句子结构复杂冗长，小句一个套一个，读者理解起来十分费力，李继宏在翻译时将原文的复杂句全部转化成了结构简单的短句，同时将原文隐含的逻辑关系也梳理得十分通畅，这不仅为译文读者减轻了阅读的障碍，而且读起来朗朗上口，这样的译文特别适合中国千千万万的普通读者。

例 2

原文：it will be a gamble and the strange thing is that man who is conceived by accident and whose every breath is a fresh cast with dice already loaded against him will not face that final main which he knows before hand he has assuredly to face without essaying expedients ranging all the way from violence to petty chicanery that would not deceive a child until someday in very disgust he risks everything on a single blind turn of a card no man ever does that under the first fury of despair or remorse or bereavement he does it only when he has realised that even the despair or remorse or bereavement is not particularly important to the dark diceman and i temporary and he it is hard believing to think that a love or a sorrow is a bond purchased without design and which matures willynilly and is recalled without warning to be replaced by whatever issue the gods happen to be floating at the time no you will not do that until you come to believe that even she was not quite worth despair perhaps and i i will never do that nobody knows what i know and he i think youd better go on up to careful it might be a good thing watching pennies has healed more scars than jesus and i suppose i realise what you believe i will realise up there next week or next month and he then you will remember that for you to go to harvard has been your mothers dream since you were born and no compson has ever disappointed a lady and i temporary it will be better for me for all of us and he every man is the arbiter of his own virtues but let no man prescribe for another mans wellbeing and i temporary and he was the saddest word of all there is nothing else in the world its not despair until time its not even time until it was (Faulkner, 2015: p.150)

译文：那将是一场豪赌人来到世间纯属偶然他的每次呼吸都是重新掷骰子而骰子是灌铅的他注定要吃亏他早已知道自己终有一死哪怕一辈子循规蹈矩别说不曾杀人放火甚至连小孩也不曾骗过但奇怪的是他并不愿面对死亡除非有朝一日他觉得恶心透顶于是孤注一掷没有人会因为绝望恼恨或者哀悯自寻短见只有意识到对神秘的掷骰者来说无论绝望恼恨还是哀悯都是毫无意义的他才会那么做我说暂时的他说虽然说起来难以置信但爱或者悲伤其实是人们无意间购入的债券这种债券没有预定到期日可以未经事先通知就赎回诸神随便发行一些什么东西即可将其取代不会的你不会那么做的除非你终于相信即便她也不值得你绝望我说我永远不会那样没有人知道我的感受他说我觉得你最好立刻动身去剑桥你可以去缅因州玩一个月只要别大手大脚你的钱够用的那也许对你有帮助精打细算疗愈的伤痛比耶稣还要多我说那我下礼拜或者下个月去看看但愿我能领悟你相信我将领悟的道理他说到时你要记住从你呱呱坠地那天起你母亲便一直梦想送你去哈佛我们康普逊家还从来没有谁辜负过哪位女士的期望我说暂时的那样对我对大家都好他说一个人可以断定自己的品行但千万别断定什么对别人好我说暂时的他说曾经是最悲哀的词汇人世间除了曾经没有别的

绝望在变成曾经之前不是绝望甚至连时间在变成曾经之前也不是时间（李继宏，2018：175）

这一个意识流长句跟例1的句子相比，结构更加复杂多变，小句丛生，盘旋环绕，扑朔迷离，令读者苦不堪言。如果我们在翻译时仍然采用直译的方法，那中国读者会感觉更加迷惑难解，甚至会弃之不读，这样的译文便会失去其社会价值。李继宏在翻译时仍然采用了简化句子、理顺逻辑关系的明晰化策略，从而使得整个译文具有了可读性，同时也保留了原文的总体风格。

二、增添信息，理顺逻辑

《喧》原文一些意识流句子中常常略去一些重要的信息，在翻译时我们有必要将那些隐含的信息明确表达出来，因此通常需要添加一些词，如指示代词、人称代词、连词、实义名词、动词、形容词等，必要的时候还需要添加一些小句或短句，同时理顺逻辑关系，这样就能增加译文的可读性。比如：

例3

原文：that blending of childlike and ready incompetence and paradoxical reliability that tends and protects them it loves out of all reason and robs them steadily and evades responsibility and obligations by means too barefaced to be called subterfuge even and is taken in theft or evasion with only that frank and spontaneous admiration for the victor which a gentleman feels for anyone who beats him in a fair contest... (Faulkner, 2015: p.73)

译文：他们就像孩子一样许多事情做不来但悖谬的是却又十分靠得住由于这种混合气质他们得到了照顾得到了保护得到了毫无理由的爱但也经年累月惨遭盘剥不择手段的剥削者推卸所有责任义务甚至连冠冕堂皇的借口都懒得找面对赤裸裸的偷窃和推诿他们竟然照单全收就像在公平竞赛中落败的绅士那样对获胜者油然生出敬意（李继宏，2018：89）

原文的首句表面上看"that blending of ..."和"tends and protects them"是主谓关系，但实际上在逻辑上它们并非主谓关系，而是隐含有一种因果关系，因此，李继宏在翻译时添加了连词"由于（这种混合气质）"，这样句子的逻辑关系就表达得十分清楚了。

例4

原文：I have committed incest I said Father it was I it was not Dalton Ames   And when he put Dalton Ames. Dalton Ames. Dalton Ames. When he put the pistol in my hand I didn't. That's why I didn't. He would be there and she would and I would. （Faulkner，2015：p.66）

译文：我犯下了乱伦之罪我说父亲那是我干的，和戴尔顿·阿莫斯没关系。后来他塞了戴尔顿·阿莫斯。戴尔顿·阿莫斯。戴尔顿·阿莫斯。后来他塞了手枪在我手里我却没有开。我之所以没开，是怕到时他也会在那里，跟她和我一样。（李继宏，2018：82）

上面是一个意识流句子的一部分，原文中的一些信息被作者略去了，读者读起来也会产生迷惑的感觉。李继宏在译文中添加了动词"干""开"以及"和……没关系"几个字。通过这样的增译，译文句子信息完整，逻辑清晰，读者会有豁然开朗的感觉。但是该译文仍然有待商榷的地方，比如"开"最好译为"开枪"，最后一句的"在那里"最好增添一点原文没有明确说出的信息，笔者建议最后一句改译为"我之所以没开枪，是怕到时他会下地狱她也会下地狱我也会下地狱。"

例 5

原文：yet the eyes unseeing clenched like teeth not disbelieving doubting even the absence of pain shin ankle knee the long invisible flowing of the stair-railing where a misstep in the darkness filled with sleeping Mother Father Caddy Jason Maury door I am not afraid only Mother Father Caddy Jason Maury getting so far ahead sleeping I will sleep fast when I door Door door (Faulkner, 2015: p.146)

译文：然而眼睛没有在看紧闭着像咬紧的牙齿没有不相信没有怀疑甚至没有痛苦胫部脚踝膝盖隐形的楼梯栏杆流动了很久千万别在黑暗中踩空母亲父亲小卡杰森莫里都在睡觉门我不害怕只是母亲父亲小卡杰森莫里早就睡熟了我也会很快睡着的只要我门门门（李继宏，2018：172）

原文的"like teeth"被译为"像咬紧的牙齿"，其中译者添加了"咬紧的"这一形容词，使得意义更加清晰。后面的"even the absence of pain shin ankle knee"，译者译为"没有痛苦胫部脚踝膝盖"，笔者认为这里应该添加一点隐含的信息，根据上下文，我们知道在昆汀的姐姐凯蒂失贞以后，昆汀非常痛苦，为发泄自己的愤怒和痛苦，于是跟同学打架了，身上多处受伤，包括其胫部、脚踝、膝盖，而现在他几乎感觉不到了疼痛了，这里应该译为"甚至胫部脚踝膝盖都感觉不到疼痛"。

以上探讨了《喧》意识流长句翻译的逻辑明晰化策略，需要注意的是，译者在使用该策略时，务必要恰当地使用该策略，切忌过分过度使用明晰化策略，我们在使用该策略时要把握的一个原则就是尽量少用明晰化策略，只有在直译较大地影响到可读性的时候才使用该策略。如果直译不会造成读者的困惑或误解，译者就不需要进行明晰化处理，否则明晰化策略就会产生反作用。比如：

例 6

原文：the first car in town a girl Girl that's what Jason couldn't bear smell of gasoline making him sick then got madder than ever because a girl Girl had no sister but Benjamin Benjamin the child of my sorrowful if I'd just had a mother so I could say *Mother Mother* (Faulkner, 2015: p.145)

译文：全镇第一辆车哟女孩居然是女孩正是这个让杰森受不了汽油味让他难受简直气死了因为女孩居然是女孩没有妹妹但本杰明本杰明这孩子真是令人悲伤可惜我没有母亲否则我就可以说母亲母亲（李继宏，2018：171）

在这一个意识流句子的译文中，译者添加了语气词"哟"，接着先后两次添加了副词+动词的词语组合"居然是"，最后还添加了副词"可惜",事实上这些额外添加的信息都是不必要的,因为直译不会对读者的理解产生障碍,相反添加的这几个语气词和副词有助于表达作者或译者的某种情感,因而可能会误导读者。总之,这里完全没有必要使用明晰化策略。此外,原文中的"the child of my sorrowful"被译为"这孩子真是令人悲伤"也是不完整的翻译,这里最好译为"让我伤心的孩子"更加恰当。

上面的例子表明译者在处理意识流长句时要尽量采用异化的翻译策略,否则会损坏原文的风格和艺术之美,《喧》的11个译本中有很多明晰化策略使用不当或使用过度的情况。译者应该遵循的原则是,仅仅当异化的翻译策略严重影响到读者的阅读时才能使用逻辑明晰化策略。

第二节 以"介""研"促"译","介""研""译"结合

迄今为止,《喧》共有译者11人,无论是大陆首译者李文俊还是复译者方柏林、李继宏、金陵心等,在翻译前期以及翻译中后期无不做了大量的介绍和研究工作。没有前期和中后期大量的介绍和研究工作的辅助,要成功地翻译《喧》几乎是一种奢望,因为这部小说本身就是一个开放的文本,一个有着无数种阐释可能性的文本,一个需要我们进行深度研究的文本,一个谜一般的文本。

《喧》最知名的译者李文俊在动笔翻译这部小说之前已经对它进行了介绍和研究。作为《译文》杂志的编辑和一位对优秀外国文学作品非常敏锐的编辑,李文俊早在 20 世纪 30 年代初就开始关注福克纳及其《喧》,并且在 1958 组织译者翻译了福克纳的 2 篇反战小说。1980 年,李文俊编辑出版了《福克纳评论集》,在前言中,他分析了福克纳的意识流、多角度叙事、对位式结构、象征隐喻等艺术手法。在此基础上,李文俊在 1982 年顺利完成了《喧》第二部分的翻译工作。接下来,李文俊继续翻译《喧》的其他部分,终于在 1984 年完成了《喧》全书的翻译。在该书的总序和译序中,李文俊对福克纳及其创作历程、作品的社会、历史和文化价值、小说的情节和主要人物、语言特色、艺术特色、叙事手法、写作手法等进行了详细的介绍,这正是李文俊数年精心研究《喧》的成果,可见李文俊的《喧》正是基于他多年的介绍和研究。此后的很多年,李文俊一直没有停止对《喧》的研究。比如,1985 年李文俊在《读书》杂志发表了《〈喧哗与骚动〉译余断想》,剖析了这部小说的情节、人物、结构和表现手法,同时还讲述了他翻译和研究《喧》的经过及心路历程。此后,李文俊又陆陆续续发表了《福克纳评传》《福克纳传》《美国文学简史》《福克纳画传》4 部著作,都涉及他对《喧》的介绍和研究。在大量的研究基础上,李文俊又于 2015 年和 2019 年两次对《喧》进行修订,对第一版中的一些欠妥之处进行了更正,《喧》的修订本也是他研究的结果。

　　《喧》的另一位译者李继宏为其译作撰写了长篇导读,就《喧》原作的创作历程、在法国的影响、艺术手法等进行了深入的分析和评论，从中可以窥见李继宏所做的大量的研究工作。此外，他还于2018年撰写了《关于〈喧哗与骚动〉的阅读体验》发表在《全国新书目》上，这也是他对《喧》进行深度阅读和研究的见证。正是由于这些研究工作，他才能够翻译出有自己独特风格的优秀作品。

除了李文俊和李继宏两位译者外，其他译者也同样经历了边研究边翻译、翻译和研究相结合的艰难的翻译历程，在此不再赘述。基于《喧》几位译者的翻译经历，我们可以得出结论，《喧》的翻译是一个边介绍、边研究、边翻译的过程，正是"介""研""译"三者的互动促成了《喧》的翻译。福克纳译介之初，有两本重要作品相继问世，即《福克纳评论集》（1980）和《喧》（1984），编译者和译者都是李文俊。下面分类举例说明研究对于《喧》翻译的必要性和重要性。

（1）首先，《喧》的故事情节虽然简单，但作者并没有清楚地讲述故事的各个情节，而是让4个人物从不同的视角打破时空局限地讲述一些故事，尤其是在第一章和第二章的意识流部分。叙述者每次都没有完整、清晰、理性地叙述，而是零零碎碎、模模糊糊、颠三倒四，甚至疯疯癫癫、不知所云，有时候时间和空间转换太频繁，以至于使人晕头转向。据李文俊的统计，"场景转移"在"昆汀的部分"里有200多次，在"班吉的部分"里也有100多次；所涉及的"时间层次"有几十个之多。[1]因而要理解所

---

[1] 李文俊：《〈喧哗与骚动〉译余断想》，《读书》，1985年第3期，第101页。

有的故事情节，必须把所有的故事碎片串起来，就好像把所有散落在地的玻璃碴捡起来，然后用胶水来把它们粘在一起，重新组合成一个杯子一样。可见，要理解整个故事的脉络，必须经过大量的研究工作。李文俊的翻译之所以受到好评，就是因为他阅读了大量的美国文献资料，然后再加上自己的理解，最终才有了他对所有场景转换和故事情节所做的以注释形式呈现的深度阐释。据肖明翰统计，李文俊译本中关于故事情节和时空转换的注释大约有 260 多条。①不难想象，没有李文俊先生对这些错综复杂的故事情节和时空转换的清楚而又简洁的阐释，中国读者几乎不可能读懂《喧》,《喧》及福克纳在中国的传播和接受也会受到重大的影响。由此可见，《喧》的翻译尤其是首译完全是基于对原作的深度了解和研究。

（2）除了多角度叙事和时空转换外，原文中涉及的美国文化尤其是美国南方文化元素也比较多。在翻译的时候，如果译者没有对那些文化元素进行恰当的处理，就会影响中国读者对《喧》及对美国南方的理解，这样译者就达不到翻译的文本目的和非文本目的。而李文俊在他的译文中将美国南方文化用生动简洁的语言清晰地呈现在中国读者的面前，帮助中国读者更好地了解了《喧》这部小说及美国南方文化。其中有些文化背景知识从小说中无法完全了解，甚至从一些美国人那里也很难获得准确的解释，这时只有通过查阅文献、访谈、咨询等各种方式获取资料。有时

---

① 肖明翰：《文学作品翻译的忠实问题——谈《喧嚣与骚动》的李译本中的明晰化倾向》,《中国翻译》,1992 年第 3 期，第 39 页。

为了解一个相关的文化背景知识，译者所耗费的时间和精力是我们无法想象的。特别是有些《圣经》典故、神话故事以及20世纪初期美国南方白人和黑人的某些生活习俗、价值观念和宗教信仰，对中国读者来说是十分陌生的，因而对这些文化背景知识进行注释是必要的。总之，李文俊对于文化背景的成功注释也是基于他对美国南方文化的深度研究。

（3）《喧》的翻译最难的还是大量的无标点意识流句子。有些句子冗长艰涩，结构异常复杂，一个小句套着一个小句，而且往往逻辑混乱、表意不清，翻译起来十分费劲。方柏林甚至说，"翻完此书，感觉元气大伤，决定把翻译这一爱好戒了"[①]。可见意识流翻译之难。比如，在第二章昆汀部分的最后几页有一个句子从"Just by imagining the clump it seemed to me that..."一直到"there is nothing else in the world its not despair until time its not even time until it was"总共779个词。要将这一多达779个词的句子翻译好实非易事。迄今为止，关于意识流的翻译仍然还没有成熟的理论指导，也没有很多可供参考或可资借鉴的翻译实例，因此，意识流的翻译对译者们是一个很大的挑战，他们只能在黑暗中磕磕碰碰地、小心翼翼地摸索前进。为了翻译那些冗长艰涩的意识流句子，译者必须边翻译边研究，一方面要研究句子结构，研究时态，研究句子的外延、内涵及语用意义，另一方面还要研究意识流的翻译策略、翻译方法和翻译技巧。如果没有这种"研"

---

① 福克纳著、方柏林译：《喧》，译林出版社2015年版，第302页。

"译"结合的翻译模式,译者很难圆满完成翻译任务。笔者阅读了《喧》11个译本,发现几乎没有一个译本能将所有的意识流句子都翻译得比较完美。

(4)《喧》有一个重要的语言特征,即南方方言和黑人英语的大量使用,这也是造成《喧》原著艰涩难懂的原因之一。迄今为止,大多数译者在处理方言和黑人英语的时候都选择了标准汉语口语译法,这实在是一种无奈之举,仅有少数有勇气的译者在翻译方言和黑人英语时尝试了其他比较有创意的译法。但至今仍然处于探索阶段。《喧》的11位译者中仅有李继宏在翻译最后一章黑人牧师在教堂布道讲的几句黑人英语时尝试采用了语音飞白法,即人造的话语口语形式,比如:

例 7

原文:"I tells you, breddren, en I tells you, sistuhn, dey'll come a time. Po sinner sayin Let me lay down wid de Lawd, femme lay down my load. Den whut Jesus" wine say, O breddren? O sistuhn? Is you got de ricklickshun en de Blood of de Lamb? Case I aint gwine load down heaven!"(Faulkner, 2015: p.251)

译文:"我告诉里们,**熊弟们**,我告诉里们,**己未们**,早晚有这么一天。到时**阔凉滴罪棱**会说,主啊,**浪**我休息吧,**浪**我卸下重荡吧。**熊弟们**,**己未们**,耶稣会**肿**么回答呢?**里们**忆起**撩流写滴羔羊吗?英为**天堂里棱已经太多**撩**!"(李继宏,2018:289)

上例原文中是教堂的牧师在给黑人教徒传道时使用的黑人英语,李继宏创造性地用语音飞白法翻译了其中一些词,部分再现了黑人英语的不规则形式，可以看出，这样的译文是基于反复推敲和研究的结果，也体现了研究与翻译相结合的重要性和必要性。

第三节　文化翻译策略之一——深度翻译

在考察了《喧》的 11 个的译本后，笔者发现除了 3 个复译本以外，几乎所有的译者都使用了深度翻译策略来处理原文的文化因素。下面笔者先讨论一下深度翻译这个概念的内延和外涵。

一、深度翻译的缘起、概念及其目的

"Thick Translation"这一术语在中国学术界的讨论始于 2005 年，目前在中国学术界有 6 个译名，按照使用频率从高到低依次为"深度翻译""厚翻译""厚重翻译""丰厚翻译""增量翻译""深译"，其中"深度翻译"的使用频率和认可度是最高的；"深译"的使用频率和接受度是最低的；"增量翻译"是著名翻译学者谭载喜于 2005 年在《翻译研究词典》中使用过的，但其他使用者较少；"厚翻译"和"厚重翻译"两者使用频率相当，其接受度和流行程度仅次于"深度翻译"。段峰认为应该避开使用"厚翻译"这个术语，转而使用"深度翻译"这个术语，"因为源自文化人类学、经过新历史主义文论的发展，又在翻译研究中得到进一步阐发的深度（thickness）理论，在翻译研究的理论和实践中，所穿透的理

论深度和运用的有效程度，都不是仅仅一个'厚'字所能概况的"[1]。"丰厚翻译"这一译名虽有著名翻译学者张佩瑶（2006，2010）倡导，但迄今为止该译名在翻译学界并没有得到普遍认可。事实上，6个译名在内涵和外延上并没有多大的差别，因此笔者认为这些译名都是可行的。因为"深度翻译"这一译名目前使用频率和认可度最高，故笔者沿用这一译名。

"深度翻译"（Thick Translation）来源于"深度描述"（或"深描"）（Thick description）。"深描"最早出现在英国哲学家吉尔伯特·赖尔（Gilbert Ryle）的两篇文章《思考与反思》（Thinking and Reflecting）和"论思想"（The Thinking of Thoughts）中。[2]1973年克利福德·格尔茨（Clifford Geertz）借用了赖尔的"深描"概念，在其论文《深描：迈向文化的阐释论》中提出了文化人类学中"深度描述"的基本概念，该文被收录在格尔茨的《文化的诠释》（The Interpretation of Cultures: Selected Essays）一书中。对格尔茨来说，"深描"不仅仅是一个概念，而且是研究文化、对文化进行分析和阐释的一种重要方法。正是在格尔茨"深度描写"的基础上，具有混血和跨文化成长背景的加纳-英裔美籍哲学家、文化学家和小说家夸梅·安东尼·阿皮亚（Kwame Anthony Appiah）提出了"深度翻译"的概念。他于1993年在专门发表世

---

[1] 段峰：《深度描写、新历史主义及深度翻译——文化人类学视阈中的翻译研究》，《西华师范大学学报（哲学社会科学版）》，2006年第2期，第93页。

[2] Clifford Geertz. *The Interpretations of Cultures: Selected Essays*. Basic Books, 1973, p. 5.

界各地具有非洲血统的作家和视觉艺术家原创作品的美国期刊《卡拉卢》(Callaloo)上发表了《深度翻译》(Thick Translation)这篇论文,首次正式提出了深度翻译这一概念。该文在2000年由著名美国翻译家和翻译学者劳伦斯·韦努蒂(Lawrence Venuti)收入其编辑的论文集《翻译研究读本》(Translation Studies Reader)。在该文中,阿皮亚讨论了如何将他家乡非洲加纳库马西(Kumasi)的一种叫"库阿语"(Akan)的口语中的7000多个谚语译成英语并被英语读者接受的问题。阿皮亚认为,文学翻译的目的不是再现原文的字面意义,而是再现原文的语用意义或者隐喻意义。当源语言中某个指称物在目标语言中找不到对应物,或者当某个话语所根植的社会实践在目标语言中缺位的时候,如果采用传统的翻译方法,就无法再现原文的隐含意义,这时就有必要采用深度翻译的方法。通过深度翻译,不仅可以再现产生原文本的那个时代的社会文化语境,还可以对边缘文化表示尊敬,也可以对抗西方文化的优越感。[①]在阿皮亚看来,深度翻译是一种"对文学教学有用的翻译",是一种"学术翻译",是"对文学作品语境的一种深度描写"[②],是"通过注释以及附注将文本置于丰富的文化和语言环境中的一种翻译"。[③]

在提出深度翻译概念后,阿皮亚紧接着指出了他提倡深度翻译

[①] Appian, Kwane Anthony. *Thick Translation*. L.Venuti, *The Translation Studies Reader*. Routledge, 2004, p. 417-429.

[②] Appian, Kwane Anthony. *Thick Translation*. L.Venuti, *The Translation Studies Reader*. Routledge, 2004, p. 427.

[③] Appian, Kwane Anthony. *Thick Translation*. L.Venuti, *The Translation Studies Reader*. Routledge, 2004, p. 427.

的目的，他主要从美国高中生的教育、哲学教学和文学教学的视角阐述深度翻译的目的。他认为教学很重要的一部分就是让学生"理解其他各种文化和各时代特有的行为原因，"[①]因为"在一个宽松的相对主义环境里——在'那只是你的观点'的观念渗透到培养我们学生的高中时，让学生们感到非常困惑的就是人类丰富多彩千差万别的文化生活"[②]。而深度翻译通过"对文学作品的语境进行详尽的描述"，让学生们理解人类各个时代丰富多彩的文化生活，从而"让他们走得更远，承担更艰巨的任务，真正尊重他者"[③]。

在文章的最后，阿皮亚还指出了在美国学术界倡导非洲文本深度翻译的政治目的和文化目的："继续否定种族主义，扩张美国人的想象力，发挥一种掌管差不多全世界经济和政治体系的想象力，使之超越美国的狭隘范围；形成对美国以外的世界能够更尊重他者自决权的世界观，比如，把经过深度翻译的非洲谚语提供给美国学生，可以促使学生们更加尊重前工业社会的人民。"[④]

由此我们可以看出，阿皮亚倡导深度翻译的目的皆是出于非文本目的，概括起来，就是通过对文学作品背景（或语境）的深度描写，促使学生认识各种文化和各时代特有的行为原因，从而学会尊重文化他者。在阿皮亚的视野中，深度翻译不仅仅是一种

---

① Appian, Kwane Anthony. *Thick Translation*. L.Venuti, *The Translation Studies Reader*. Routledge, 2004, p. 427.
② Appian, Kwane Anthony. *Thick Translation*. L.Venuti, *The Translation Studies Reader*. Routledge, 2004, p. 427.
③ Appian, Kwane Anthony. *Thick Translation*. L.Venuti, *The Translation Studies Reader*. Routledge, 2004, p. 427.
④ Appian, Kwane Anthony. *Thick Translation*. L.Venuti, *The Translation Studies Reader*. Routledge, 2004, p. 427-428.

翻译方法，而且是一种能在美国社会产生某种教学、政治、文化效果的行动。在阿皮亚将深度翻译的概念引入翻译研究后，很多中外学者参与到深度翻译的讨论中。

2003年，在一篇题为《作为深度翻译的跨文化翻译研究》（*Cross-cultural Translation Studies as Thick Translation*）的研究论文中，西奥·赫曼斯（Theo Hermans）把深度翻译看作一种跨语言跨文化的语用翻译行为。他首先举了3个深度翻译的例子。一是英国作家约翰·琼斯（John Jones）在他的《论亚里士多德与希腊悲剧》（1962）中对亚里士多德的《诗学》关于希腊悲剧的颠覆性的重新解读和翻译；二是中、西15位译者对严复"信、达、雅"概念的不同解读；三是英国文学评论家、语言学家、诗人 I. A. 理查兹在他的著作《孟子论心》（*Mencius on the Mind*）中对孟子思想的冗长注释。基于这3个例子，赫曼斯认为，"作为一种高度可见的翻译形式，深度翻译突出了译者的主体地位，消除了翻译是透明的或中性的描述这一错误观念，并将一种叙事话语引入这种描述中，从而使描述具有了明确的视角"[①]。赫曼斯还阐述了深度翻译对于翻译理论的重要价值。他认为，"深度翻译是进行跨语言和跨文化的翻译研究的一种很好的途径。作为翻译研究的一种形式，它可能会带来两个变化：一是通过异域的方法和词汇来探索外来的术语和概念，二是研究者需要改变自己使用的、熟悉的

[①] Theo Hermans. *Cross-cultural translation studies as thick translation*. Bulletin of the School of Oriental and African Studies, University of London, Vol. 66, No. 3 (2003), p. 387.

话语形式以适应异质文化的共性和差异"①。他还认为,"深度翻译是对当前翻译研究的一种批判,而不是一种概括的描述形式或翻译形式。深度翻译应该能够抵制翻译研究及其结构主义传统中平淡而简约的流行行话,因而能促使产生更加多样化和富有想象力的词汇"②。他还在论文的最后一部分举例说明了可以把深度翻译看作一种实践活动。但是他认为伊拉斯谟的《新约》不是一个深度翻译的好例子。"与其说它是翻译,还不如说它是对翻译的评论,因为它被脚注、注释、解释和不着边际的话语所吞没。"③他同时还认为,"深度翻译还可以纠正当代翻译研究中容易但往往是功利主义的假设,即任何翻译出来的翻译作品都是翻译"④。基于这3个例子,赫曼斯认为,深度翻译是减少跨文化误读和翻译难度的有效方式。翻译过程中原文意义的消减或失落,比如文化意义的失落,可以通过深度翻译为读者提供一个关于原文的文化和历史的语境来弥补。

以上2位西方学者的论述表明,深度翻译的性质就是一种跨语言、跨文化的语用翻译,它不仅是一种翻译方法,而且是一种带有一定目的的翻译行为,同时还是翻译研究的一种方法或途径。

---

① Theo Hermans. *Cross-cultural translation studies as thick translation*. Bulletin of the School of Oriental and African Studies, University of London, Vol. 66, No. 3 (2003), p. 386.
② Theo Hermans. *Cross-cultural translation studies as thick translation*. Bulletin of the School of Oriental and African Studies, University of London, Vol. 66, No. 3 (2003), p. 427.
③ Appian, Kwane Anthony. *Thick Translation*. L.Venuti, *The Translation Studies Reader*. 2004, p. 427.
④ Appian, Kwane Anthony. *Thick Translation*. L.Venuti, *The Translation Studies Reader*. 2004, p. 387.

除了这2位学者外,西方另外2位学者马克·沙特尔沃思和莫伊拉·考伊在《翻译研究词典》中也对"thick translation"进行了解释,再次明确了深度翻译的定义:"这个术语可以用来指任何包含大量解释性材料的目标文本,不管它是以脚注、词表还是以长篇序言的形式出现。"[①]并指出了深度翻译的目的——"提供如此大量的背景信息的目的是使目标文本读者更加尊敬源语文化,并更加欣赏其他文化背景下的人们认识和表达自己的方式"[②]。

根据以上各位西方学者的阐释,"深度翻译"这一术语起源于文化人类学,指目标文本中所有的解释性材料。深度翻译既是一种翻译方法,也是一种翻译行为,还是一种研究翻译的方法,目的是使目标文本读者更加尊敬源语文化。但笔者以为,严格地说,深度翻译只是一种翻译策略,而不是翻译方法,以上几位学者并没有区分翻译策略和方法。

二、《喧》深度翻译的类别

通过对《喧》11个汉译本的考察,笔者发现《喧》的深度翻译涵盖了下面6大类:

一是关于历史文化背景的介绍和阐释,包括历史事件、历

[①] Shuttleworth, Mark & Cowie, Moira. *Dictionary of Translation Studies*. Shanghai Foreign Language Education Press, 2004, p. 171.
[②] Shuttleworth, Mark & Cowie, Moira. *Dictionary of Translation Studies*. Shanghai Foreign Language Education Press, 2004, p. 171.

史人物、当代名人名作、典故、民间传说、生活习俗、节日庆典、社会礼仪、信仰观念、城市景观、社会机构和团体等。比如：在《喧》中译者对《圣经·旧约》《圣经·新约》相关故事以及古希腊、古罗马、北欧相关神话故事的诠释。二是对小说中人物的介绍及分析，包括人物的称谓、身份、性格、言行的介绍或解释等。比如译者对康普生家族各位成员的介绍。三是对小说的故事情节进行介绍和分析，包括故事发生的时间、地点、情节、原因，或者对叙事技巧、创作手法以及相关细节进行剖析和阐释。比如：在《喧》中有 200 多个注释涉及译者对故事情节和时空转换的细致说明。四是对相关动物、植物、器物、产品等的解释说明。比如在《喧》中译者对"Jimson weed"（吉姆生草）、"Agnes Mabel Becky"（一种避孕工具）、"possum"（负鼠）的解释。①五是对外来词、行话俚语、专业术语、专有名词、双关语、引语、缩略语、特殊词的解释。比如译者对一些拉丁语词的解释。六是对有隐含意义或者具有不明确意义的原文进行推测、剖析。比如译者对"Et ego in arcadia I have forgotten the latin for hay"的解释："这句拉丁语意为：'我即使到了阿卡狄亚'。阿卡狄亚是古希腊一个地方，后被喻为有田园牧歌式淳朴生活的地方。康普生先生说这句话的意思是：如果他有好马，到了阿卡狄亚他还得去找干草来喂马；如果他有了毛莱，就不必费这份心思了。"②

---

① 福克纳著、李文俊译：《喧》，北京燕山出版社 2015 年版，第 5 页、49 页、117 页。
② 福克纳著、李文俊译：《喧》，北京燕山出版社 2015 年版，第 43 页。

三、《喧》深度翻译的外在表现

通过对《喧》11 个汉译本进行调查研究，笔者发现大多数译者都采用了各种各样的深度翻译策略，表 3-1 是各译本具体的深度翻译表现形式。

表 3-1 《喧》汉译深度翻译的外在表现形式

名　　称	类　　别
显性深度翻译的文外表现形式	出版缘起、作者简介、译者简介、内容简介、作品简介、图片配文字解释、颁奖词、致答词、总序、序言、译序、导读、小说事件年表、时间层次列表、福克纳年表、出版公司书目、人物谱系、内容简介、经典段落、注释、阅读指南、注释、天下大师福克纳文学作品列表、附录、附谱、版本和注释说明、译后记、福克纳获奖经过、福克纳作品年表、诺贝尔文学奖大系书目
显性深度翻译的文内表现形式	长句无标点、变换字体、黑体字、空格、空白、文内插图、斜体、下划线、文字下面加点、括号内注释、加破折号、加省略号、加星号

从表 3-1 可以看出译者们更多采用的是显性深度策略。注释是大多数译者都采用的一种深度翻译策略。除此之外，译序、导言、图片、作者简介、译者简介、内容简介、人物介绍也是译者们普遍采用的一些深度翻译策略。部分译者采用了一些文内深度翻译策略，比如加括号注释、变换字体、斜线、下划线等，但直接在句子中添加原文没有的信息的隐形深度翻译却很少被译者们使用，这不能不说是一个遗憾。

四、《喧》深度翻译的功能

从上面的调查结果我们可以得出结论:作为一种非常重要的翻译策略,深度翻译在《喧》翻译中得到了广泛的应用。作为一种有效的文化翻译策略和重要的翻译辅助手段,深度翻译在《喧》的翻译中发挥了多重重要功能。

首先从读者接受的角度来看,深度翻译策略尤其是导言、序言、人物谱系、内容简介、注释等显然能够帮助读者扫除时空差异和语言文化差异导致的认知障碍,方便读者更好、更快、更准确地理解和欣赏小说的主要内容、故事情节、人物特征以及创作手法等。这是深度翻译策略最重要也是最基本的功能。比如,李文俊在《喧》译著中所添加的诺贝尔文学奖授奖词、总序、译序和大量注释深刻阐释并分析了小说的主题、故事情节、人物形象、创作技巧以及时空转换细节。其中 200 多个注释都用于提示故事情节的变化和具体的时空转换。可以肯定地说,如果没有李文俊先生大量的注释解析和译序的深刻详尽剖析,绝大多数读者基本上无法准确理解《喧》错综复杂的故事情节和时空转换,也就无法很好地理解和欣赏《喧》这部小说。总之,深度翻译在《喧》读者的理解和接受中所起到的作用是巨大的。

除了这个主要功能外,深度翻译也有其他一些隐性的功能。一是语言文化交流和传播的功能。深度翻译的阐释特征使得目标语读者能够更好地了解译出语的语言、历史和文化特色。语言本身就是文化的载体,是一种文化最直观的反映。译者通过深度翻译可以帮助目标语读者了解另外一种语言的词汇特征、句法特征、修辞特征、方言俚语以及异域独特的历史文化，并促使目标语读者间接地了解这种语言和文化与自己母语和文化的差异，从而可以帮助目标语读者在对外语言文化交流中跨越两种语言和文化的障碍，更好地进行跨文化沟通、交流和传播。《喧》比较全面而深刻地描述和展示了19世纪后期和20世纪前期美国南方乃至整个美国的语言、历史和文化，通过译者们的深度翻译尤其是译序和注释，中国读者能够比较全面地了解美国南方黑人和白人语言和文化的差异，了解美国南方的历史、种族冲突、风俗习惯、宗教礼仪、价值观念、山川河流、城市区域等，从而促进了美国文化在中国的传播，并进而推动中美的文化交流与传播。

除了语言文化的交流传播功能外，深度翻译的另外一个隐性功能就是教学和指导功能，即读者通过导言、译序、注释等学习美国的语言、历史、文化、哲学、写作等知识或技能，以弥补自身知识和技能的不足，这时深度翻译充当着导师、师傅、文化词典、教科书、说明书的角色。李文俊所译的《喧》就曾成功地扮演了写作教师或写作指南的角色，给20世纪八九十年代对外国现代派文学包括意识流文学不太了解的中国当代作家耐心而及时的指导，使他们了解了多角度叙事、意象叙事、时空转换、心理描写等创作手法和技巧，对他们后来的创作产生了深远的影响。因此中国社会科学院文学所研究员赵稀方说："艰深的福克纳之所以能够为国人所接受，不仅仅在于李文俊所做的这些介绍工作本身，更在于他介绍福克纳的方式……意识流作家本来深奥难解，唯福克纳有了李文俊的浅显解说而变得易于理解,这使作家们如获至宝。"①

此外,深度翻译还有另外一个隐性功能——社会功能,即通过深度翻译策略,比如作者简介、译者简介、名家简评等可以促使某位作家的作品以及某位译者的译作在社会上拥有更多的受众,产生更好的效果,或者产生更大的影响力。比如中国读者通过译者的深度翻译对《喧》以及部分中国译者如李文俊、李继宏、方柏林等有了更多的了解。

五、《喧》深度翻译评述

虽然《喧》深度翻译在作品的理解、接受和文化交流传播中扮演着很重要的作用,但通过对《喧》11个译本深度翻译的调查,笔者还是发现了一些问题:

其一就是深度翻译不够或过度的问题,也就是"当注未注"和"注释过度"的问题。在曹明伦提出的英汉翻译的6条注释原则中,前两条就是"① 当注必注,不偷懒懈怠;② 点到为止,不画蛇添足"②。对照这2条注释原则,笔者发现在对《喧》的深度翻译中就有些需要注释的地方没有注释,而有些注释又有过多的阐释或不必要的主观推测。比如在李文俊译的《喧》(2015)的译文第20页有一条注释"昆汀给班吉喝的大概是醒酒用的热咖

---

① 赵稀方:《李文俊的福克纳——中国当代翻译文学史话之六》,《东方翻译》,2011年第3期,第65页。
② 曹明伦:《译者的注释意识和译文的注释原则》,《英汉翻译实践与评析》,四川人民出版社2007年版,第88页。

啡",原文作者只是说"The glass was hot",注释中的"醒酒用的热咖啡"完全是译者的主观推测,未必准确,因此这里的注释显得多余,不注释也不会影响读者对这个情节的理解。再比如这部译著的 97 页第四条注释"这是康普生太太与康普生先生吵嘴时所说的话。巴斯康是她娘家的姓"则完全是多余的,因为从上下文读者不难看出康普生夫妇在吵嘴,而巴斯康是康普生太太娘家的姓这一信息读者在前文已经获得。深度翻译不够或者过度的问题,究其根源,与译者对读者的认知判断有关,毕竟"译文的注释原则取决于对译文读者之认知语境和认知能力的正确判断"[①]。由此可见,译者在采用深度翻译策略时有必要对译文读者的认知语境及认知能力进行评估。如果译者全凭自己的主观推测或者随意为之,则可能会产生上述问题。

其二就是一些可以用隐形深度翻译解决的问题却仍然采用了注释这种显性深度翻译策略。这一点与曹明伦所提出的 6 条注释中的第 5 条"随文注释,方便读者"[②]正好是相悖的。比如:附录部分第一页的"…carried one step further and anglicised it to 'Doom'."被译为"……他又往前走了一步,把这名字英语化,变成了'Doom'",下面再加脚注"英语:厄运"。[③]笔者认为在翻译这个句子时可以直接在"doom"后加一个括号进行解释,即

[①] 曹明伦:《译者的注释意识和译文的注释原则》,《英汉翻译实践与评析》,四川人民出版社 2007 年版,第 86 页。
[②] 曹明伦:《译者的注释意识和译文的注释原则》,《英汉翻译实践与评析》,四川人民出版社 2007 年版,第 88 页。
[③] 福克纳著、李文俊译:《喧》,北京燕山出版社 2015 年版,第 313 页。

"……变成了'Doom'（厄运）"，这样的隐形深度翻译比起显性深度翻译更加简洁。

《喧》深度翻译策略的运用告诉我们：深度翻译策略在文学翻译中具有很重要的价值，但也容易产生一些相应的问题。我们在使用该策略时，应该注意下列问题：首先，译者在使用注释的时候务必保证其准确性和客观性，尽量避免模棱两可的用语和主观臆断，以免误导读者，造成跨文化误读和跨文化交际失败。其次，译者在使用深度翻译策略前务必了解深度翻译的原则，尽量按照曹明伦等学者提出的注释原则，采取合适的深度翻译策略；再次，译者在采用深度翻译策略之前应该对译文读者的认知能力进行一个粗略的评估，以避免注释过度或者注释不足的问题；最后，译者应该多尝试隐形深度翻译策略，尽量少用注释，以减少读者的阅读负担。

第四节 文化翻译策略之二——以异化为主、归化为辅的翻译策略

除了深度翻译策略外，福克纳小说的译者们还使用了异化翻译的策略以凸显原文的文化特色。下面笔者先阐述异化翻译这个概念。

一、归化翻译、异化翻译的概念及其理论来源

"归化翻译"（domesticating translation）和"异化翻译"（foreignzing translation）这两个概念最初是由美籍翻译家、学者

劳伦斯·韦努蒂（Lawrence Venuti）于1995年在《译者的隐身：一部翻译史》一书中提出来的，用来指称两种不同的翻译策略。"归化翻译"和"异化翻译"通常表明了译者对源语和译语的语言和文化的态度。"归化"翻译的译者偏向于译语的语言文化和译文读者，而且译者通常处于隐身的状态，"归化"译文"是透明的，看起来不像译文"[1]。在韦努蒂看来，这是一种"消除了外语文本的语言和文化差异的翻译实践"[2]，而且"到十九世纪之交，它已被牢固地确立为英语翻译中的经典"[3]；"异化翻译"的译者则偏向于原语语言文化和原文作者，是"对当前流利的归化译文体制的各种形式的抵抗"[4]。"异化翻译""不仅表现为偏离常规的翻译策略，而且表现为在接受文化中偏离主流文学规范的外国文本"[5]，因而异化译文通常会打破译入语的语言文化规范，给译文读者一种陌生感，具有异质性和异国情调。在《译者的隐身：一部翻译史》一书中，韦努蒂将翻译文本置于社会文化、政治、意识形态及历史等背景中进行考察，并进行了剖析。通过对西方17世纪以来的英语翻译文本进行全面考察，韦努蒂发现通顺的归化译文长期主导着英语翻译文学。他认为这种归化翻译策略实施

---

[1] Lawrence Venuti. *The Translator's Invisibility: A History of Translation.* Routledge, 2008, p. 1.
[2] Lawrence Venuti. *The Translator's Invisibility: A History of Translation.* Routledge, 2008, p. 64.
[3] Lawrence Venuti. *The Translator's Invisibility: A History of Translation.* Routledge, 2008, p. 64.
[4] Lawrence Venuti. *The Translator's Invisibility: A History of Translation.* Routledge, 2008, p. 151.
[5] Lawrence Venuti. *The Translator's Invisibility: A History of Translation.* Routledge, 2008, p. 152.

着西方"种族中心主义的暴力"①，将外来文化拒之门外。此外，韦努蒂还发现归化翻译策略导致了译者的隐身，他认为"译者的隐身是一种奇怪的自我毁灭，一种构思和实践翻译的方式，无疑加强了其在英美文化中的边缘地位"②，同时也"导致了英语译者长期遭受文化边缘化和经济剥削"③，因而他强烈反对归化翻译，提倡采用不流畅的异化翻译策略，认为英语异化翻译策略"可以是一种抵制民族中心主义和种族主义、文化自恋和帝国主义的形式，有利于民主地缘政治关系"④。同时，他还认为英语异化翻译可以使译者显身，并获得应有的身份和地位。

但是，韦努蒂并不认为归化和异化之间是绝对的互相对立、互相排斥和不可调和，翻译实践中存在诸多归化和异化和谐共存的案例。事实上，归化中可以隐藏着异化，异化中可以隐藏着归化。韦努蒂的这种观念体现在他的《译者隐身》2008年第二版的第七章"行动呼吁"中。在这一章，他说，"翻译的民族中心主义暴力是不可避免的：在翻译过程中，外语、文本和文化总是经历某种程度和某种形式的排斥、删减和雕琢，这些反映了译入语语言的文化状况。然而，这种对外国文本的归化可能是一种对现存

---

① Lawrence Venuti. *The Translator's Invisibility: A History of Translation*. Routledge, 2008, p. 16.
② Lawrence Venuti. *The Translator's Invisibility: A History of Translation*. Routledge, 2008, p. 7.
③ Lawrence Venuti. *The Translator's Invisibility: A History of Translation*. Routledge, 2008, p. 13.
④ Lawrence Venuti. *The Translator's Invisibility: A History of Translation*. Routledge, 2008, p. 16.

的文化等级制度提出质疑的异化干预"[①]。他这句话表明,归化在翻译过程是不可避免的,但这种归化也可能是一种实施文化干预的异化行为。他又以意大利作家兼翻译家 I. U. 塔尔凯蒂对玛丽·雪莱的哥特式故事的抄袭翻译为例说明归化和异化是可以调和的,异化的文本也可以像归化文本一样流畅,他说,"持不同政见的译者不仅可以选择在接受文化中处于边缘地位的外国文本,而且可以用规范的话语来翻译以呈现出一种异化的流畅,产生透明的错觉,使翻译成为原创,最终改变译入语的文学或学术经典"[②]。这里韦努蒂所说的"异化的流畅"(a foreignizing fluency)清楚地表明归化和异化并非完全对立和互相排斥的,而是可以和谐共存的。接着,韦努蒂又以理查德·伯顿的《阿拉伯之夜》1885年、1888 年的译本为例来说明翻译实践中归化和异化并存的现象。他认为伯顿的这一译本体现了译者矛盾的意识形态立场和文化态度,并引用了著名文学理论家与批评家爱德华·萨义德的评论"伯顿认为自己既是反抗权威的人(因此他将东方视为一个脱离维多利亚时代道德权威的自由之地),也是东方权威的潜在代理人"[③]。简单地说,伯顿一方面反对东方,另一方面又支持东方,他这种矛盾的意识形态立场和文化态度在他的译本中就表现为归化和异化的矛盾统一。

[①] Lawrence Venuti. *The Translator's Invisibility: A History of Translation*. Routledge, 2008, p. 267.
[②] Lawrence Venuti. *The Translator's Invisibility: A History of Translation*. Routledge, 2008, p. 267.
[③] Lawrence Venuti. *The Translator's Invisibility: A History of Translation*. Routledge, 2008, p. 268.

至此，我们可以清楚地描述韦努蒂的翻译主张。总体上，他主张在将边缘文化的文本翻译成英美文化的文本时，译者应该采用不流利、不透明的异化翻译策略，以突显英美文化和边缘文化的差异，抵抗西方的文化帝国主义和霸权主义以及文化殖民。但他并不完全排斥归化，认为译者在采用异化翻译策略时也可以做到使译文通顺流畅。

韦努蒂提出的归化翻译和异化翻译策略是基于前人的翻译理论和翻译实践。其最重要、最直接的理论来源是德国神学家和哲学家施莱尔马赫在 1813 年提出的翻译理论。在《论翻译的方法》一文中，他提出了 2 种翻译方法："要么尽可能不去打扰作者，而让读者向作者靠拢；要么尽可能不打扰读者，而让作者向读者靠拢。"[1]前者是"靠近作者"的方法，施莱尔马赫用"alienating"这一术语来表示；后者则是"靠近读者"的方法，他用"naturalizing"这一术语表示。在这两种翻译方法中，施莱尔马赫的选择是前者，即韦努蒂所说的异化翻译。[2]施莱尔马赫提出的这 2 种翻译方法可谓影响深远，韦努蒂的归化和异化这两个术语和概念就来自施莱尔马赫，只是施莱尔马赫更多地从语言和微观的角度来探讨它们，并将它们视为两种翻译方法，而韦努蒂更多地从文化和政治的视角来探讨它们，而且将它们视为翻译策略。

---

[1] Lefevere. *Translating Literature: The German Tradition from Luther to Rosenzweig*, Van Gorcum. 1977, p. 74, Lawrence Venuti. *The Translator's Invisibility: A History of Translation*. Routledge, 2008, p. 15.

[2] Lefevere. *Translating Literature: The German Tradition from Luther to Rosenzweig*, Van Gorcum. 1977, p. 74, Lawrence Venuti. *The Translator's Invisibility: A History of Translation*. Routledge, 2008, p. 15.

除了上面提到的施莱尔马赫之外，在 19 世纪下半叶，德国的赫尔德、施莱格尔、歌德、洪堡特以及英国的纽曼等人都曾提出过类似的见解。但是真正对韦努蒂的异化翻译理论产生重大影响的是安托万·贝尔曼（Antoine Berman）的"尊重差异"这一翻译伦理思想。贝尔曼的翻译伦理思想体现在其著作《异的考验：德国浪漫主义的文化与翻译》（1984）和论文《翻译与异的考验》（1985）中。在《异的考验：德国浪漫主义的文化与翻译》这一著作中，贝尔曼旗帜鲜明地提出了"异化—直译"的翻译主张，并将其上升到翻译伦理的高度。他还指出，"如果译者对原作进行一贯的改编使其适应译入语，也就如施莱尔马赫所说的把作者带到读者面前这种现象，那么译者则仅能征服对译文质量要求极低的读者。而非常确定的是，译者背叛了原作，自然也就背叛了翻译的精髓"[①]。由此可见，贝尔曼反对归化翻译，认为归化翻译违背了翻译伦理。换句话说，他认为在翻译中要尊重原作，尊重有差异的外来语言和文化。在《翻译与异的考验》这篇论文中，他提出了"翻译是对异类的审判"[②]这一论点，并详细分析了西方传统翻译文学中 12 种文本"变形的倾向"：合理性、明晰化、扩展、雅化和俗化、质量降低、数量缺失、节奏的破坏、潜在意指链的破坏、语言模式的破坏、方言或异国情调的破坏、破坏习惯

---

① Antoine Berman. *The Experience of the Foreign: Culture and Translation of Romantic German*. State University of New York Press, 1984, p. 41.
② Antoine Berman. *Translation and the Trials of the Foreign*.1985; Laurence Venut. *The translation studies reader*. Routledge, 2012, p. 240.

用语、抹去多种语言的叠加。[①]贝尔曼的这 12 条"变形的倾向"意味着归化翻译使原文本的异的特性遭到变形和破坏，因而翻译的目的就是要保持这种异质性，异质性也是翻译的本质。贝尔曼的"尊重差异"的翻译伦理思想对韦努蒂的异化翻译理论产生了直接的影响。

除了受到施莱尔马赫和贝尔曼 2 位翻译家兼翻译学者的直接影响，韦努蒂也受到 20 世纪下半叶翻译学术界研究热潮的影响。20 世纪 80 年代，在以色列、英国、芬兰和巴西的一些著名翻译学者如赫曼斯、左哈儿、图里、斯内尔·霍恩比巴斯内特、弗米尔等的引领之下，翻译研究开始了文化转向，并逐渐奠定了翻译的独立学科的地位。翻译研究的文化转向使得翻译研究逐渐从对文本的封闭而狭隘的研究走向了将翻译活动和翻译文本置于社会文化、历史、政治、意识形态等背景中进行历时或共时的考察。韦努蒂正是在这些翻译学者的研究成果基础之上，结合他对西方翻译实践的历时考察，发现了英美文学翻译中长久以来存在的"译者隐身"现象，并提出了使用异化翻译策略的主张。

二、异化翻译在篇章层面的应用

作为 20 世纪著名的文学大师之一，福克纳在语言形式上的突破和创新在世界文学史上留下了难以磨灭的痕迹。正如福克纳

[①] Antoine Berman. *Translation and the Trials of the Foreign*. 1985; Laurence Venuti. *The translation studies reader*. Routledge, 2012, p. 244.

研究专家康拉德·艾肯所说,"他所自鸣得意的,也是使他凌驾于——可以说是稳稳地凌驾于——所有他同时代的美国作家之上的,就是他始终不渝地关注着小说的形式……"[1]他在小说形式上的创新首先体现在篇章层次上。康拉德·艾肯用"赋格曲"(Fugue)这一概念来指称福克纳小说在整体形式上的特征,简单地说,就是极为巧妙地频繁变换时间和观察点以达到其丰富和复杂性。这些时间和观察点的变换都是"没头没尾的,因而也没有逻辑上的起点"[2],因而阅读之初往往令读者迷惑不解,甚至叫苦不迭,但到最后却总是令读者回味无穷、经久不忘。这种形式上的惊艳几乎贯穿在《喧》整个小说的创作过程中。除了"赋格曲"这一特征,另一个整体形式上的特征就是打破传统的全能视角叙事,采用多角度叙事方法,即"采用书中主人公之外的一个人物的眼睛来观察,通过他(或她)的话或思想来叙述。"[3]《喧》就是从班吉、昆汀、杰生和迪尔西4个人的视角反复地讲述凯蒂的故事,其间还穿插了大量的意识流心理描写和内心独白,这样的叙事手法使得整个小说呈现出复杂多变、捉摸不定的异质性,使得整个小说蒙上了一层神秘而瑰丽的面纱。

上面提到的这些形式特征使得《喧》具有了陌生化的效果。"陌生化"理论来源于俄国形式主义代表人物什克洛夫斯基,其在

---

[1] 康拉德·艾肯:《论威廉福克纳的小说的形式》,转引自李文俊编译《福克纳评论集》,中国社会科学出版社1980年版,第75页。
[2] 康拉德·艾肯:《论威廉福克纳的小说的形式》,转引自李文俊编译《福克纳评论集》,中国社会科学出版社1980年版,第77页。
[3] 福克纳著、李文俊译:《喧》,北京燕山出版社2015年版,第10页。

《作为手法的艺术》这篇俄国形式主义的纲领性论文中提出了艺术的陌生化手法:"艺术的目的就是为了把事物提供为一种可观可见之物,而不是可认可知之物;艺术的手法是将事物'奇异化'的手法,是复杂化形式的手法,是把形式艰深化,从而增减感受的难度和时间的手法……"[①]具体到文学作品中,俄国形式主义认为文学作品之所以为文学作品,主要原因是因其具有文学性,而文学性主要体现在作家精心运用的陌生化手法中。因此对于文学翻译的译者来说,能否成功再现原作的陌生化手法决定了译作的成败。那么《喧》的译者们是否都再现了原文的这些宏观上的形式特征,从而也产生了陌生化的效果呢?

笔者对《喧》的 11 个汉译本进行了考察,发现除了《喧》的 2 个重译本外,大多数译本都采用了以陌生译陌生的异化翻译策略,保留了原文在形式上的异质性。比如:1928 年 4 月 7 日,当勒斯特带着班吉在花园的栅栏边玩时,班吉的衣服挂在了钉子上,这时班吉的脑子里就浮现出 1900 年圣诞节前两天(12 月 23 日)发生的类似的事,当班吉和凯蒂替毛莱舅舅给帕特生太太送情书时班吉的衣服也挂在了栅栏上。这里的时空转换原文用了斜体字来标识。

例 8

原文: *Caddy uncaught me and we crawled through. Uncle Maury said to not let anybody see us, so we better stoop over, Caddy said. Stoop over, Benjy. Like this, see. We stooped over and crossed*

[①] 维·什克洛夫斯基:《作为手法的艺术》,《散文理论》,百花洲文艺出版社 1994 年版,第 3 页。

the garden, where the flowers rasped and rattled against us……（Faulkner, 2015:2）

译文：凯蒂把我的衣服从钉子上解下来，我们钻了过去。凯蒂说，毛莱舅舅关照了，不要让任何人看见我们，咱们还是猫着腰吧。猫着腰，班吉。像这样，懂吗。我们猫下了腰，穿过花园，花儿刮着我们，沙沙直响……①

原文中作者用了斜体字标注了时空转换，译者则用了不同的字体标识了时空的转换。《喧》原文中频繁的时空转换作者都用斜体字进行了标注，在李文俊的译文中也采用了转换字体的方式进行了标注，基本上保持了原作的形式特征。

让我们再看一个意识流长句。在《喧》的昆汀部分，昆汀在自杀前夕精神上已经处于崩溃的状态，他想起了很多与凯蒂有关的事。其中回忆凯蒂失贞后的那天晚上凯蒂与自己在小河沟边的互动和交谈这一部分长达十几页，原文中间没有一个标点符号，语言的形式类似诗歌，大部分句子都是自成一行的短句，还有一些句子只有一两个词。比如：

例9

原文：its late you go on home

what

you go on home its late

all right

----

① 福克纳著、李文俊译：《喧》，北京燕山出版社2015年版，第2页。

her clothes rustled I didn't move they stopped rustling

are you going in like I told you

I didn't hear anything

Caddy

yes I will if you want me to I will

I sat up she was sitting on the ground her hands clasped about her knee

go on to the house like I told you

yes Ill do anything you want me to anything yes

she didn't even look at me I caught her shoulder and shook her hard

you shut up

I shook her

you shut up you shut up

yes（Faulkner, 2015:132）

李文俊译：天很晚了你回家去吧

什么

你回家去吧天很晚了

好吧

她的衣服悉索作响我一动不动她的衣服不响了

你不听我的话进屋去吗

我什么也没听见

凯蒂

好吧我进屋去如果你要我这么做我愿意

我坐了起来她坐在地上双手抱住膝头

进屋去吧听我的活

好吧你要我怎么做我就怎么做什么都行好吧

她连看都不看我我一把抓住她的肩膀使劲地摇晃她的身子

你给我闭嘴

我摇晃她

你闭嘴你闭嘴

好吧①

从上面的译文看,李文俊的译本完全再现了原文的陌生化的形式特征,使得汉译本也具有了陌生化的形式特征。

类似的例子在《喧》的李译本和其他汉译本中比比皆是。除了少数复译本,几乎所有的《喧》的汉译者在翻译时都是以陌生译陌生,使译文达到了类似于原文的陌生化效果。

三、归化为辅、异化为主的翻译策略在句子层面上的体现

《喧》的异质性主要体现在句子层面。其句子有几个主要特征:

一是有些句子结构复杂、艰涩难懂、冗长拖沓,一如艾肯所言,"这些句子雕琢得奇形怪状,错综复杂到了极点:蔓生的字句,一个接一个,隐隐约约处于同位关系,或者甚至连这隐

---

① 福克纳著、李文俊译:《喧》,北京燕山出版社2015年版,第158-159页。

约的关系也没有"①。这样的句子在《喧》中反复出现,给翻译带来了极大的困难。译者们在处理这类长句时,整体上也基本遵循了原文的句子结构,因而总体是采用的异化的翻译策略,但在翻译过程中对某些词句的翻译仍然会使用明晰化策略进行归化处理。

例 10

原文：How can I control any of them when you have always taught them to have no respect for me and my wishes I know you look down on my people but is that any reason for teaching my children my own children I suffered for to have no respect(Faulkner, 2015:58)

李文俊译：你叫我怎么管束他们呢你老是教他们不要尊重我不要尊重我的意志我知道你看不起我们姓巴斯康的人可是难道能因为这一点就教我的孩子我自己吃足苦头生下来的孩子不要尊重我吗②

英语原文共 49 个词,其中包括了 2 个未用标点符号隔开的句子,第一个句子中包含有 1 个主句和从句,第二个句子中包含有 2 个表示转折关系的并列句,整个句子读来让人感到十分压抑和紧张,甚至有一种窒息感。事实上,这正是作者试图要达到的效果,目的在于烘托紧张的气氛,塑造康普生太太无病呻吟、自私冷酷、愤世嫉俗、牢骚满腹的形象。译者李文俊在翻译这个句

---

① 李文俊编译:《福克纳评论集》,中国社会科学出版社 1980 年版,第 73 页。
② 福克纳著、李文俊译:《押沙龙!押沙龙!》,中央编译出版社 2014 年版,第 1 页。

子时，总体上采用了异化翻译策略，比较完整地保留了原句的特征，但在翻译一些词时仍然采用了归化翻译策略，如"my people"在译文中被归化为"我们姓巴斯康的人"，"I suffered"被归化为"我自己吃足苦头生下来的"。

除了结构复杂的长句外，《喧》中还与很多由几个短句组合起来的、中间没有标点符号的句子。译者在处理诸如此类的句子时，也基本遵循了原文的句子结构和形式特征。例如：

例 11

原文：You should have a car it's done you no end of good don't you think so Quentin I call him Quentin at once you see I have heard so much about him from Candace.（Faulkner, 2015: 79）

李文俊译：你们应该有一辆汽车它会给你们带来无穷无尽的好处你说是不是呀昆汀你瞧我马上就叫他昆汀了凯丹斯跟我讲了那么许多他的事。①

上例原文共有 6 个短句，李文俊译文中也包含了 6 个短句，基本上完完全全地保留了原文的形式特征。译文在采用异化翻译策略的同时，也适时采用了归化策略，如译者在翻译"I call him Quentin at once you see"这个部分时，为顺应汉语的语言习惯，调整了句子的语序，把"you see"放到了"I call him Quentin at once"前面。

《喧》在句子层面的第二个形式特征是其小说中充斥着大量

---

① 福克纳著、李文俊译：《喧》，北京燕山出版社 2015 年版，第 96 页。

的修辞手法，如比喻、通感、重复、双关、夸张等。这些修辞手法生动形象、幽默诙谐、新鲜有趣，给人耳目一新的感觉。译者们在处理这些带有特殊修辞手法的句子时，大多采用了异化翻译的策略，具体为直译法或者直译加注，保留了原文的陌生化特征。例如：

例 12

原文：I couldn't see it, but my hands saw it, and I could hear it getting night, and my hands saw the slipper, but I couldn't see myself, but my hands could see the slipper, and I squatted there, hearing it getting dark. （Faulkner, 2015:59）

李文俊译：我看不见它，可是我的手能看见它，我也能听见天色一点点黑下来的声音，我的手能看见拖鞋，可是我看不见自己，可是我的手能看见拖鞋，我蹲在墙旮旯里，听见天色一点点黑下来的声音。①（通感）

在上面的句子中，原文作者反复使用通感的修辞手法，比如从触觉转移到视觉，从视觉转移到听觉。译者李文俊在翻译时全部采用了异化的翻译策略和直译的翻译方法，再现了原文的修辞手法。因此，译文同原文一样生动有趣，完整地再现了原文的陌生化效果。但译者在处理个别词句时仍然使用了归化的翻译策略，如"hear it getting night"被译为"听见天色一点点黑下来的声音"。

---

① 福克纳著、李文俊译：《喧》，北京燕山出版社2015年版，第72页。

例 13

原文：Here, caddie. He hit. They went away across the pasture. I held to the fence and watched them going away. (Faulkner, 2015: 1)

李文俊译："球在这儿，开弟。"那人打了一下。他们穿过草地往远处走去。我贴近栅栏，瞧着他们走开。①

原文的"caddie"是双关语，既指高尔夫球场的球童，也指凯蒂，译者采用了音译加注的翻译方法，用"开弟"一词通过谐音达到了一语双关的目的，再现了原文的陌生化效果。在整体采用异化策略的基础上，译者仍然采用了归化的策略，如这里的"Here"被归化为"球在这儿"。

从上面的例子我们可以看出，《喧》的译者李文俊处理原文的修辞手法时总体上会采用直译、音译或直译加注和音译加注等异化策略，以保留原文的异质性，但在处理个别词句时仍然会使用归化翻译策略。《喧》其他一些译者也采用了类似的策略和方法处理原文中的修辞，目的就是再现原文的语言文化特征，同时也通过适当的归化策略保证译文的可读性，这里就不一一列举了。

四、归化翻译和异化翻译在词汇层面上的体现

《喧》作为美国南方乃至整个美国历史文化的一面镜子，其中包含了大量的人名、地名、专有名词、成语和习惯用语、文化

---

① 福克纳著、李文俊译：《喧》，北京燕山出版社 2015 年版，第 1 页。

意象、文化负载词。那么《喧》的各位译者在处理上述文化词汇的时候用了什么样的翻译策略呢？

人名和地名是一个国家或民族历史和文化的产物。各民族由于不同的地理环境、风俗习惯、价值观念、历史背景和审美情趣，产生了不同的人名文化和地名文化。比如中国人的姓名都是姓+名，而欧美国家的人却跟我们相反，姓名由名+姓或者名+中名+姓构成。就地名来说，中国第一级行政区称为省（直辖市、自治区），比如四川省、重庆市；而美国的第一级行政区则称为州，比如亚拉巴马州、缅因州。再比如，中国一些小地名来自人的姓氏，如李家村、王家屯，一些来源于神话传说，如腾龙洞、凤凰山，有的则反映当地的地理特色，如五指山、骆驼峰；在美国，很多地名直接来自历史名人，如富兰克林、华盛顿，有的地名来自英国的地名，如曼彻斯特、牛津。由此可见，人名、地名中往往蕴含着不同国家、民族不同的文化特色。考察中国翻译史，可以发现译者在翻译人名地名时大多采用异化翻译的策略，但也有不少归化翻译的例子。比如，傅东华在翻译 *Gone With the Wind* 一书时，对其中的人名地名采用了归化的翻译策略，如"Rhett Butler" "Scarlett O'Hara"分别被译为"白瑞德""郝思嘉"；"Atlanta""Charleston"分别被译为"饿狼陀""曹氏屯"。那么《喧》的汉译者在翻译该小说中出现的人名地名时采用的是归化策略还是异化策略呢？通过考察，笔者发现大部分译者都采用了异化的翻译策略，具体翻译方法多为直译、音译或者直译、音译加注，但也有极少数的译者使用了归化的翻译策略。比如：

例 14：IKKEMOTUBBE，伊克莫托比——异化，音译（方柏林译，p. 281）

例 15：QUENTIN MACLACHAN，昆廷·麦克拉昌——异化，音译（方柏林译，p. 283）

例 16：Cannebière，嘎纳比尔——异化，音译（李文俊译，p. 322）

例 17：Caddy，小卡——归化，意译（李继宏译，p. 4）

例 18：Benjy，小本——归化，意译（李继宏译，p. 4）

从上面的例子可以看出，《喧》的汉译者对小说中的人名地名大多采用了异化翻译策略，就翻译方法来说，大多采用了音译。但也有少数译者如李继宏尝试采用归化策略翻译了某些人名，从上面的例子可以看出李继宏的某些人名的翻译策略和方法打破了人名翻译的常规，这样的译名比较有创意，也比较有趣。此外，这样的译名给读者带来的感觉是新奇而亲切的。笔者认为这样的人名翻译也是可取的。

文化负载词的翻译最能直观地体现译者的翻译策略和翻译方法。《喧》作为美国南方乃至整个美国历史文化的镜子，自然包含了大量美国文化词汇，如专有名词、器物名称、宗教用语、圣经用语、习惯用语、俚语等。所有这些词汇都是文化符号，负载了某种特定的文化印迹，在翻译中如何处理这些文化负载词成为文学翻译的关键问题。下面笔者以《喧》中的宗教用语为例探讨译者处理文化负载词的翻译策略。

在《喧》中，"god"一词使用非常频繁，据笔者统计，这一词出现了53次；译者们在处理这个宗教文化词汇时，大多采取了异化策略，只有少数情况下采用了归化策略。比如，在李译本中有35次译为"上帝"，这是典型的异化翻译，凸显了美国基督教文化，仅有13次被译者归化翻译为"老天爷"；方柏林译本中也有35次译为"上帝"；曾菡、戴辉、董刚译本中分别有56次、38次、34次译为"上帝"。但是李继宏译本中"god"一词有32次译为"神"，这是典型的归化翻译。这个例子表明，除了李继宏以外，其余大部分译者虽然也使用归化翻译，但大部分时候都是采用的异化翻译策略。

下面再以几个文化负载词为例说明译者的翻译策略。

例19：bluegum chillen，蓝牙龈的孩子——异化，直译加注（李文俊译，p. 69）

例20：Saint Louis Fair，圣路易博览会——异化，直译加注（李文俊译，p. 81）

例21：play a harp，弹奏一只竖琴——异化，直译加注（李文俊译，p. 106）

例22：Moses rod，摩西的权杖——异化，直译加注（李文俊译，p. 175）

通过考察《喧》的汉译，我们可以得出结论：大部分译者对反映美国南方文化的词汇主要采用了异化的翻译策略，主要的翻译方法就是直译、音译、移译或者为上述翻译方法再加注释，通过对上述词汇的异化翻译，美国南方历史文化的面貌基本展现在中国读者的面前,但仍然有少部分译者尝试采用了归化翻译策略来处理上述词汇。

五、异化翻译在非语言层面上的体现

《喧》在形式上的另一个显著特征是非语言符号的使用,如图片、空格、线条、特殊标点符号、字体变换等。福克纳不愧是一位形式实验的文学大师,在《喧》这部小说中,他广泛地使用了破折号、省略号、空格、括号、"×""·"等特殊的符号来表达特定的含义。除了特殊的符号,他还善于通过改变文字的书写来达到特定的创作目的,比如把文字变成粗体字、斜体字、黑体字、字号变大、改变字体等。此外,福克纳偶尔也会借助空格和简单的图画代替文字,或者借助插图来表达主题。通过考察《喧》的汉译本,笔者发现几乎所有的译者都保留了原文的非语言符号。下面我们看一个例子。

例 23

原文: He led Jason on around the corner of the station, to the empty platform where an express truck stood, where grass grew rigidly in a plot bordered with rigid flowers and a sign in electric lights: Keep your 👁 on Mottson, the gap filled by a human eye with an electric pupil. (Faulkner, 2015:264)

李文俊译:他带着杰生绕过车站的拐角,来到空荡荡的月台上,那儿停着一节捷运平板车,月台边一块空地上呆呆板板地长满着青草,四周呆呆板板地镶着一圈花,当中竖着一块装了电灯的广告牌。上面写道:"用你的 👁 好好看看莫特生。"①

原文画了一只眼睛来代替"eye"一词,译文也同样画了一只眼睛来代替"眼睛"一词。

基于对《喧》11个译本在非语言层面的翻译策略调查,我们可以得出结论:《喧》的大多数译者在处理原文中非语言层面的形式特征时,常常会选择异化翻译策略,原封不动地保留原文的形式特征。

第五节 翻译策略的影响因素

影响译者翻译策略的因素很多,本书主要讨论译者身份、翻译目的、主流诗学和翻译诗学对翻译策略的影响。除此以外,读者的审美期待、认知能力和接受能力、意识形态等也会影响译者翻译策略的选择。

一、译者身份对翻译策略的影响

翻译不仅是一种跨语言的活动,也是"一种跨文化的活动"②。译者在整个跨语言、跨文化的活动中扮演着阅读者、阐释者、创作者等各种角色,因而成为翻译活动中必不可少的核心主体。在整个翻译活动中,译者无疑扮演着很重要的角色,因为其在很大程度上

---

① 福克纳著、李文俊译:《喧》,北京燕山出版社2015年版,第303页。
② Mary Snellhornby. *Translation studies: an Integrated Approach*, Shanghai Foreign Language Studies Press, 2001, p. 40.

决定了翻译选材、翻译过程中的阐释、翻译策略选择、译文的风格等。译者在翻译过程中究竟是保留源语文化的特色，还是抹杀源语文化特色，以译语文化取而代之，在很大程度上取决于译者的身份。那么什么是译者身份？为何译者身份决定了翻译策略的选择？

身份和译者身份都是非常复杂而有争议的概念，笔者无意探讨这两个概念的定义。但可以肯定的是译者身份有多元性、多变性和复杂性等特点。不同的语境、不同的翻译目的往往会造就不同的译者身份。比如，在后殖民翻译研究者道格拉斯·罗宾逊（Doulas Robinson）看来，译者的主要身份就是在翻译活动中为了特定目的充分发挥译者主体性的创作者；对于女性翻译研究者雪利·西蒙（Sherry Simon）来说，译者的主要身份是在翻译活动中彰显女性译者主体地位的一位译者；对于异化翻译的实践者和研究者劳伦斯·韦努蒂（Lawrence Venuti）来说，译者的主要身份为通过异化翻译策略去抵抗英语世界的民族中心主义和帝国主义霸权的弱势文化群体的代言人；[1]而在迈克尔·克罗宁看来，译者（尤其是口译员）作为"具身的代理"，可以扮演各种不同的身份，比如诠释者、证人、外交家、间谍、官员、介入者、操控者等。此外，译员在口译现场对自身身份的认同往往会直接导致译员对翻译策略的选择，从而直接影响翻译的最后结果，并最终决定一些重要历史事件的成败。[2]

那么译者身份包括哪几大类呢？关于译者身份的分类，有很多

---

[1] 李文静：《译者是谁？——译者的身份认同与翻译研究》，岭南大学博士学位论文，2010年，第7页。

[2] Cronin Michael. *Translation and Identity*. Routledge, 2006, p. 76-87.

学者有过探讨，笔者比较认同李文静（2010）的分类法。她提出译者身份的3种类型：角色身份、群体身份和个人身份。[①]译者的角色身份是指译者在社会活动中所承担的相关的社会角色。一般来说，在翻译的过程中，译者会扮演诸如读者、阐释者、作者、评论者等最基本的角色身份。但是从不同的角度来看，译者还承载着其他一些不同的角色身份，比如，从文化的角度看，译者身份可以是某种文化的倡导者、传播者、建构者，也可以是两种文化的沟通者、协调者。从历史的角度来看，译者可能承担着历史的见证者、传承者、阐释者等社会角色。谭载喜（2011）从译者比喻的角度，总结出了"画家""演员""调停者""奴仆""奴隶""把关人"等14种译者的角色身份。[②]此外，在不同的场合、不同的语境下译者可能会承担某些特殊的角色身份。比如在谈判桌上，译者可能变身为一位谈判者；在战争中，译者可能变身为和平的维护者或者战争的煽动者；在商品广告和商务活动中，译者可能变身为营销者、市场操控者。译者的群体身份是指如同中国人、英国人、汉族、女性等这些以社会群体为基础而建立起来的身份。[③]

译者的群体身份也是多元而复杂的。比如一位译者的群体身份可能是中国人、黄种人、湖南人、南方人、苗族、女性、母亲、

[①] 李文静：《译者是谁？——译者的身份认同与翻译研究》，岭南大学博士学位论文，2010年，第21-25页。
[②] 谭载喜：《译者比喻与译者身份》，《暨南学报（哲学社会科学版）》，2011年第3期，第116-123页。
[③] 李文静：《译者是谁？——译者的身份认同与翻译研究》，岭南大学博士学位论文，2010年，第24页。

党员、中年人、工薪阶层、亚健康人等,当然这些群体身份都是译者自我认同的身份。所有这些群体身份对译者所从事的社会行为都会产生深远的影响,当然也可能会影响译者的翻译选材或者翻译策略的选择。

译者的个人身份当然是指译者区分于其他个体的身份,译者的个人身份"具体体现为译者的审美特征、语言习惯、和个人品格等"[①],也就是布迪厄所说的"惯习"。一般而言,一部文学作品的译作在很大程度上是译者个人身份的反映,通常体现了译者的创造性和独特的风格。因此,Burke(2004)所说的"个人身份可能作为一种主身份在起作用"[②]是不无道理的。对于译者来说,角色身份和集体身份固然会对翻译产生很大的影响,但最终真正影响翻译结果的却是译者的个人身份。总的来说,我们说译者的个人身份是主身份,角色身份和集体身份是次身份,它们共同决定着译者的翻译行为和翻译结果。谭载喜认为,我们之所以把前者称作译者的"主身份",把后面这种角色身份视为"次身份",是因为前者是根本,是不变的,是第一位的。没有了它,相关的社会存在或社会行为人就不具备译者身份,不属于译者范围,而后者则是前者在翻译转换过程中的具体表现形式,是变化的,是第二位的。[③]

---

① 李文静:《译者是谁?——译者的身份认同与翻译研究》,岭南大学博士学位论文,2010年,第25页。
② Burke, Peter J. *Identities and Social Structure: The 2003 Cooley-Mead Award Address*. Social Psychology Quarterly 67(1), 2004, p. 10.
③ 谭载喜:《译者比喻与译者身份》,《暨南学报(哲学社会科学版)》,2011年第3期,第120页。

在厘清了译者身份这个概念后，下一个要回答的问题是译者身份是否影响翻译策略的选择？对于这一问题，一些著名的翻译学者已经给出了答案。谭载喜（2011）年提出，所谓"异化翻译""归化翻译""忠实翻译""不忠实翻译""死译""直译""意译""活译"等各种类别的译文和译法，其实就是译者以各种角色身份开展工作的产物。[1]周领顺（2011）在对中餐菜谱英译进行考察后得出结论，"译者身份决定译者行为，译者行为决定译文品质，而译文品质是与译者的身份相一致的"[2]。这里的"译者行为"主要指译者在翻译过程中对原文的诠释，翻译策略、翻译方法、翻译技巧的选择以及译文语言表达的选择。我们所看到的译文，往往是对某种翻译策略和某种翻译方法进行选择的产物，而某种翻译策略和某种翻译方法则是译者身份的体现。这样的例子很多，其中最著名的例子就是《红楼梦》的霍克斯译本和杨宪益译本。因为霍克斯的英国人身份和杨宪益的中国人身份，两个译本在细节处理上采用了不同的翻译策略，前者采用了归化翻译，后者则采用了异化翻译。下面笔者以《喧》的几个译本为例说明译者身份对翻译策略的影响。

例 24

原文：I went back along the fence to where the flag was. It flapped on the bright grass and the trees.

---

[1] 谭载喜：《译者比喻与译者身份》，《暨南学报（哲学社会科学版）》，2011年第3期，第120-121页。
[2] 周领顺：《美国中餐馆菜谱英译评价原则》，《中国翻译》，2013年第3期，第107页。

It was red, flapping on the pasture. Then there was a bird slanting and tilting on it. Luster threw. The flag flapped on the bright grass and the trees. I held to the fence. (Faulkner, 2015: 1)

李文俊译：我顺着栅栏走回到小旗附近去。小旗在耀眼的绿草和树木间飘荡。

小旗红红的，在草地上呼呼地飘着。这时有一只小鸟斜飞下来停歇在上面。勒斯特扔了块土过去。小旗在耀眼的绿草和树木间飘荡。①

何蕊译：我<u>看到小旗子</u>，顺着栅栏又走了回来。小旗子飘啊飘的，<u>四周的</u>草儿和树木<u>特别鲜绿</u>，<u>好像在发光一样</u>。

小旗子红艳艳的，<u>竖</u>在草地上发出呼呼的声音。一只鸟儿飞了下来，落在上面，<u>好像是累了想要歇一歇</u>。洛斯特却捡起一块<u>石头</u>丢了过去。小旗子也像要飞起来，<u>四周的</u>草儿和树木闪耀着<u>嫩绿的光芒</u>。②

（注：上文的何蕊译文中的下划线为笔者添加，表明带下划线的文字是译者所增添的原文没有的信息。）

上面例子的原文是班吉和黑小厮勒斯特在高尔夫球场玩耍时所看到的情景。这里随意选了两个译本：李文俊译本和何蕊译本。这两位译者身份自然有诸多相同之处，比如，就角色身份而言，在翻译过程中都是阐释者、读者、作者身份；就群体身份而

---

① 福克纳著、李文俊译：《喧》，北京燕山出版社 2015 年版，第 1-2 页。
② 福克纳著、何蕊译：《喧》，北京联合出版公司 2017 年版，第 1-2 页。

言,两者都是中国人。那么两者身份有何差异?首先,两者的群体身份存在明显的差异,一位是男性,一位是女性。其次,就个人身份而言,两者也存在着较大的差异,即两者在审美习惯、语言习惯和个性方面存在必然的差异。正是这些译者身份的差异导致了译文的差异。

仔细阅读上面的两个译本,可以看出两个译本在翻译策略和翻译方法上的差异。李文俊的译文明显采用了异化的翻译策略,在翻译方法上均全部采用直译。但是何蕊译本却倾向于归化翻译,在翻译方法上采用了直译、意译、增译相结合的多种译法。比如,"I went back along the fence to where the flag was"李文俊直译为"我顺着栅栏走回到小旗附近去。"而何蕊则译为"我看到小旗子,顺着栅栏又走了回来。"前者是直译,后者则增添了原文没有的信息"我看到小旗子"。再比如,"It flapped on the bright grass and the trees."李文俊直译为"小旗在耀眼的绿草和树木间飘荡"。而何蕊则译为"小旗子飘啊飘的,四周的草儿和树木特别鲜绿,好像在发光一样"。这个译文不仅改变了原文的句子结构,而且增添了一些感情色彩浓厚的词语如"飘啊飘""草儿"以及原文没有的信息"特别鲜绿、好像在发光一样"。

从这两个译本我们可以看出译者身份对译者翻译策略和翻译方法选择的影响。李文俊作为一位男性译者,其译文干脆利落,直接了断,表现出一种阳刚之美。而何蕊作为一位女性译者,其译文则显得更加细腻优雅。

二、翻译目的对翻译策略的影响

德国著名翻译家，功能翻译派的代表人物之一汉斯·弗米尔认为，"决定任何翻译过程的主要原则是翻译行为的总的目的"[①]。而翻译策略的选择是翻译过程中非常关键的一个环节，从这个意义上说，决定翻译策略的是翻译行为的目的。那么什么是翻译目的呢？弗米尔（1990）对翻译目的进行了解释。她所说的目的实际上包含几层含义：一是通过某种行为达到代理人意在达到的最终效果，弗米尔称之为"aim"；二是在达到目的过程中临时的、阶段性的目的，弗米尔称之为"purpose"；三是指从接受者角度看一个文本所表达的意义或者旨在表达的意义，弗米尔称之为"function"；四是指从信息的发送者和接受者看一种以目的为导向的行为计划，弗米尔称之为"intention"。[②]根据弗米尔对翻译目的的阐释，我们可以将翻译目的简单归结为：译文的最终目的，译文生成过程中的阶段性目的，译文的信息传递目的及其他特殊目的。诺德（2001）探讨了功能主义方法在文学翻译中的运用以及文学翻译如何跨越文化障碍进行文学交流。[③]可见文学翻译的目的在于跨越文化障碍进行文学交流。巴斯内特（2000）提出了

[①] Nord. *Translation as a purposeful Activity Functionalist Approaches Explained.* Shanghai Foreign Language Education Press, 2001, p. 27.

[②] Nord. *Translation as a purposeful Activity Functionalist Approaches Explained.* Shanghai Foreign Language Education Press, 2001, p. 28.

[③] Nord. *Translation as a purposeful Activity Functionalist Approaches Explained.* Shanghai Foreign Language Education Press, 2001, p. 80-103.

翻译的 4 种目的：① 信息交流；② 文化资本的流通；③ 娱乐；④ 劝人采取某种行动。[①]巴斯内特特别讨论了文化资本的流通这一点。文化资本就是指"在社会化过程（即教育）的最后阶段使你在你的社会被认可的东西"[②]。比如：17 世纪古罗马诗人维吉尔（Virgil）以及他用拉丁文写的一部史诗《埃涅伊德》（*Aeneid*）就是文化资本。[③]要使这个文化资本循环流通只有通过英译。由此我们可以看出文学翻译的一个很重要的目的就是文化资本的循环流通。如果一个在某种文化中文学价值很高或得到高度认可的文本在被翻译到另一种文化中后失去了其文学价值，或者在另一种文化中不被认可，那么这个翻译就没有达到翻译目的。可见翻译的一个重要目的是在目标语文化中得到认可，从而获得源语文化中同样的文化资本。

从以上学者们对翻译目的的探讨，我们可以得出结论，翻译的目的并不是固定不变的、单一的，而是多元的、复杂的、多变的，具体的翻译目的取决于源语文本和翻译文本的接受者等各种因素。但撇开一些特殊翻译任务的特殊目的外，普通的文学翻译的目的不外乎这几个：信息传递、文学交流、文化交流、文化资

[①] Susan Bassnett, André Lefevere. *Constructing Cultures Essays on Literary Translation*. Shanghai Foreign Language Education Press, 2001, p. 41.
[②] Susan Bassnett, André Lefevere. *Constructing Cultures Essays on Literary Translation*. Shanghai Foreign Language Education Press, 2001, p. 42.
[③] Susan Bassnett, André Lefevere. *Constructing Cultures Essays on Literary Translation*. Shanghai Foreign Language Education Press, 2001, p. 42.

本的流通。其中信息传递旨在促进各种不同文化之间信息的交流；文学交流旨在通过文学翻译相互了解对方文学场域内的动态，比如作家、作品、文学流派等；文化交流旨在通过翻译促进两种不同文化的人们相互了解对方的社会制度、法律、艺术、价值观念、思维方式、民俗风情等；文化资本的流通旨在通过翻译使世界上的一些经典文学作品得以永久流传。

在厘清了翻译目的这个概念后，笔者将以《喧》汉译本为例尝试解释翻译目的对译者翻译策略的影响。我们知道，著名翻译家李文俊以翻译《喧》而闻名海内外，他在大陆首译的《喧》更是获得无数赞誉。他翻译的《喧》忠实流畅，是流利的异化翻译的典范。李文俊对源语中的典故、专有名词、文化负载词等几乎全部采用了直译或音译等异化翻译策略。此外，李译本充分利用了深度翻译策略，全文仅注释就有 400 多条，如此多的注释甚至引起了很多的争论。那么李文俊为什么要采用异化的翻译策略？又为什么要频繁使用深度翻译策略？在北京燕山出版社 2015 年版的北京译序中，李文俊提到："为了帮助中国读者理解本书，译者根据有关资料与个人的理解加了几百个注。"[①]说得更明白一点，李文俊翻译的目的就是上文说的文学交流和文化交流，就是让读者阅读后能够了解福克纳的文学创作手法，同时了解美国文化。至此我们就不难理解为何李文俊采取异化翻译和深度翻译策略了。

---

① 福克纳著、李文俊译：《喧》，北京燕山出版社 2015 年版，第 14 页。

《喧》的另一译本方柏林译本与李译本相比，总体上仍然采用了异化翻译策略，甚至比李译本异化得更加彻底。比如，开头的原文有这样一个句子"They took the flag out, and they were hitting"。李文俊译为"他们把小旗拔出来，打球了"，方柏林译为"他们把小旗拔出来，他们打球"。原文的"they were hitting"李文俊在翻译时略去了主语"他们"，但方柏林却仍然保留了这个主语。下文的"Here, caddie"李文俊译为"球在这儿，开弟"，而方柏林译为"来吧，球童"。对于"caddie"一词，李文俊用音译加注，而方柏林用的是直译加注。此外，方柏林没有充分利用深度翻译策略，全文仅仅只有少量注释。他的翻译策略的选择依然受到了他翻译目的的影响。在译后记中他是这样说的："对于此书，我的一个总体选择是尽量贴近原文，少发挥一点，让读者去想象原文的感觉。"[1]可见，方柏林翻译的主要目的是文学交流，即让读者能理解源语的文学性，感受源语的艺术之美。

除了《喧》的2个汉译复译本以外，其他汉译本上都采取了以异化为主的翻译策略以及深度翻译的策略，这一点前文已经讨论过了。《喧》的汉语译者集体采用了相似的翻译策略正好说明了《喧》的独一无二和巨大的文学价值。译者们采取的翻译策略正是为了让中国读者更好地了解福克纳这位大师独特的文学创作手法和他塑造的魅力无穷的艺术王国，同时也让中国读者更多地了解美国南方乃至整个美国的历史和文化。如果福克纳不是这样一位

---

[1] 福克纳著、方柏林译：《喧》，译林出版社2015年版，第302页。

与众不同的大师,而只是一位普普通通的作家,那么很多译者可能会采取不同的翻译策略。总之,《喧》的汉译真正体现了翻译目的对翻译策略的影响。

三、主流诗学和翻译诗学对翻译策略的影响

"诗学"这一词最早源于亚里士多德的《诗学》,1973年,亨利·梅肖尼克(Henri Meschonnic)提出"翻译诗学"这一概念,并对以后的翻译研究产生了深远的影响。国内学者对"翻译诗学"的研究是从20世纪90年代开始的,它后来成为翻译理论的一个重要概念。文化学派的代表人物安德烈·勒菲弗尔将诗学引入翻译研究,认为译者在翻译活动中不可避免地受到时代主流诗学的操纵。在其著作《翻译、改写以及对文学名声的控制》中,勒菲弗尔指出诗学的构成可分为两个部分:一部分是文学技巧、体裁、主题、原型人物以及象征等,另一部分是文学在整个社会体系中的作用和意义,[1]并认为"一旦一种诗学形成了规范(制度),它就会对文学体系的更进一步发展产生深远的影响"[2]。文学翻译作为文学体系中的一个子系统,自然而然也会受到主流诗学的影响。中国近现代历史上的翻译实践证明某一特定历史时期的主流诗学无疑会对译者的翻译策略产生

---

[1] Lefevere, Andre. *Translation, Rewriting and the Manipulation of Literary Fame*. Shanghai Foreign Language Education Press, 2010, p. 26.
[2] Lefevere, Andre. *Translation, Rewriting and the Manipulation of Literary Fame*. Shanghai Foreign Language Education Press, 2010, p. 26.

一定的影响。1919年新文化运动对中国主流诗学产生了深远的影响，那就是文学体系内彻底废除文言文，写作一律通用白话文。这种主流诗学的概念也导致了翻译诗学的改变。1919年之前的外汉翻译基本遵从归化翻译，而随着新文化运动的推进，为了借鉴吸收西洋语言的长处，提高汉语的表现力，翻译界出现了"欧化"主张及异化翻译主张。20世纪20年代，在主张"宁信而不顺"翻译方法的鲁迅等作家的努力下，异化翻译一度成为当时主流的翻译诗学。然而从30年代后期起，中国的主流诗学又发生了变化，一些有识之士又开始意识到传统文化的重要性，于是中国传统文化地位重新回升。在这种主流诗学的影响之下，译坛在翻译策略上再次出现了转变，归化法再次占据了主导地位，尤其是在傅雷"重神似不重形似"和钱锺书"化境"翻译诗学的影响之下，在后面长达40年的时间里，归化翻译一直占据着主导地位，一直持续到70年代末。直到改革开放带来了外国文学翻译的高潮，主流诗学才开始偏向外国的现代派文学。这时主流翻译诗学再一次发生变化，异化翻译再次受到重视。[①]从中国近代到当代100多年的翻译实践可以看出，一个时代的主流诗学必定会影响到主流翻译诗学，进而影响译者翻译策略的选择，甚至会形成某种隐性的规范，在译者毫无意识、毫无察觉的情况下操控译者的翻译抉择。下面笔者以《喧》的汉译为例对这种现象进行进一步的阐释。

---

① 孙致礼：《中国的文学翻译：从归化趋向异化》，《中国翻译》，2002年第1期，第40-44页。

我们知道,《喧》大部分汉译都发生在20世纪80年代之后。那么八九十年代的主流诗学和翻译诗学是什么？它们又如何影响了《喧》小说译者的翻译策略呢？进入80年代，中国大地上各行各业都掀起了改革的浪潮，中国文学也被卷入了改革的浪潮中。在此之前，中国文学长期被传统的现实主义文学垄断。改革开放后，中国作家也力图找到新的文学创作方法和表达方法，却面临诸多困惑和问题。就在这时，大量外国文学作品包括西方现代派作品开始涌入中国，这些作品给中国文学带来了无限的生机和活力。在这种语境下，中国的主流诗学慢慢发生了质的变化。其催化剂就是1980年到1984年之间中国学术界集中展开的一场声势浩大的关于西方现代派文艺的讨论。在这场旷日持久的争论中，很多富有远见的知识分子如袁可嘉（1980）、林良敏（1981）、冯骥才（1982）、徐驰（1982）等都主张有选择地接纳西方现代派文学。这场争论的结果就是文艺界已经能够接纳、理解和欣赏现代派作品。为了使更多的中国读者了解西方现代派作品，也为了给现实主义文学输入新鲜的血液，很多学者开始倡导异化翻译，以保留西方现代派文学的异质性。比如，1987年，刘英凯在《归化——翻译的歧路》一文中尖锐地批评了归化译法，认为，翻译应采取"最大程度的直译"，以尽量表现出原文的"异国情调"，尽量忠实地"再现原文的形象化语言"，尽量"输入新的表现法"。[①]

[①] 杨自检、刘学云：《翻译新论》，湖北教育出版社1994年版，第269-282页。

这篇论文是在对以往的诸多翻译实践进行考察后对中国的翻译策略的一次认真的反思。进入90年代，中国翻译界关于异化和归化的争论不断增多，但"大多主张要重视异化译法"[①]。刘重德、郭建中等学者曾先后就异化和归化发表了一些独到的见解，认为应该从文化的角度来审视异化与归化，从而发扬异化译法，而将归化译法限制在适度的范围内。[②]孙致礼在1996年发表的《坚持辩证法，树立正确的翻译观》一文中，提出了翻译要竭力保存"洋味"，还要坚持神似与形似的辩证统一。[③]后来，在另一篇论文《翻译的异化与归化》中，孙致礼更是明确提出，"在可能的情况下，应尽量争取异化；在难以异化的情况下，则应退而求其次，进行必要的归化。简而言之，可能时尽量异化，必要时尽管归化"[④]。这些翻译学者倡导的"以异化翻译为主"的翻译诗学观在20世纪八九十年代乃至21世纪逐渐成为主流的翻译诗学观，对当代译者产生了深远的影响。在这种主流诗学和翻译诗学的影响之下，李文俊在翻译《喧》的时候大多采用了异化的翻译策略。而李文俊的《喧》汉译本在中国的热销和好评无形之中又使他的翻译诗

---

① 孙致礼：《中国的文学翻译：从归化趋向异化》，《中国翻译》，2002年第1期，第42页。
② 孙致礼：《中国的文学翻译：从归化趋向异化》，《中国翻译》，2002年第1期，第42页。
③ 孙致礼：《坚持辩证法，树立正确的翻译观》，《解放军外语学院学报》，1996年第5期，第42页。
④ 孙致礼：《翻译的异化与归化》，《山东外语教学》，2001年第1期，第34页。

学观成为《喧》翻译的主流诗学观，从而影响了 90 年代福克纳小说的其他译者，如陶洁、蓝仁哲、王义国等。

进入 21 世纪，随着信息时代和全球化的来临，中国文学场域内开放、自由、多元的文学创作氛围和多维的文学批评空间使文学场域迎来蓬勃发展的一段时期，无论是场域内还是场域外的人，无论是学者、作家、评论家、译者还是普通读者，都希望更多地了解西方文化，加强中西之间的沟通和交流，因此不再排斥翻译文本中的异质性，而是持欢迎和赞扬的态度。于是，异化翻译继续成为这个时代的主流翻译诗学观。

从以上分析可以看出，不同时代的主流诗学和翻译诗学都会对译者的翻译策略产生重大的影响，它们会对译者产生潜移默化的影响，并被译者内化而成为一种惯习，从而使译者在翻译的过程中自觉地选择以异化翻译为主这种文化翻译策略。

事实上，影响译者翻译策略选择的除了译者身份、翻译目的、主流诗学外，还有其他因素，比如，"翻译策略不可避免地与本国的文化状况有关"[①]。当本国文化需要异域文化以丰富本国文化的时候，自然要使用异化翻译；当本国文化不需要异域文化，甚至排斥异域文化的时候，自然要使用归化策略。此外，意识形态、读者的审美期待、接受能力、翻译出版等各种因素也会影响到译者的策略选择，笔者在此就不一一赘述了。需要

---

① Mona Maker. *Routledge Encyclopedia of Translation Studies*. Shanghai Foreign Language Education Press, 2004, p. 240

指出的是，在所有的影响因素中，最终起决定作用的还是译者身份，即译者个人的翻译诗学观、兴趣爱好、表达习惯、审美情趣、文学风格等。

结　语

笔者在对《喧》的 11 个汉译本所使用的翻译策略进行考察后发现，《喧》在总体上采用的是介绍、研究、翻译相结合，三者相互促进的翻译策略。在微观层面，《喧》的大多数译者在处理意识流长句时采取了逻辑明晰化翻译策略。就文化翻译策略而言，除了《喧》的少数几个复译本外，其他译本的译者均采取了深度翻译策略。几乎所有的译者都采取了显性深度翻译策略，即在译文正文之外添加译者序、前言、插图、译后记、注释等副文本，还有一部分译者采取了非语言层面的隐形深度翻译策略，如在文本内变换字体、添加括号等，却很少有译者采用语言层面的隐形深度翻译策略，即在文本内添加说明性的文字。就文化翻译策略而言，除了个别译者外，大多数译者们更倾向于使用异化翻译策略，通常采用移译、音译、直译、零翻译、加注或不加注的翻译方法，以凸显源语的异质性，保留源语的语言和文化特色。但这并不意味着译者仅仅使用了异化翻译策略，事实上任何翻译都是归化和异化的结合，没有绝对的归化译文，也没有绝对的异化译文。本章所说的异化翻译策略，是指译者在处理带有文化色彩的词汇时所采取的翻译策略，具体到普通词句的翻译时，译者们仍然采取的是流畅的归化策略。译者的翻译策略总的来说可以归纳为以异化为辅主，归化为辅，"文化上异化，语言上归化"，或者称之为韦努蒂所说的"流畅的异化翻译"。这样的翻译策略也是我们这个时代的主流翻译诗学观，而且在今后相当长的时间内，都可能成为文学翻译的主流翻译观。而从总体上影响译者翻译策略抉择的正是每一个时代主流的文学观和翻译诗学观，但最终的翻译成品却往往是译者身份的体现。

第四章

《喧哗与骚动》11个汉译本的比较研究

福克纳的小说自从被译介到中国后,有些已经有了多个译本。其中《喧》共有11个译本;《我弥留之际》共8个译本,译者分别为李文俊、富强、杨自德、蓝仁哲、张睿君、余莉、姜燕、王鸿羽,涉及7个出版社,1个系列丛书;《八月之光》共3个译本,译者分别为蓝仁哲、余莉、霍彦京,涉及2个出版社;《寓言》共2个译本,译者为林斌、王国平,涉及2个出版社,2个系列丛书。可见,福克纳小说的重译现象并不是个案,但一直没有引起翻译界学者们的关注。下面笔者将以《喧》为例探讨复译问题。笔者试图回答下列问题:《喧》汉译的复译情况如何?为何要复译?复译版本与初译本在哪些方面存在差异?复译本主采用了哪些策略?复译本是否超过了首译本?《喧》的复译是否有其存在的价值和意义?

第一节　汉译本简介

福克纳的代表作之一《喧》1979 年在中国台湾出了第一个由黎登鑫翻译的繁体字版汉译本。而在中国大陆，《喧》的一个片段（一九一〇年六月二日"昆汀的部分"）由刁绍华翻译后发表在《北方文学》1981 年第 6 期。一直到 1984 年，由李文俊耗时 4 年翻译的《喧》的第一个全译本才出现在中国读者面前。此后，《喧》的复译本不断出现。截至 2019 年 5 月，《喧》共有译本 13 个，包括李文俊的大陆首译本和重译本 2 个（李文俊，1984，2015，2019）其他 10 位译者的 11 个译本。下面是《喧》11 个版本的基本出版情况（如表 4-1 所示）和出版的总体情况（如表 4-2 所示）。

从表 4-1 可以看出，《喧》共涉及李文俊等 11 位译者，台湾版本的出版时间从 1979 年到 2000 年，中间跨度为 21 年；大陆的出版时间从 1984 年到 2021 年，时间跨度为 37 年。这个时间差对于研究《喧》的复译是一个很重要的参考要素。我们还注意到，进入 21 世纪，《喧》的复译本开始井喷，仅 2013 一年就出了 3 个译本，2015 年又出了 2 个译本，接下来 2017 年、2018 年又各出了 1 个译本，2019 年又出了李文俊的最新修订版，或许未来还会继续。从表 4-1 我们还可以看出，《喧》的所有译本涉及"二十世纪外国文学丛书"等 23 个系列丛书，这一方面说明福克纳小说受到国内文坛和专家学者们的共同关注，另一方面也说明了国家对外国文学的重视。从表 4-2 我们还可以看出，多家出版社参与了《喧》的出版发行。据笔者统计，共 28 家出版社（由于涉及的出版社较多，故没有——列出）参与了这项工作，出版 52 次，其中"上海译文出版社"从 1984 到 2001 年的 17 年间，先后 8 次出版《喧》。一部外国小说受到这么多出版社的青睐，这在中国出版史上可能是比较罕见的，这充分地说明了《喧》这部小说在中国受欢迎和受关注的程度。从表 4-1 还可以看出《喧》各个译本的定价从 17.8 元到 88 元不等，这也从侧面反映了各个译本在印刷质量、市场需求等方面的差异。最后，我们注意到各译本的页码从 234 页到 418 页不等，这可以直观地反映出各个译本在视觉和表面上的差异。但是各个译本之间真正的差异与页码多少是没有多少关系的，真正的差异还是在于各译本的翻译特征和翻译质量。

表 4-1《喧》各译本出版情况列表

译者	书名	所属系列	出版社（初版）	出版时间	出版次数	首版定价（元）	页码
黎登鑫	《声音与愤怒》		远景出版事业公司	1979	3	台 120 港 20	361
李文俊	《喧哗与骚动》	二十世纪外国文学丛书	上海译文出版社	1984	37	1.55	343
戴辉	《喧哗与骚动》	世界文学名著宝库	印刷工业出版社	2001	2	1160（全 12 卷）	331
富强	《喧哗与骚动》		北京联合出版公司	2013	1	39.5	299
董刚	《喧哗与骚动》	世界经典文学名著	安徽师范大学出版社	2013	1	17.8	234
曾菡	《喧哗与骚动》	诺贝尔文学奖作品典藏书系	新星出版社	2013	2	38	315

续表

译者	书名	所属系列	出版社（初版）	出版时间	出版次数	首版定价（元）	页码
方柏林	《喧哗与骚动》	福克纳经典	译林出版社	2015	1	36	304
金凌心	《喧哗与骚动》	诺贝尔文学奖大系	北京理工大学出版社	2015	2	38	418
余莉	《喧哗与骚动》	福克纳诺贝尔奖精品文集	北方文艺出版社	2016	1	36.8	296
何蕊	《喧哗与骚动》	1949年诺贝尔文学奖得主福克纳代表作品	北京联合出版公司	2017	1	28	336
李继宏	《喧哗与骚动》		果麦文化出品/天津人民出版社	2018	1	88	313

注：李文俊的首译是1984年上海译文出版社出版的，此后又先后于1993、2012、2019年3次进行了修改和修订，主要是对少量注释进行了修订，其次是对第二部分的几个意识流长句中的破折号进行了删除，此外还对少数词句进行了微调。总之，几个修订本修改的地方不多，故不算复译。表中仅仅列出了李文俊的首译本，没有列出其他修订本。

表4-2 《喧》出版总情况列表

译名总数（全译本）	译者	复译总次数	出版社总数	出版总次数	所涉及的丛书系列总数
2	11	28	28	52	23

第二节 复译动因

"复译"是一种特殊的翻译活动。关于"复译"，许钧曾给了一个简明的定义："复译，也称重译，法语为 retraduetion，含有重新翻译，再次翻译的意思。"①从这个定义可以看出，许先生认为复译就是重译。但是一些学者却认为复译和重译是有区别的。许先文（2010）认为，"重译是指同一译者对自己过去曾翻译过的译本进行的再次翻译，包括对以往译文的修正、润色或补遗等；而复译则指译者对他人曾翻译过的作品进行的再次翻译"②。罗新璋则给出了例子说明这两者的区别，他说："原作有个译本之后，又出一个，便是重复翻译。'重复'一词，虽系同义反复，两字分训，词义似略有差别。罗玉君将前译《红与黑》修订重新付梓，书末附注：'一九五三年，重译，上海'。傅雷把解放前译的《约翰·克利斯朵夫》与《高老头》痛改一通，新版本标明为'重译本'。"③可见，罗新璋跟许先文对重译和复译的区别持同样的见解。关于这两者的争论和探讨旷日持久，一直到现在也没有定论，这种状况导致"重译"和"复译"这两个术语在翻译界长期被混用。事实上，既然"重译"是指同一译者对自己过去曾翻译过的译本进行的再次翻译，那么其本质仍然是重复翻译。因此"重译"是从属于"复译"的。另外"转译"也是从属于"复译"的。鉴于此，笔者把重复翻译这种行为也称为"复译"。

名著复译究竟有无必要？有无价值？关于这个问题，鲁迅、

---

① 许钧：《重复·超越——名著复译现象剖析》，《中国翻译》，1994年第3期，第2页。
② 许先文：《话语语言学视角下的科学名著重译和复译》，《江苏社会科学》，2010年第2期，第183页。
③ 罗新璋：《复译之难》，《中国翻译》，1991年第5期，第29页。

许钧等学者都有过论述。鲁迅先生认为"非有复译不可","文学翻译不可能有定本。复译可以击退乱译,取旧译的长处,再加上自己的新心得,才会得到接近完美的定本"[①]。许钧先生陈述了复译的价值和意义以及复译的必然性和必要性,他说,"如果说初译(首次翻译)可以拓展一部文学作品流传的空间的话,那么复译则可延伸一部文学作品流传的时间。从这个意义上说,复译不仅是必然的,而且也是必要的"[②]。李双玲又从另一个角度道出了重译的意义,她说,"不管是对原文的改进也好,还是针对不同时代读者不同的审美期待,抑或针对不同类型的读者的需求,重译都是有意义的再创造"[③]。郑诗鼎也认为"古典名著复译本的大量出现,是我国译事发展的必然"[④]。从以上各位学者的论述,我们基本上可以认为名著复译是必要的。那么人们为何要进行复译?

关于名著复译的问题,很多学者进行了探讨。许钧先生认为有积极的原因,也有消极的原因。他列出了下面几种原因:"一是已有的译本不完整,有的甚至谈不上翻译,只能算得上缩编,改写。二是已有的译本为转译本。三是已有的译本语言陈旧,不符合当代人的审美习惯。四是已有的译本失误较多,理解有待加深,

---

[①] 陈福康《中国译学理论诗稿》,上海外语教育出版社2000年版,第306页。
[②] 许钧:《重复·超越——名著复译现象剖析》,中国翻译,1994年第3期,第2页。
[③] 李双玲:《试论儿童文学作品重译的三原则》,《长沙铁道学院学报(社会科学版)》,2011年第4期,第188页。
[④] 郑诗鼎:《论复译研究》,《中国翻译》,1999年第2期,第43页。

表达更有待于提高。五是已有的译本为合译本。我们再来看看无奈的一面。那就是复译已问世五十周年以上的外国文学作品，可以免去支付国际版权。"[1]郑诗鼎也论述了复译的几个原因：① 旧译对原文的理解有欠妥或不当之处；② 旧译还需要改进；③ 对旧译的处理提出不同的看法和见解；④ 对旧译进行调整和修改以便更好地适应各个时期的译语读者的审美情趣和审美期待；⑤ 可能应出版社之约，定期赶译。[2]权循莲则从出版的角度探讨了重译现象的文本外因素，她认为重译有3个出版动因：一、社会意识形态的制约；二、出版人及出版机构文化使命感的驱使；文本因素自然是改进原译本使之更好或者达到某些特别的目的。文本外因素则包括读者因素、意识形态因素、经济因素、文化因素和出版因素。三、市场需求变化的驱动（经济利益）。[3]

从上面各位学者的分析，我们可以把复译的原因简单归为文本因素和文本外因素。首先从文本因素看，台湾的《声音与愤怒》首译本在1979年出版。这一个译本从各方面看都不算优秀。译文中存在很多问题：① 译文语言表达生涩，不流畅，不优雅，缺乏美感。比如第一章第一页的一句译文"停住那种呻吟吧"[4]读来

---

[1] 许钧：《重复·超越——名著复译现象剖析》，《中国翻译》，1994年第3期，第3-4页。
[2] 参考郑诗鼎：《论复译研究》，《中国翻译》，1999年第2期，第43页。
[3] 权循莲：《论文学作品"重译"的出版动因》，《现代传播》，2012年第4期，第157-158页。
[4] 福克纳著、黎登鑫译：《声音与愤怒》，远景出版事业公司1979年版，第19页。

比较生硬，李文俊的译本"别哼哼唧唧了"①读起来生动流畅，朗朗上口，显然比黎译本要好。再比如黎译本第 24 页的一个句子"我不是个经得起考验的主妇，为了杰生跟孩子们，我但愿自己强壮些"②读起来同样毫无美感。李文俊的译文为"我可不是那种精力旺盛能吃苦耐劳的女人。为了杰生和孩子们，我真希望我身体能结实些"③。两者相比，李译本显然更胜一筹。黎译本中类似这样的例子数不胜数。好的文学翻译绝不只是忠实地传递出原文的意义，而是在忠实的基础上用优美、流畅、生动的目标语言表达出来。黎译本基本上比较忠实地翻译了原文，但整个译文缺乏文学作品的优雅和生动之美，这是文学翻译的大忌。② 译文中有些误译，还有些译得不准确的地方。比如原文的第一个句子为"Through the fence, between the curling flower spaces, I could see them hitting"。黎译本的译文为"透过篱笆，从苦菜花的空隙，我看得见他们正在打着"④。这里的译文不准确，因为"curling flower"是指"盘绕的花"，而不是"苦菜花"，这完全是误译。李译本的译文"透过栅栏，穿过攀绕的花枝的空档，我看见他们在打球"则更为准确。再比如原文的一个句子"It seems to me you all could furnish me with a driver for the carriage once a week"，黎译本的译

---

① 福克纳著、李文俊译：《喧》，北京燕山出版社 2015 年版，第 1 页。
② 福克纳著、黎登鑫译：《声音与愤怒》，远景出版事业公司 1979 年版，第 24 页。
③ 福克纳著、李文俊译：《喧》，北京燕山出版社 2015 年版，第 6 页。
④ 福克纳著、黎登鑫译：《声音与愤怒》，远景出版事业公司 1979 年版，第 19 页。

文为"我看你们大家每周都可以给我找个开马车的"。这里的"once a week"的意义在译文中表达不准确。李译本的译文"依我说,你们一星期一次派个人给我赶赶车也应该是办得到的"表达更为准确。此类误译的例子在黎译本中并不少见。③黎译本没有译者序,没有导读或阅读指南等副文本,也没有一个注释,这样的译本势必给读者的阅读带来较大的障碍。笔者以为,《喧》是一部文化底蕴深厚的文学作品,适宜的深度翻译策略是必需的。④原文中大量意识流句子没有标点符号,这种句子表达符合人物的心理活动特征,但是在黎译本中,几乎所有的意识流句子都被加上了标点符号。这种处理虽然让读者更容易理解,却不符合人物在特定环境下的心理活动,这样的翻译是不忠实于原文的。

以上探讨了复译台湾译本的文本因素。下面我们再来探讨复译大陆首译本的文本因素。李文俊 1984 年的《喧》译本自从面世以来就受到了很多好评,而且李译本对当时的中国作家也产生了深远的影响。李译本看似很难超越,为何李文俊在过去的 30 多年中又先后两次重译了《喧》? 为何进入 21 世纪又出现了 9 个新译本?

先看大陆复译的文本因素。首先,《喧》1984 年的李译本也同样存在少数翻译欠准确的地方。比如原文的这一句"Then they put the flag back and they went to the table, and he hit and the other hit",李译为"接着他们又把小旗插回去,来到高地上,这人打了一下,另外那人也打了一下"①。这里的"the table"被译为"高

---

① 福克纳著、李文俊译:《喧》,上海译文出版社 1984 年版,第 9 页。

地"不准确,因为"高地"通常指在某个区域的版图上某个地势较高的局部地区。而在这里"the table"是指高尔夫球场发球的地方,发球区较四周地势稍高,以利于雨天排水,基于班吉并不知道那是高尔夫球场的发球处,这里译为"球场高处"更为妥帖。让我们再来看一个例子,原文为"She glared at me. She just needed a bunch of switches, a blackboard behind her $2 \times 2 = 5$",这里作者描述面包店的女人对女孩擅自进店表示不满和愤怒,李译为"她瞪视着我。她真该有一块电闸板的,真该在她那 $2 \times 2 = 5$ 的头脑后面装上一块黑板的"[①]。显然这里的"a bunch of switches"不是指"电闸板",而是指"一堆教鞭",为的是惩罚在黑板上写下 $2 \times 2 = 5$ 的学生,这里昆汀把这位凶恶的老板比作一位等着鞭打做错一道简单数学题的小学生的严厉的数学老师。因此这里建议译为"她狠狠地盯着我。她就差几根鞭子和一块挂在她身后写着 $2 \times 2 = 5$ 的黑板了"。

其次,李译本中还有一些过度翻译的情况。比如原文"Well, Jason likes work. I says no I never had university advantages…"李译为"是啊,杰生喜欢跑跑颠颠地伺候人。我说我可不喜欢,我从来没有上大学的福分……"[②]。这里的"work"被译为"跑跑颠颠地伺候人"有点过度翻译的嫌疑,这里宜简单翻译为"杰生就喜欢忙活"更为妥帖。

[①] 福克纳著、李文俊译:《喧》,上海译文出版社1984年版,第148页。

[②] 福克纳著、李文俊译:《喧》,上海译文出版社1984年版,第148页。

此外，1984年版的李译本虽然总体上表达生动、流畅，但仍然有一些表达欠生动优美的地方，包括一些字词和句子的表达。比如：附录中的最后一句"They endured"李译本译为"他们艰辛地活着"①这里的"endured"一词被译为"艰辛地活着"，该词组忠实地传递出了原文的意义，表达却没有神韵。李丹河认为应译成"他们顽强地活着"，"因为'艰辛'只是客观地描述他们的生活状况，而'顽强'则表达了他们坚定地等待的态度和不屈不挠而又不急不躁地延续下去的精神"②。但是李丹河却忽略了这个句子的主语是"他们"，所有的黑人奴隶，并不是指迪尔西一个人。并非所有的黑人奴隶都跟迪尔西一样不急不躁地、心甘情愿地、满怀信心地在等待一个光明的未来。这一群体的共同特征就是社会地位极其低下，精神和肉体都遭受着双重的、无尽的痛苦和折磨，因而笔者认为，"他们顽强地活着"既不生动，也不准确，反而是李文俊先生在其复译本中的改译"他们在苦熬"③表达得更为准确和生动。让我们再看一例。原文为"Then there was a bird slanting and tilting on it. Luster threw"，李译本的译文为"这时有一只小鸟斜飞下来停歇在上面。勒斯特扔了块土过去"④。

---

① 福克纳著、李文俊译：《喧》，上海译文出版社1984年版，第218页。
② 李丹河：《也谈李译〈喧哗与骚动〉》，《中国翻译》，1993年第4期，第49页。
③ 福克纳著、李文俊译：《喧》，北京燕山出版社2015年版，第331页。
④ 福克纳著、李文俊译：《喧》，上海译文出版社1984年版，第10页。

笔者认为"斜飞"这个词缺乏美感，而且原作者并不是要强调鸟儿斜飞的动作，而是强调鸟儿歪歪斜斜地停在小旗上的动作。此外，译文后面的一句话读起来也稍显别扭。笔者建议整句改译为"这时一只小鸟飞下来，摇摇晃晃地停到小旗上。勒斯特捡了块石头扔过去"。再比如原文"We climbed the fence, where the pigs were grunting and snuffing"，李译为"我们又从栅栏上翻过去，几只猪在那儿嗅着闻着，发出了哼哼声"①。这里的表达同样稍欠生动形象，笔者建议改译为"我们从栅栏上翻过去，几只猪在那儿嗅来嗅去，发出叽里咕噜的哼哼声"。让我们再看一例。原文为"Luster came away from the flower tree and we went along the fence and they stopped and we stopped"，李先生的译文为"勒斯特离开了那棵开花的树，我们沿着栅栏一起走，这时候他们站住了，我们也站住了"②。笔者认为后面的"这时候他们站住了，我们也站住了"。表达略显生硬，建议改译为"这时候他们停了下来，我们也停了下来"。

最后，笔者认为，语言以生动简洁为美，而1984年版的李译本有些译文稍显烦琐和啰唆。比如原文"We went along the fence and came to the garden fence, where our shadows were. My shadow was higher than Luster's on the fence"，李译为"我们顺着栅栏，走到花园的栅栏旁，我们的影子落在栅栏上，在栅栏上，我的影

---

① 福克纳著、李文俊译：《喧》，上海译文出版社1984年版，第10页。
② 福克纳著、李文俊译：《喧》，上海译文出版社1984年版，第9页。

子比勒斯特的高"①。在这个句子中,"栅栏"一词出现了4次,显得不简洁,且"顺"字不如"沿"字好,因此建议改译为"我们沿着栅栏走到花园的围墙边。我们的影子落在围墙上,我的影子看起来比勒斯特的高点"。

除了上文提到的文本因素外,《喧》的复译也与原作意蕴的丰富性、复杂性、多元性和无限阐释性有关。伽达默尔的哲学阐释学认为,"文学作品本身就是个相对开放的符号系统,文本意义具有多元性及不确定性;文本意义的实现必须有赖于读者的参与,通过读者的理解来完成"②。任何一位译者首先都是原文本的读者。无论是从共时角度还是从历时角度看,作为读者的不同译者对同一原文本的部分词、句的含义乃至原文其他各个层面的理解和阐释都会产生差异。比如,不同时代的译者由于在不同的历史文化语境中出生、成长和创作,在阅读同一原文时往往会有不同的解读;生活在同一时代不同国家和地区的译者也会因为不同的文化身份产生对同一原作理解的偏差;而生活在同一时代同一国家和地区的不同的译者也同样会因为不同的惯习、家庭背景、教育背景和审美情趣等,对同一原文理解和阐释产生差异。因此可以说,对原作理解和阐释的差异是复译赖以存在并得到社会认可的根本原因。比如,原文的"Luster put it in his pocket",有的译者如方柏林把"it"理解为"硬币",有些译者则对"it"进行了

---

① 福克纳著、李文俊译:《喧》,上海译文出版社1984年版,第10页。
② 权循莲:《论文学作品"重译"的出版动因》,《现代传播》,2012年第4期,第158页。

模糊化处理，有的译者如李文俊、董刚等将其译为"那个东西"，还有的译者如李继宏则直接将其译为"它"。此处的"it"究竟指硬币，还是指高尔夫球，还是指某个不明物体？这里究竟应该从班吉的视角去理解，还是从理性思维的角度去理解？似乎不同的译者有不同的阐释，因此导致了译文的差异。再比如，原文的"You get in that bed while my foots behaves"，对于"my foots behaves"各位译者的理解也不一样，因此有的译者译为"等我的脚不抖了再说"①，有的译者译为"你快跟着我一起……"②，而有的译者译为"我可要撒丫儿了"③。由于理解和阐释的差异而导致的译文差异在《喧》的复译中可以找到很多例子，这种差异在大量意识流长句的翻译中体现得尤为明显。

《喧》的复译还与译者在译文的表达形式、修辞手法、译文风格等方面的差异有密切关系。无论译者如何理解和阐释原文，译文的最终呈现形式才是关键。有些时候，即使不同的译者对同一原文的阐释和理解是一致的，最终呈现的译文仍然有一定的差异。对于同时代的译者来说，这一方面还是因为译者们有不同的文化身份、惯习、审美情趣等，另一方面是因为不同的译者所使用的翻译策略和翻译技巧以及翻译能力和翻译水平存在差异。对于不同时代的译者来说，除了受到上述因素影响外，不同的译者还要受到不同的历史文化语境中意识形态、诗学、出版等因素的

---

① 福克纳著、方柏林译:《喧》，译林出版社2015年版，第65页。
② 福克纳著、余莉译:《喧》，北方文艺出版社2016年版，第68页。
③ 福克纳著、李文俊译:《喧》，北京燕山出版社2015年版，第74页。

影响。正是因为同一文本的各个不同译本之间在语言表达、风格方面的差异，才在某种程度上产生了复译的可能性和合理性。比如上面提到的原文"my foots behaves"虽然有几位译者都理解为"走了，跑了"，但最后呈现的译文却有一定的差异。除了李文俊的"我可要撒丫儿了"，还有另外几种译文："我可要跑了"[①]，"我要走了"[②]，"我要撒开脚丫子跑过去了"[③]，"我得闪身了"[④]。

除了以上提到的一些问题外，读者因素也是《喧》复译的一个重要因素。众所周知，不同时代的读者有着不同的阅读习惯和审美习惯，对同一作品的接受度也会呈现出一定的差异。李文俊1984年翻译出版《喧》时，当时的很多读者对福克纳及其作品缺乏了解，对美国文化也不甚了解，因此李译本的深度翻译策略，尤其是序言和文内的大量注释帮助当时的读者读懂了《喧》这一小说，故该译本自从问世就好评如潮。进入21世纪，读者的阅读能力、理解能力和鉴赏能力较20世纪80年代有了质的飞跃，这导致部分读者对李译本的深度翻译策略提出了质疑，甚至在学术界还展开了一场争论。比如，肖明翰主张删除200多条有关情节和时空转换方面的注释，因为李先生的注释"损失了原有的云雾缭绕、峰回路转的朦胧美"，"取消了读者积极参与的必要"。[⑤]李

---

① 福克纳著、董刚译:《喧》，安徽师范大学出版社2013年版，第55页。
② 福克纳著、李继宏译:《喧》，天津人民出版社2018年版，第75页。
③ 福克纳著、曾蒉译:《喧》，新星出版社2013年版，第74页。
④ 福克纳著、富强译:《喧》，北京联合出版公司2015年版，第68页。
⑤ 李丹河:《也谈李译〈喧哗与骚动〉》，《中国翻译》，1993年第4期，第48页。

丹河却认为,"中国绝大部分读者是欢迎李先生的注释的。他们靠了这些注释才读懂了《喧》……所以,就广大读者而言,李先生的注释应该保留。"由此可见,翻译策略的选择和译文的差异在很大程度上取决于读者因素。总之,复译的目的之一在于满足不同时代读者的审美期待或为了满足同时代部分读者的个性化审美期待。

除了文本因素外,非文本因素也是影响《喧》复译的不可忽视的重要因素。首先是出版因素。进入21世纪,出版业也像其他很多行业一样日渐繁荣。同时各出版社之间也展开了激烈的竞争,争取市场上的优质文化资源,其中就包括那些经典外国文学作品,尤其是诺贝尔奖文学作品,一些资质深厚的出版社推出了一系列丛书和文集。以人民文学出版社为例,进入21世纪以来推出多种外国文学系列丛书,如"'有价值阅读'丛书""名著名译丛书""系列短篇经典丛书""名著名译插图本系列""名著名译插图本精华版系列""企鹅经典丛书""红叶丛书"。此外还推出了大量的文集,如《巴尔扎克全集》(30卷)、《列夫·托尔斯泰文集》(17卷)、《高尔基文集》(20卷)、《易卜生文集》(8卷)、《巴金全集》(26卷)、《塞万提斯全集》(8卷)等。上海译文出版社凭借雄厚的出版实力推出了"外国文学名著丛书""二十世纪外国文学丛书""现当代世界文学丛书""世界文学名著普及本""译文名著文库""威廉·福克纳文集"等一大批选题精彩、译文优美、学术价值高的经典名著译丛。漓江出版社推出了"诺贝尔文学奖作家丛书";浙江文艺出版社推出了"外国文学名著精品""福克纳作品集";百花文艺出版社推出了"美国现代经典";中国戏剧出版社推出了"世界文学名著百部";新星出版社推出了"诺贝尔文学奖作品典藏书系(福克纳卷)"。

《喧》的复译还与意识形态、诗学和出版等因素相关。进入21世纪以来,这两方面对文学的掌控已经微不足道。同时,文学阅读、文学作品、文学评论以及各种文学会议在21世纪更加繁荣。同时,伴随着经济和文化的持续繁荣,文学出版也日益增多。

第三节 11个汉译本词汇、句式、篇章整体对比研究

所谓宏观对比研究就是从总体上进行对比研究。一个文本的总体特征并非只是篇章特征,还包括其词汇使用上的总体特征和句子使用上的总体特征。因此,为从总体上把握《喧》11个汉译本各自的翻译特征,本节按照语言单位的大小顺序,分别从词汇特征、句法特征、篇章特征3个层次对11个译本进行对比研究。

一、词汇特征

关于11个译本的词汇特征,我们将从高频词、独特词2个方面进行比较。这里对原文的高频词也进行了统计,以便更好地进行对比研究。因为各种原因,本研究在语料库检索时遇到了问题,因此采用了原始的手动统计方法统计不同文本的高频词。通过Word文档的搜索功能和词频统计功能,笔者对每一个文本有可能出现的高频词反复多次地搜索查找,最后得出了每一个文本,包

括原文本的高频词及它们出现的频率,准确率在 95% 以上。至于独特词,冯庆华认为,独特词就是"在一个文本中词频达到一定水准而在另一类似文本或其他多个类似文本中词频为零的词语"[①]。手动统计独特词是一件比较困难的事,但是通过多方尝试,仍然可以找出这些译本的独特词。本研究统计的标准是一个词在某个文本中出现了 2 次以上,但没有在另外的 9 个文本中出现,这样的词就被认定为该文本的独特词。李文俊译本因为是大陆首译本,后面有些复译本几乎完全是参照李译本翻译,因此导致李译本的独特词很少。笔者手动统计没有找到李译本的独特词,戴辉译本也因为与李译本雷同较多没有找到独特词,但其他译本均找到了或多或少的几个独特词。表 4-3 显示的是英语原文的高频词,表 4-4 显示的是 11 个译本中的独特词和高频词。

表 4-3 《喧》英语原文高频词情况

高频词	出现频率	高频词	出现频率
the	5298	it	1831
I	3895	of	1720
and	3600	said	1702
to	2871	he	1566
you	2686	she	1198
a	2075		

[①] 冯庆华:《母语文化下的译者风格》,上海外语教育出版社 2008 年版,第 269 页。

从表 4-3 可以看出，英语原文的高频词主要有 5 类：一是冠词，二是代词，三是连词，四是动词，五是介词。其中出现频率最高的是定冠词"the"，其次是代词"I"，然后是连词"and"、介词"to"，代词"you""it""he""she"，不定冠词"a"出现的频率也很高。此外，在所有的实词中，"said"出现的频率是最高的，说明该小说中有大量的对话。"I"的高频率说明了原文是以第一人称叙事的。下面我们再来看 11 个译本的高频词。

从表 4-4 可以看出，所有的译本中"我""说""一"的出现频率都很高，这一点跟原文正好是吻合的。另外，"的"出现的频率也很高，这说明译文中形容词较多或者修饰词较多。与原文不一致的是，译文中表示否定的"不"出现的频率较高，而原文中表否定的词较少；译文中表示"来"这个动作的动词频率高，而原文频率不高。此外，从表 4-4 可以看出 11 个译本在高频词上虽然有一定的差别，但不显著，这表明这些译本在总体上并没有太大的差异。

表 4-4 《喧》11 个译本高频词、独特词情况

译者	高频词	出现次数	独特词	出现次数
李文俊	的	6366	沙示汽水	2
	我	5506		
	了	3993		
	一	3403		
	说	3120		
	不	3062		

续表

译　者	高频词	出现次数	独特词	出现次数
李文俊	他	3033		
	你	2754		
	在	2524		
	来	2022		
戴　辉	的	5694		
	我	5367		
	了	3608		
	说	3020		
	不	2753		
	一	2730		
	他	2655		
	你	2654		
	在	2399		
	来	1807		
富　强	的	7507	凯丹丝	14
	我	5705	凯洛琳	27
	了	4325	肯丁	442
	一	3910	维尔希	139
	不	3100	莫莱	82
	说	3005	吉莱特	59
	你	2974	斯博特	49
	他	2925	斯勒夫	90

续表

译者	高频词	出现次数	独特词	出现次数
富强	在	2914		
	这	2274		
董刚	的	5924	口母	3
	我	5504	沙示水	7
	了	4073		
	说	3028		
	一	2949		
	不	2791		
	他	2773		
	在	2363		
	来	1921		
	她	1802		
曾菡	我	5670	方罗妮	60
	的	5641	司博德	38
	了	5076	维尔施	133
	一	3307	嚎	3
	说	2959	皇后号	28
	称	2823		
	在	2533		
	不	2521		
	着	1974		
	她	1881		

续表

译者	高频词	出现次数	独特词	出现次数
方柏林	我	5258	昆廷	267
	的	4187	坎迪斯	19
	了	3687	罗斯克斯	45
	说	3088	道尔顿·埃姆斯	15
	他	2561	女王	31
	你	2477	小欢欢	4
	不	2488	神奇	6
	一	2121	姥娘	14
	在	1922		
	着	1794		
金凌心	的	6551	凯罗琳	26
	我	5495	弗兰妮	58
	了	3625	达顿·艾密兹	23
	一	3111	狄比	140
	说	2908	小皇后	30
	你	2845		
	他	2632		
	在	2570		
	不	2501		
	她	1702		
李继宏	我	5192	卡恩戴斯	20
	的	4319	戴尔顿·阿莫斯	16

续表

译者	高频词	出现次数	独特词	出现次数
李继宏	说	3191	施瑞夫	70
	他	2934	小本	116
	你	2779	杰森·里士满·康普逊	4
	了	2362	抗酱	24
	不	2195	熊弟	13
	一	2041	阿嬷	28
	在	1855	娘娘	31
	她	1821	凡西	5
			沙士	10
			达玛迪	12
余莉	我	5585	弗什	135
	的	5262	加达斯	20
	了	3558	加迪	356
	说	2956	卢斯特	310
	他	2887	黛西	462
	你	2742	小马后	30
	在	2339	阿梦	4
	不	2274	苏打水	4
	她	1760	达姆迪	7
	来	1460		
何蕊	的	6103	石力夫	73
	我	5779	洛斯特	307

续表

译者	高频词	出现次数	独特词	出现次数
何蕊	了	4039	韦尔旭	134
	一	3443	菲萝妮	60
	你	2971	罗斯库司	45
	说	2927	茂莱	65
	不	2925	阿海	5
	他	2764		
	在	2195		
	来	2000		
黎登鑫	我	4860	摩利	66
	的	4401	康狄丝	19
	说	2436	凯洛琳	5
	一	2427	维西	135
	在	2332	昆妮	29
	你	2293	斯波亚	38
	他	2230	幻想	5
	不	1960	嘶普哩噜	9
	了	1898		
	来	1544		

从表 4-4 所列的独特词来看，11 个译本在词汇的使用上最主要的差别在于人名翻译的差异。除了李文俊、戴辉和董刚译本外，其余的 7 个译本各自使用了不同的人名。另外，11 个译本在词汇使用上的差异还体现在动物称谓上。比如，原文中康

普生家的小马"Queenie"在5个译本（李文俊、何蕊、富强、董刚、戴辉）中都被译为"小王后"，另外6个译本中则各自使用了独特的称谓，比如"小皇后"（金凌心）、"小马后"（余莉）、"娘娘"（李继宏）、"女王"（方柏林）、"皇后号"（曾菡）、"昆妮"（黎登鑫）。再比如，原文中的另一匹小马"Fancy"在4个译本（李文俊、戴辉、董刚、富强）中都被译为"阿欢"，另外5个译本则各自使用了不同的称谓："小欢欢"（曾菡）、"阿梦"（余莉）、"凡西"（李继宏）、"阿海"（何蕊）、"神奇"（方柏林）、"幻想"（黎登鑫）。再比如原文的一种饮料"Sassprilluh"在6个译本（方柏林、何蕊、曾菡、金凌心、富强、戴辉）中都被译为"沙士汽水"，另外5个译本则分别使用了独特词："沙示水"（董刚）、"沙示汽水"（李文俊）、"苏打水"（余莉）、"沙士"（李继宏）、"嘶普哩噜"（黎登鑫）。再比如，原文的"Damuddy"有6个译本（李文俊、富强、董刚、戴辉、何蕊）都译为"大姆娣"，有2个译本（金凌心、黎登鑫）译为"大嬷娣"；另外3个译本则使用了独特词："达姆迪"（余莉）、"达玛迪"（李继宏）、"姥娘"（方柏林）。此外，在语气词的使用上，原文使用了一个特殊的语气词"Mmmmmmmmmmmm"，11个译本中有2个译本出现了独特词，一个是董刚译本的独特词"口母"，另外一个是曾菡译本使用的"嚰"，其他译本使用了普通的语气词，如"嗯"（李文俊、李继宏）、"唔"（金凌心）、"呣"（方柏林、戴辉）、"阿门"（余莉、何蕊）、"是的"（富强、黎登鑫）。

从上面的分析，我们可以得出结论，11个译本在普通词汇的使用上重复率和雷同率很高，译者所使用的独特词很少，尤其是名词、动词、形容词等实词的独特词很少，这也说明译者们使用的词汇不是很丰富，译本的文学性不强。在 11 个译本中，李文俊译本和董刚译本的独特词最少，主要是因为李译本是大陆首译本，被其他译本参考较多，董刚译本的独特词最少是因为其跟李文俊等译本雷同率较高。在 11 个译本中，李继宏译本所使用的独特词是最多的，这说明了李继宏译本相对其他译本来说更有创意。剩余的 8 个译本也使用了部分独特词，但大多是人名和动植物称谓，这表明这些译本的创造性价值也不高。此外，根据上面的分析，我们可以看出李文俊、戴辉、董刚这 3 个译本在词汇的使用上有很多雷同的地方，这也更进一步说明除了李文俊的首译本以外，有些复译本的创造性价值偏低。

二、句式特征

大多数译者在翻译作品时都会选择把句子作为最基本的翻译单位。译者在处理同一个句子时往往会采用不同的翻译方法，如采用句子合并译法，将原文的几个句子合并成一个句子，或采用句子拆分法，将原文的一个句子用几个句子表达出来，或者完全采用原文的句子结构。因此对译文句子翻译的考察可以在某种程度上反映译者的翻译水平、语言表达能力和译文的翻译特征。但遗憾的是，《喧》这部小说中有很多句子没有标点符号，用语料库进行研究操作起来难度较大，因而笔者用举例来说明 11 个译本在句子翻译上的不同特征。

首先我们来看译者对意识流句子的处理。《喧》原文句子使用上的一个重要特点就是有很多没有使用标点符号的意识流句子。对这些句子的处理往往能够体现译者的翻译特征和风格。表4-5是笔者统计的11个译本对意识流句子的处理方法。

表4-5 《喧》11个译本对意识流句子的处理

译 者	意识流句子标记	译 者	意识流句子标记
李文俊	有标记（长句无标点）	方柏林	有标记（长句无标点）
戴 辉	无标记	金凌心	无标记
富 强	有标记（长句无标点）	余 莉	有标记（长句无标点）
董 刚	无标记	何 蕊	有标记（长句无标点）
曾 菡	有标记（长句无标点）	李继宏	有标记（长句无标点）
黎登鑫	无标记		

从表4-5可以看出李文俊译本、富强译本等7个译本选择了使用无标点句子，保留了原文的特征和风格，董刚、金凌心、戴辉和黎登鑫4位译者选择使用拆分句子、使用标点符号的方法翻译原文的意识流长句，目的可能是为了读者更好地理解原文，但同时原文的特征在译文中也变形了。笔者认为，对意识流长句采用拆分句子、使用标点符号等翻译方法进行处理是对原文形式和原文风格的不忠，在翻译中应该尽量避免，因此董刚、金凌心、戴辉和黎登鑫4位译者的译文是不忠实的译文。

在形式和风格忠实于原文的基础上，翻译意识流长句的时候还要特别注意适当地明晰化处理和逻辑化处理原文看起来内容模糊、逻辑不清的句子，否则会导致译文读者的困惑和误读。下面笔者举 2 例进行说明。

例 1

原文：that blending of childlike and ready incompetence and paradoxical reliability that tends and protects them it loves out of all reason and robs them steadily and evades responsibility and obligations by means too barefaced to be called subterfuge even and…(p.73)[①]

金凌心译：那种童稚的笨拙和与之相反的稳妥形成的奇怪的混合。这种混合有意地保护着他们，不需要任何理由地爱护着他们，却也持续不断地掠夺着他们。这种混合，甚至可以使他们用不能再露骨的、简单到甚至不能称作是诡计的手段去规避责任和义务……（p.103）

余莉译：在他们身上我看到像孩子般的笨拙和与之相矛盾的、值得信赖的、可靠的混合体，这种混合体保护着他们不可理喻地爱着他们，却又不断地掠夺他们并规避了责任与义务。然而他们用的手法太露骨简直不能称之为遁词……（p.81）

方柏林译：其中既有孩子般的一贯的笨拙又有与之矛盾的可靠这两者的混合照料和保护他们它无需理由地爱它一直掠夺他们它逃避责任和义务那方式太直露都称不上奸诈被偷盗被避让……（p.78）

[①] 由于本章所举的例子涉及的译本较多，为节省空间，文中仅仅标注了所引句子的页码，所引用的译本均可在文末的参考文献中找到。

董刚译：他们身上既有幼稚得随时可见的愚笨的成分，也有与之矛盾的稳妥可靠的成分。这两种成分照顾着、保护着他们。他们不可理喻地爱着，却又不断地掠夺。他们规避责任和义务的手法太露骨，以至于不能称之为狡诡……（p.64）

戴辉译：他们身上既有幼稚而四处可见的笨拙的成分，也有与之矛盾的稳妥可靠的成分，这两种成分照顾他们，保护他们，不可理喻地爱他们，却又不断地掠夺他们，并规避了责任与义务，用的手法过于明显简直不能称之为狡诡……（p.87）

富强译：在他们身上，既有幼稚和笨拙的成分——这些在人们看来已经司空见惯，还有与这种成分相矛盾的值得信任的成分。这两种成分照料着他们，保护着他们，甚至是毫无道理地爱护着他们。但是，这些成分也在不断地掠夺他们，并且让他们逃避责任和义务。它们所用的手法极其直接、露骨，简直不能称之为狡诈……（p.82）

何蕊译：他们身上既有着幼稚的时不时就会暴露的笨拙，也有着与此相反的沉稳可靠，这两种东西眷顾着他们守护着他们不可思议地爱着他们，却又一个劲地从他们身上剥夺压榨甚至不用愿承担任何责任与义务，那赤裸裸的手段已经不能用狡猾来称谓了……（p.86）

李文俊译：他们身上既有幼稚的随时可见的笨拙的成分也有与之矛盾的稳妥可靠的成分这两种成分照顾他们保护他们不可理喻地爱着他们却又不断地掠夺他们并规避了责任与义务用的手法太露骨简直不能称之为狡诡……（p.88）

李继宏译：他们就像孩子一样许多事情做不来但悖谬的是却又十分靠得住由于这种混合气质他们得到了照顾得到了保护得到了毫无理由的爱但也经年累月惨遭盘剥不择手段的剥削者推卸所有责任义务甚至连冠冕堂皇的借口都懒得找……（p.89）

曾菡译：他们身上融合了童真而又时刻存在的笨拙，也有可靠稳妥的部分，这两种矛盾的性格成分庇护着他们，照顾着他们，不顾一切地爱着他们，但却又不断地掠夺他们，而且还合理地回避了责任与义务，这样的手法实在太露骨了，简直无法称为诡辩……（p.87）

黎登鑫译：那种童稚而现成的无能跟诡异的可靠性的混合。那种混合有意保护着他们，既无无理由地爱护他们，又恒常地强夺他们，这种混合且利用无耻得甚至不能称作诡计的手段，去规避责任跟义务；（p.114）

原文的 "tends" "protects" "loves" 等几个动词的主语表面看是 "that blending of childlike and ready incompetence and paradoxical reliability"，但事实上这样的主谓关系是不合逻辑的，因为照顾他们、保护他们和爱他们的并非他们身上这种混合的气质，而是这种混合的气质让他们被别人照顾、保护和爱。因此，我们在翻译的时候要把这种逻辑关系明晰化。从上面的 11 个译本来看，仅仅只有李继宏译本翻译得比较准确，其他 10 个译本都没有很好地处理这种逻辑关系。但李继宏译本的语言不够优美，整句笔者建议改译为："他们身上既有幼稚的随时可见的笨拙的成分也有与之矛盾的稳妥可靠的成分由于这种混合气质他们得到了照顾得到了保护得到了毫无理由的爱但也经年累月惨遭盘剥不择手段的剥削者推卸所有责任义务甚至连冠冕堂皇的借口都懒得找……"译文中通过添加"他们身上"以及"由于这种混合气质"几个字,使整个译文意义和逻辑更加清楚。《喧》整部小说中类似的例子比较多,由于篇幅有限,笔者在此就不一一列举了。笔者通过文本细读和比较发现,11 位译者中绝大部分译者在意识流长句译文的明晰化处理和逻辑化处理方面都做得不好,仅有一两位译者的译文比较准确。

下面我们再看 2 个普通的句子,以比较译者在翻译过程中对句子的处理。

例 2

原文:Through the fence, between the curling flower spaces, I could see them hitting. (p.1)

金凌心译:透过栅栏,从缠绕的花枝的空隙,我看见他们正在打球。(p.1)

余莉译:穿过栅栏,透过盘绕的花枝,我看见他们正在打球。(p.1)

方柏林译:透过围栏,从缠绕的花的间隙,我能看到他们在打球。(p.1)

董刚译:透过攀绕在栅栏上的花枝的缝隙,我看见他们在打球。(p.1)

戴辉译:在攀绕花枝的空档,我透过栅栏,看见他们在打球。(p.1)

富强译：我沿着栅栏向前走，那上面缠绕着很多花枝。从花枝的缝隙里，我看到他们正在打高尔夫。(p.1)

何蕊译：视线穿过栅栏，透过盘互交错的花枝空隙，我看到了正在打球的他们。(p.1)

李文俊译：透过栅栏，穿过攀绕的花枝的空档，我看见他们在打球。(p.1)

李继宏译：围栏那边，花丛弯曲的空隙之间，我看见他们正在打。(p.1)

曾菡译：围栏那边，花丛弯曲的空隙之间，我看见他们正在打。(p.1)

黎登鑫译：透过篱笆，从苦菜花的空隙，我看得见他们正在打着。(p.1)

原文句子由 3 个小句构成。有 8 位译者采用了大致相同的翻译方法，即遵循原文的句子结构和顺序；戴辉遵从了原文的句子结构，但调整了顺序；富强和董刚则采用了不同的句子结构和语序，其中董刚将原文的 3 个小句变为了 2 个，富强则将原文的 3 个小句变为了 4 个。这样的翻译虽然读起来比较流畅通顺，但语言不简洁，反而不如其他译文。相对来说，李文俊和黎登鑫的译文形式上更为忠实于原文，但黎登鑫的"苦苓花"在内容上不忠实于原文。因此，李文俊的译本相对较为理想。

例 3

原文：They were coming toward where the flag was and I went along the fence.(p.11)

曾菌译：他们冲着球场上一面小旗子走了过去，我也沿着篱笆一直往前走。(p.1)

李继宏译：他们朝旗子走过来，我顺着围栏走过去。(p.1)

李文俊译：他们朝插着小旗的地方走过来，我顺着栅栏朝前走。(p.1)

何蕊译：他们正向插着小旗子的这边走来。我沿着栅栏也向前走去。(p.1)

戴辉译：他们朝插着小旗的地方走过来，我沿着栅栏不停地向前走。(p.1)

富强译：未译。(p.1)

董刚译：他们朝插着小旗的地方走过来，与此同时我正顺着栅栏朝前走。(p.1)

方柏林译：他们往小旗这边来了，我沿着围栏走。(p.1)

余莉译：他们朝插着旗子的方向走来，我沿着栅栏往前走。(p.1)

金凌心译：他们朝插着小旗子的地方走来，我便沿着栅栏向前走去。(p.1)

金凌心译：他们朝插着小旗子的地方走来，我便沿着栅栏向前走去。(p.1)

黎登鑫译：他们朝旗帜处走来，我便沿着篱笆走去。(p.1)

原文只有1个句子。11位译者都选择了拆句法，在译文中用2个小句表达，或者用2个完整句子表达。有一位译者富强未译，或许是译者的疏忽大意造成的。原文中的"and"有5位译者选择用"也""便""与此同时"标识2个分句之间的逻辑联系。这种译文貌似忠实合理,但考虑到班吉是个没有逻辑思维能力的白痴,这样的处理实则画蛇添足。

从上面的例2和例3,我们可以看出大约有一半的译者都能比较忠实地翻译原文的句子,既保留了原文句子的形式特征,又充分地传递出了原文的信息。此外,译者们在处理句子时并没有完全照搬原文的句子结构,而是采用了灵活的方法处理原文的句子结构。此外,从上面的2个例子中还可以看出部分译者在语言表达方面的缺陷。原文句子简洁优美,自然连贯,但部分译文显得比较生硬,衔接和连贯也不太自然。比如,在例2中,何蕊译本的"视线穿过栅栏"、李继宏译本和曾菡译本的"花丛弯曲的空隙"等用语和表达皆比较生硬,缺乏美感。例3中的黎登鑫译本也比较生硬。从上面2例我们还可以看出,有些译文比较拖沓烦琐,如例2的富强、何蕊译本,例3的曾菡、董刚译本。

综上3例,我们可以看出,较之李文俊译本,大多数复译本的翻译质量都有待进一步优化。

三、篇章特征

一个译本的总长度、段落总数、语篇结构、副文本特征等往往能够反映其篇章特征。下面先从译本的长度和段落情况看译本的语篇特征。为了保证译本内容上的一致性,笔者将每一个译本中的注释、前言、导语、附录等非正文部分或冗余信息清除干净,然后才开始统计。

原文共 105 955 个词，从表 4-6 可以看出 11 个译本的字数较原文都增加了很多。在 11 个译本中，富强和曾菡译本最长，李继宏、余莉和方柏林译本相对短小一点，黎登鑫的字数最少，这说明富强和曾菡译本相对来说比较累赘，黎登鑫译本是最简洁的，而其余译本相对也比较简洁。从自然段总数看，何蕊译本中的自然段最多，这是因为译者有时将一个自然段划分成了几个更小的自然段。比如，在何蕊译本中，原文的最后一段被分成了三个小段落。从表 4-6 我们还可以看到董刚和余莉译本的自然段总数最少，这是因为译者有时将几个小段合并成了一个大段。其余译本自然段总数则相差无几，这是因为这几位译者大都遵循了原文的自然段划分。

表 4-6 《喧》11 个译本的长度和自然段情况列表

译 者	李文俊	戴 辉	富 强	董 刚	曾 菡	方柏林
总字数	189 225	186 782	228 615	193 123	217 421	177 336
自然段总数	3188	3234	3270	2804	3142	3082
译 者	金凌心	李继宏	余 莉	何 蕊	黎登鑫	
总字数	193 632	166 929	170 885	199 389	163 536	
自然段总数	3238	3168	2886	3342	3139	

在 11 个译本中，除了董刚和戴辉译本外，其余的译本都有正文之外的副文本，其中附文本比较丰富的是金凌心和李继宏译本（如表 4-7 所示）。添加文本外副文本是一种非常重要的深度翻译策略。此外，注释是另外一种副文本，确切地说是文内副文本，也是一种非常重要的深度翻译策略。从表 4-7 可以清楚地看出，戴

辉和黎登鑫译本没有使用文内注释,而董刚、方柏林、余莉译本的注释很少,其余译本的注释都比较多,其中李文俊译本的注释多达454条。从表4-7中译者使用的深度翻译策略,我们已经可以看出各个译本的部分差异。适度的副文本可以为译文锦上添花,而不合适的、过度的附文本则有损于译文。本章后面会详细讨论这些译本的附文本。从表4-7我们还可以看到译者对于原文中时空转换的总的翻译策略。除了戴辉、黎登鑫和董刚译本外,其他译本都用了变换字体、变换颜色或加下划线等策略标记了原文的时空转换。

表 4-7 《喧》11 个译本的语篇结构及其他情况列表

译 者	译本语篇结构（文本外的附文本）	时空转换标记	注释（文本内的附文本）
黎登鑫	出版缘起＋序言：福克纳和《声音与愤怒》＋附录＋正文＋福克纳年表＋远景出版公司书目＋内容简介	无标记	0
李文俊	目录＋总序＋译序＋附录	有标记（变换字体）	434
戴 辉	目录＋正文	无标记	0
富 强	威廉·福克纳简介＋目录＋附录	有标记（变换字体）	370
董 刚	目录＋正文	无标记	14
曾 菡	导读＋目录＋正文＋附录	有标记（变换字体）	331
方柏林	目录＋正文＋附录＋译后记	有标记（变换字体）	75
金凌心	威廉·福克纳简介＋颁奖词＋致答词＋目录＋正文＋附谱＋福克纳及其作品＋福克纳获奖经过＋福克纳作品年表＋诺贝尔文学奖大系书目	有标记（变换字体）	188
余 莉	威廉·福克纳简介＋序言＋附录	有标记（斜体，下划线）	5
何 蕊	作者简介＋目录＋正文＋附录	有标记（变换字体）	284
李继宏	目录＋导读＋正文＋附录一小说事件年表＋附录二：时间层次列表＋附录三＋版本和注释说明＋阅读指南卡片	有标记（变换字体和颜色）	354

第四节　11个汉译本微观对比研究

一、人名翻译

《喧》涉及的主要人物共有5个，次要人物（在所有的故事情节中出场1次以上）大约有32个。通过统计，发现各个版本对人名的处理是不一样的，以下面列表说明。由于人物较多，以下（表4-8至表4-11）仅列出19个人名的汉译情况。

表4-8至表4-11所显示的信息表明，《喧》各个译本的人名翻译混乱不一，总体上不规范、不严谨、不准确、不细致，缺少权威性。首先是译名混乱的问题。如"Shreve""Versh"这2个名字分别出现了6种不同的译名，其他一些名字也分别出现了4种或5种译名。除了译名杂乱的问题，还有译名不规范的现象。如"Maury L. Bascomb"有8位译者在翻译时都去掉了中名缩写，这是不合规范的。而且在将原文的名字和姓氏翻译成中文的时候还是应该遵从原来的顺序。有译者在翻译时颠倒了顺序，如译为"巴斯康·莫里"（余莉译）。这里比较规范的译名为"莫里·L·巴斯康"（李继宏译）。还有，《喧》中涉及的所有的人名大多数都可以在人名翻译词典中查到约定俗成的译名，但综观所有的译本，准确的译名所占比例较小。比如："Dalton Ames"的准确译名为"达尔顿·埃姆斯"[①]，从表4-11看，在11位译者中，仅有方柏林的

[①] 新华社译名室：《世界人名翻译大辞典》，中国对外翻译出版公司1993年版，第686页。

表 4-8 《喧》康普生家族四兄弟姊妹的名字汉译情况

人名身份 译名 译者	Quentin 康普生家大儿子	Candace（Caddy） 康普生家女儿	Jason 康普生家二儿子	Benjamin（Benjy） 康普生家白痴小儿子
李文俊	昆丁	凯丹斯（凯蒂）	杰生	班吉明（班吉）
方柏林	昆丁	坎迪斯（凯蒂）	杰森	班吉明（班吉）
董刚	昆廷	凯丹斯（凯蒂）	杰生	班吉明（班吉）
余莉辉	昆汀	加达斯（加迪）	杰生	本杰明（班吉）
戴富强	昆丁	凯丹丝（凯蒂）	杰生	班吉明（班杰）
李继宏	昆汀	卡恩戴斯（凯蒂）	杰森	班杰明（小本）
普菡	昆丁	凯蒂斯（凯蒂）	杰生	班吉明（班吉）
何澹澹	昆汀	凯丹丝（凯蒂）	杰生	班杰明（班杰）
金凌心	昆丁	凯丹斯（凯蒂）	杰生	班杰明（班吉）
黎登鑫	昆丁	康秋丝（凯蒂）	杰逊	班杰明（班杰）

第四章 《喧哗与骚动》11个汉泽本的比较研究 209

表 4-9 《喧》康普生家族其他人物名字汉译情况

人名 身份	Jason Richmond Compson 康普生家的一家之主父亲	Caroline 康普生家的母亲	Maury L. Bascomb 康普生家母亲娘家的弟弟	Quentin 凯蒂的女儿
李文俊	杰生·李奇蒙·康普生	卡罗琳	毛莱·巴斯康	小昆丁
方柏林	杰生·里士满·康普森	卡罗琳	毛莱·L.巴斯康	昆廷
董刚	杰生·李奇蒙·康普森	卡罗琳	毛莱·巴斯康	小昆丁
余莉	杰生·李奇蒙·康普生	卡罗琳	巴斯康·莫里	昆汀
戴辉	杰森·李奇蒙·康普森	凯洛琳	毛莱·巴兹肯	小昆丁
富强	杰生·里士满·康普曼	卡罗琳	莫莱·L.巴斯康	小肯汀
李继宏	杰生·里奇蒙·康普生	卡罗琳	莫里·巴斯康	昆汀
曾菡	杰生·里奇蒙·康普生	卡洛琳	茂莱·巴斯康	小昆汀
何慧	杰生·李奇蒙·康普生	凯罗琳	毛莱·巴斯康	小昆丁
金凌心	杰逊·李奇蒙·康普逊	凯琳	摩利·巴斯康	小昆丁
黎登鑫				

表 4-10 《喧》康普生家的黑人女佣迪尔西一家人的名字汉译情况

人名身份	Dilsey 康普生家黑人女佣	Roskus 迪尔西的丈夫	Frony 迪尔西的女儿	Versh 迪尔西的大儿子	T. P. 迪尔西的小儿子	Luster 迪尔西的外孙
译者 李文俊	迪尔西	罗斯库司	弗洛尼	威尔许	T. P.	勒斯特
方柏林	迪尔西	罗斯克斯	弗洛尼	威尔许	T. P.	拉斯特
董 刚	迪尔西	罗斯库司	弗洛尼	弗什	T. P.	勒斯特
余 莉	黛西	罗斯库司	弗洛尼	威尔许	T. P.	卢斯特
戴 辉	迪尔西	罗斯库司	弗罗尼	维尔希	T. P.	勒斯特
富 强	蒂尔希	罗斯科斯	弗罗妮	维尔什	T. P.	鲁斯特
李继宏	狄尔希	罗斯库斯	方罗妮	维尔施	T. P.	拉斯特
曾 菡	迪尔西	罗斯科斯	菲罗妮	韦尔旭	T. P.	洛斯特
何 懿	迪尔西	罗斯卡斯	弗兰妮	威尔许	狄比	勒斯特
金凌心 黎登鑫	狄丝	罗斯卡斯	芙兰妮	维西	狄比	鲁斯特

表 4-11 《喧》其他部分人物名字汉译情况

人名身份	Sydney Herbert Head 凯蒂曾经的丈夫	Dalton Ames 凯蒂年少时的情人	Shreve 昆丁在哈佛大学的同学兼室友	Spoade 昆丁在哈佛大学的同学	Bland 昆丁在哈佛大学的同学
李文俊	悉德尼·赫伯特·海德	达尔顿·艾密司	施里夫	斯波特	布兰特
方柏林	西德尼·赫伯特·海德	道尔顿·埃姆斯	什里夫	斯波特	布兰德
董刚	悉德尼·赫伯特·海德	达尔顿·艾密司	施里弗	斯波特	布兰德
余莉	悉德尼·赫伯特·海德	达尔顿·阿莫斯	施里夫	斯波特	布兰德
戴辉	西德尼·赫伯特·海德	达尔顿·艾密司	斯莿夫	斯博特	吉莱特
富强	悉德尼·赫伯特·海德	戴尔顿·阿莫斯	施瑞夫	斯波德	布兰德
李继宏	悉尼·赫伯特·海德	达尔顿·艾密斯	施里夫	司博特	布兰特
曾蕾	西德尼·赫伯·海瑞	道尔顿·艾密兹	石力夫	斯伯特	布兰德
何慧	悉德尼·赫伯·海德	达尔顿·艾密兹	施里夫	斯波特	布莱特
金凌心	西德尼·赫伯·黑德	达尔顿·艾密兹	雪利鸟	斯波亚	布兰特
黎登鑫					

译本接近这个准确的译名；"Quentin"的准确译名为"昆廷"[①]，在 11 个译本中，仅有方柏林译本用了这个译名；"Caddy"的准确译名为"卡迪"[②]，但 11 个译本竟然没有一个采用这个译名，有 9 位译者都译为"凯蒂"，还有 1 位译者的译文是"加迪"。此外，部分译者出现了一些明显的失误。比如：文中的"Quentin"有时指康普生家的大儿子，有时指凯蒂的私生女，在翻译过程中一定要区分开来，如"昆廷""小昆廷"，否则会误导读者，但有 3 位译者采用了同一译名。在 11 个译本中，李文俊、董刚、戴辉三个译本的人名翻译基本一致，其他 7 个版本都有不一样的地方。如果以李文俊的译本为参照，与李文俊译本差别较大的是富强译本、黎登鑫译本和李继宏译本。在所列的 19 个人名中，这 3 个译本分别都只有 2 个人名的翻译与李文俊译本是一样的，其余 17 个人名的翻译同李文俊译本都有不同程度的差异，有些译名与李文俊译本差异较大。如李继宏译本将"Candace"译为"卡恩戴斯"，而李文俊等译本译为"凯丹斯"；富强译本将"Maury L. Bascomb"译为"莫莱·巴兹肯"，李文俊等译本译为"毛莱·巴斯康"；黎登鑫将"Shreve"译为"雪利乌"，而李文俊等译为"施里夫"。在其余 5 个译本中，与李文俊译本相比，差别从小到大的译本分别是金凌心译本（有 12 个译名与李文俊译本相同，7 个不同）、余莉译本（有 7 个译名与李文俊译本相同，12 个不同）、方柏林

[①] 新华通讯社译名资料组：《英语姓名译名手册》，商务印书馆 1989 年版，第 696 页。
[②] 新华社译名室：《世界人名翻译大辞典》，中国对外翻译出版公司 1993 年版，第 455 页。

和何蕊译本（有 5 个译名与李文俊译本相同，14 个不同）、曾菡（有 4 个译名与李文俊译本相同，15 个不同）。对同一人名，并不一定大多数译本都相同的译名才是准确合理的，有时恰恰相反。比如："Candace""Benjamin""Quentin""Maury""Luster" 4 个名字大多数译本分别译为"凯丹斯""班吉明""昆汀""毛莱""勒斯特"，但根据《世界人名翻译大辞典》，这 5 个名字应分别译为"坎达丝"[1]"本杰明"[2]"昆廷"[3]"莫里"[4]"卢斯特尔"[5]。从表 4-8—表 4-11 可以清楚地看出，前 4 个名字相对准确的译文分别是方柏林译本、余莉和李继宏译本、方柏林译本、李继宏和曾菡译本，而第 5 个人名"Luster"则 11 位译者全部译错了。由此可见，我们在翻译时不要盲目从众，而是要"对比查证，遵从相应国家标准，探求合理标准"[6]。现在的外国姓名翻译工具书和网络翻译工具很多，译者应勤查工具书，多方比较，并做相应的调查研究，最后结合相关国家标准确定最终的译名。此外，在翻译时还应谨记不要想当然，也不要凭直觉做出判断，不然结果可

---

[1] 新华社译名室：《世界人名翻译大辞典》，中国对外翻译出版公司 1993 年版，第 474 页。
[2] 新华社译名室：《世界人名翻译大辞典》，中国对外翻译出版公司 1993 年版，第 31 页。
[3] 新华社译名室：《世界人名翻译大辞典》，中国对外翻译出版公司 1993 年版，第 328 页。
[4] 新华社译名室：《世界人名翻译大辞典》，中国对外翻译出版公司 1993 年版，第 273 页。
[5] 新华社译名室：《世界人名翻译大辞典》，中国对外翻译出版公司 1993 年版，第 205 页。
[6] 石春让、成瑛：《外国人名翻译与应用的标准化问题及对策》，第十四届中国标准化论坛，2017-09-20，第 876 页。

能会令人失望。比如，对"Jason"这一名字，多数译者想当然地认为"杰生"或"杰森"才是正确的译文，但准确的译名却是"贾森"①。从表 4-8 可以看出，11 位译者没有一位给出"Jason"这一名字的准确翻译。

表 4-8—表 4-11 还反映了另外一个问题。有的译者在翻译时为了创新或者与众不同，故意创造一些新译，结果却不尽如人意，甚至弄巧成拙。比如将"Caroline"译为"凯罗琳"（金凌心译），将"Benjy"译为"小本"（李继宏译），"T. P."译为"狄比"（金凌心、黎登鑫译），"Dilsey"译为"黛西"（余莉译），将"Bland"译为"吉莱特"（富强译），将"Shreve"译为"施瑞夫"（李继宏译）和"石力夫"（何蕊译），等等。

从人名的翻译策略来看，异化策略更为合适，具体到翻译方法，在没有约定俗成的译名时，应该在音译的基础上根据具体情况采取灵活的翻译方法。比如："Roskus""Frony""Spoade"这 3 个名字没有现成的译名，11 位译者都采用了音译来处理，但仍然有些差别。"Roskus"这个名字多数译者采用了"罗斯库司（斯）"，也有译者译为"罗斯科斯"或者"罗斯卡斯"。相比之下，"罗斯库司（斯）"更合适，一是因为音译更为准确，二是因为读起来更加顺口；"Frony"大多数译者译为"弗洛尼"，但考虑到该人物是女性，"弗洛妮"这一译名更为贴切。

综上所述，《喧》的人名翻译总体情况并不乐观，不准确、

---

① 新华通讯社译名资料组：《英语姓名译名手册》，商务印书馆 1989 年版，第 205 页。

不规范、不严谨的译名比较普遍。在所有的译本中，方柏林译本相对准确一点，其他译本准确率都比较低。考虑到李文俊首次翻译的时候还没有出版发行权威的人名翻译词典，其人名翻译受到时代的限制确系历史原因造成的，但是到 21 世纪已经出版了好几种人名翻译大辞典，后面的译者却仍然犯下类似的错误，这可能与译者们的翻译目的和译者身份有关。笔者以为，人名必须按规范翻译。翻译时务必要勤查工具书和词典，使用约定俗成的译名，遇到没有约定俗成的译名时，译者应多方查证，仔细推敲。如果有特殊的翻译目的，最好加注说明。

二、典型动词的翻译

动词的使用是语言表达和语言艺术化的一种重要手段。无论在哪种类型的文学作品中，动词都起着举足轻重的作用。动词不仅可以表示动作或行为，传递信息，还可以写景状物，刻画人物，叙述事件，而且还可以表现人物的心理活动和感觉活动，具有概念功能、人际功能、语篇功能等多重功能，因此，准确、生动、巧妙和传神的动词使用在文学作品中能发挥非常强大的功效，极大地增强文学作品的审美效果和感染力。相比表达更为灵活的汉语，动词在英语中更是句子的核心。它一方面决定着一个句子的重要信息和意义的传达，另一方面又支配着整个句子的语法结构，因此动词的翻译对于整个句子的翻译效果起着非常重要的作用。下面以一些动词为例探讨各位译者在翻译英语动词时所使用的翻译策略和翻译方法的异同。

"忠实"是翻译最基本的原则。英国翻译家泰特勒（Tytler）在《论翻译的原则》（1790）中提出的翻译的第一条基本原则就是"译文应完全复写出原作的思想"[①]。中国翻译家和思想家严复提出的翻译三原则中，"信"也居于首位。可见，翻译中"忠实"是最基本的要求。但是从 11 位译者的译文可以看出，一些动词的翻译显然违背了忠实的翻译原则，没有准确地传递出原文的信息、思想和风格，原因可能是译者对原文没有透彻地了解，或者是没有关注原文的上下文而导致误解，或者是对相关的文化背景知识缺乏了解。例如：

例 4

"You taking a cut this morning?"

李文俊译：你今天早上准备旷课吗？

方柏林译：你今天上午又要逃礼拜吗？

董刚译：你今天早上是打算逃课吗？

余莉译：你今早打算旷课吗？

戴辉译：你是不是想在今天早上旷课？

富强译：今天早上，你不打算去上课吗？

李继宏译：你今天早上又逃课啊？

曾菡译：你今天早上想旷课吗？

何蕊译：你今早准备翘课吗？

金凌心译：你今天上午打算逃课吗？

黎登鑫译：今早翘课吗？

[①] 方梦之：《译学词典》，上海外语教育出版社 2004 年版，第 71 页。

从上例可以看出，原文的"You taking a cut this morning?"除了方柏林译本外，其他 10 位译者都译为"你今天早上准备旷课（逃课、翘课）吗"。事实上，根据稍后的情节，昆汀随后把窗帘拉开时，看到同学们都跑向了礼拜堂去做礼拜，由此我们可以推断，此处施里夫是问昆汀是否又要缺席当天早上的礼拜活动。方柏林的译文"你今天上午又要逃礼拜吗？"虽然传递出了原文的信息内容，但"逃礼拜"这一译文显得比较生硬，也不符合汉语的表达习惯，因此，这里建议改译为"你今天早上又不去参加礼拜活动吗"。再比如：

例 5

Damuddy <u>spoiled</u> Jason that way and it took him two years to <u>outgrow</u> it, and I am not strong enough to <u>go through</u> the same thing with Benjamin.

李文俊译：大姆娣把小杰生<u>惯成</u>这样，足足花了两年时间才<u>把他的坏习惯给改过来</u>，我身体不好，再叫我<u>教好</u>班吉明精力是不够的了。

方柏林译：姥娘把杰森<u>宠坏</u>了，花了两年时间才<u>变过来</u>，我现在这身子，要是班吉明<u>也这样</u>，我可应付不了。

董刚译：大姆娣把杰生<u>惯宠</u>成那样，我足足花了两年时间才让他把坏习惯给改过来。我身体不好，要是再叫我<u>教好</u>班吉明恐怕是不够精力了。

余莉译：达姆娣就是这样把杰生宠坏了，他花了两年时间<u>才长大</u>，而我身体还不够强壮，没办法对本杰明做同样的事情。

戴辉译：大姆娣因为娇惯杰生，为了改正他的坏习惯足足花了两年时间，我身体不好，再要叫我教好班吉明，精力是不可能的了。

富强译：大姆娣娇惯小杰森，把他惯得整整两年才改掉那些坏习惯。我身体不好，哪里还有精力再去管教班杰明？

李继宏译：达玛迪就是因为太宠杰森，结果他花了整整两年才没那么娇惯，我的身体这么差，可没有办法再来矫正本杰明。

曾菡译：奶奶把杰生溺爱成那样，足足花了两年时间才把他那些坏习惯改过来，我现在身体这么差，真没有精力再教导班吉明了。

何蕊译：以前大姆娣把小杰生惯成那样，我花了两年时间才把他的坏习惯改过来，我的身体本来就娇弱，没有精力再去改造班杰明了。

金凌心译：大姆娣把小杰生惯成这样，足足花了两年时间才把他的坏习惯给改过来，我身体不好，再叫我教好班吉明精力是不够的了。

黎登鑫译：婆婆那样子宠坏了杰逊，这要花了他两年才革除掉那个习惯。我身子不好，不能承担班杰明同样的事情。

原句中的"outgrow"一词有7位译者都译为"把他的坏习惯给改过来"，这里的意思是说杰生花了两年的时间才逐渐摆脱被大姆娣娇惯时养成的一些坏习惯，并逐渐适应没有大姆娣娇宠的日子，而不是说他改正了自身的那些坏习惯。李继宏译文"没那么娇惯"虽然意思接近，但表达仍然不准确，而且也不生动。后面的"go through the same thing"是说如果班杰明经历同样的事，即先被母亲娇惯，然后又花两年的时间摆脱前期被娇惯时养成的坏习惯，对此，9位译者都译为"管教"或"教好"，都没有准确而生动地传达出原文的意义。相对来说，方柏林的译文传递出了原文的基本信息。整个句子建议改译为"大姆娣把小杰生惯成这样，他过了整整两年时间才慢慢适应了没有大姆娣娇惯的日子，我身体不好，要是班杰明也像杰生这样，我可受不了"。再比如：

例 6

"You shut your mouth." Versh said. "Mr Quentin wear you out."

李文俊译："你给我闭嘴，"威尔许说，"昆汀少爷要把你抽得昏过去呢。"

方柏林译："闭上你的嘴，"威尔许说，"不然看昆廷先生怎么收拾你。"

董刚译："你闭嘴，别说话了，"威尔许说，"昆汀少爷要把你抽打得昏过去。"

余莉译："你给我闭嘴，"弗什说，"昆汀先生要抽你了。"

戴辉译："你给我闭嘴，"威尔许说，"昆汀少爷要把你抽得昏过去呢。"

富强译："闭嘴，"维尔希说，"肯丁少爷正准备抽你呢，非把你抽昏不可。"

李继宏译："闭上你的臭嘴，"维尔什说，"昆汀先生烦死你了。"

曾菡译："你给我把嘴闭上，"维尔施说，"当心昆汀少爷把你揍得满地找牙。"

何蕊译："你快闭嘴吧！"韦尔旭说，"不然昆汀少爷就把你打昏过去。"

金凌心译："你闭嘴，"威尔许说，"昆汀先生会把你打死的。"

黎登鑫译："你闭嘴，"维西说，"昆汀先生会把你弄得精疲力竭。"

原句中的"Mr Quentin wear you out."大多数译者都译为"昆汀少爷要把你抽打得昏过去。"这里"wear out"的译文"抽打得昏过去""打死你""烦死你"等表达都不准确，有点言过其实，笔者认为译为"昆汀少爷会收拾你"更为准确，因此方柏林的译文更加准确。下面再举一例：

例 7

Let him tell."Caddy said. "I don't give a cuss."

李文俊译："让他去告发好了，"凯蒂说，"我一点儿也不怕……"

方柏林译："让他去告好了，"凯蒂说，"我才不怕……"

董刚译："让他去说好吧，"凯蒂说，"我才不害怕呢。"

余莉译："让他去告状吧，"凯蒂说，"我一点儿也不在乎。"

戴辉译："让他去告发好了，"凯蒂说，"我什么都不怕……"

富强译："他要想告密，就让他去好了，"凯蒂说，"我一点儿也不害怕。"

李继宏译："让他说去，"小卡说，"我一点儿也不在乎……"

曾菡译："就让他说去吧，"凯蒂说，"我不会咒骂他的……"

何蕊译：凯蒂说，"他爱说不说，我才不怕呢……"

金凌心译:"让他去说,"昆汀说,"我不在乎……"
黎登鑫译:"让他去说吧!我才不在乎。"

原句中的"tell"根据上下文的意思是"告密,告发",但有6位译者译为"说",这样的译文是不忠实的译文;"give a cuss"根据上下文的意思是"在乎",11位译者中仅有4位译者的译文是准确的,另外7位译者都译为"咒骂"或"害怕",这是明显的误译。根据以上分析,整个句子可译为"让他去告发吧。"凯蒂说"我才不在乎呢。"余莉的译文更准确一点。让我们再看一例;

例8

From her pocket he tugged a huge bunch of rusted keys on an iron ring.

李文俊译:他从她口袋里生拉硬拽地取出一大串生锈的钥匙。
方柏林译:他开始去掏她那黑色睡袍的口袋。
董刚译:他动手去掏她穿的锈褐色的睡袍的几个口袋。
余莉译:他伸手向她那锈黑色睡衣的衣兜里摸索着。
戴辉译:他从她口袋里生拉硬拽地取出一大串生锈的钥匙。
富强译:他说完,立即动手搜查她穿的那件黑色睡袍的口袋。
李继宏译:他从康普逊太太口袋里扯出一大串生锈的钥匙。
曾菌译:他从她口袋里硬生生地拽出了一大串生锈的钥匙。
何蕊译:他还在掏她的口袋。
金凌心译:接着他就动手翻弄她的霉黑色的睡袍的口袋。
黎登鑫译:他从她的口袋里用力拉出像中古狱卒所有的一大把系在铁环上生锈钥匙。

何蕊将其译为"他还在掏她的口袋。"该译文极不准确，因为原文中的几个重要信息在译文中都漏掉了。其他9位译者皆译为"他从她口袋里硬生生地拽出了一大串生锈的钥匙"，仍然漏掉了"on an iron ring"这个信息。因此还是没有准确而完整地传递出原文的内容。黎登鑫的译文"他从她的口袋里用力拉出像中古狱卒所有的一大把系在铁环上生锈钥匙"相对比较准确，但"像中古狱卒所有的"这个比喻在这里有点画蛇添足。建议整句改译为"他从她口袋里拽出了挂在一个铁环上的一大串生锈的钥匙"。

众所周知，在"忠实"的翻译原则基础之上，文学翻译还要求译文语言生动流畅，出神入化，达到钱锺书在《林纾的翻译》（1964）中所说的"化境"（sublimed adaptation），即如他所言"文学翻译的最高标准是'化'。把作品从一国文字转变成另一国文字，既能不因语文习惯的差异而露出生硬牵强的痕迹，又能完全保存原有的风味，那就算得入于'化境'（sublimation）"[1]。"化境"即"出神入化"[2]或者说是原作的"投胎转世"[3]，也就是说，虽然译文换成了另外一种文字形式，原文的思想、内涵、情感、风格、神韵却原汁原味地保留在了译文中，让读者读不到翻译的痕迹，就像在读原作一样。从11位译者的译文中我们还可以看出

---

[1] 方梦之：《译学词典》，上海外语教育出版社2004年版，第63页。
[2] 方梦之：《译学词典》，上海外语教育出版社2004年版，第63页。
[3] 方梦之：《译学词典》，上海外语教育出版社2004年版，第63页。

多位译者的译文没有达到"化境"的效果,具体表现在译文语言表达不流畅、不简洁、不自然、不生动、不优美、缺乏神韵和感染力。比如:

例 9

It <u>twinkled</u> and <u>glinted</u>, like breathing.

李文俊译:影子<u>一闪一烁</u>,就像是一起一伏的呼吸。

方柏林译:它会<u>闪闪发光</u>,如同呼吸。

董刚译:影子<u>一闪一烁</u>,就像是一起一伏的呼吸。

余莉译:影子<u>闪烁浮沉</u>,如同呼吸一般。

戴辉译:影子<u>一闪一烁</u>,如同一起一伏的呼吸。

富强译:影子<u>一闪一闪地</u>,就像是人的呼吸。

李继宏译:它荡漾着<u>闪射着日光</u>,好像正在呼吸。

曾菡译:影子<u>闪闪发亮</u>,随着呼吸的节奏一起闪烁着光芒。

何蕊译:影子<u>一闪一闪地</u>,就好像在起伏地呼吸一样。

金凌心译:影子像呼吸一般<u>闪耀不定</u>。

黎登鑫译:那东西像呼吸一般<u>闪烁不定</u>。

该句有三位译者译为"影子一闪一烁,就像是一起一伏的呼吸"。"一闪一烁"这种表达在汉语中显得比较生硬,"一起一伏的呼吸"表达不简洁,也不生动,因此建议改译为"影子就像呼吸一样一闪一闪的"。黎登鑫的译文相对更加准确、简洁和生动一点。再比如:

例 10

...her book-satchel <u>swinging</u> and <u>jouncing</u> behind her.

李文俊译：她的书包在背后<u>一跳一跳</u>，<u>晃到这边又晃到那边</u>。

方柏林译：书包在背后<u>摇摆跳动着</u>。

董刚译：她身后的书包<u>晃来晃去</u>，<u>一会儿摆到这边一会儿摆到那边</u>。

余莉译：任凭书包在背后<u>晃荡</u>。

戴辉译：她的书包在背后，<u>晃到这边又晃到那边</u>，<u>一跳一跳的</u>。

富强译：她背后的书包，<u>随着她上上下下地跳着</u>，<u>一下晃到左边，一下又晃到右边</u>。

李继宏译：身后的书包<u>不停地一晃一跳</u>。

曾菡译：她背着一个书包，<u>一蹦一跳的</u>，书包在他身后<u>甩来甩去</u>。

何蕊译：背后的书包<u>跳起来，落下去，又跳起来，从左边晃到右，又晃过来</u>。

金凌心译：她的书包在背后<u>跳动着，从这一边跳到那一边</u>。

黎登鑫译：她的书包在背后<u>摇荡</u>，<u>跳动着</u>。

该句戴辉、富强和何蕊的译文都比较拖沓且缺乏美感，还有几位译者所用的词显得不是那么生动形象，如"一晃一跳"（李继宏）、"从这一边跳到那一边"（金凌心）等。这里建议用更为简洁的译文"她的书包在背后晃来晃去"。11 位译者的译文都不太理想，相对来说，方柏林、余莉黎和登鑫的译文更好一点。我们再看一例：

例 11

The ground was hard, <u>churned</u> and <u>knotted.</u>

李文俊译：地绷绷硬，是给翻掘过的，有一大块一大块土疙瘩。

方柏林译：地硬硬的，翻过，已经结块了。

董刚译：地面很硬，都被翻掘过，有大块的土疙瘩。

余莉译：土地硬邦邦的，是被翻掘过的，还看得到土块呢。

戴辉译：地硬邦邦的，是给翻掘过的，有大块土疙瘩。

富强译：土地硬邦邦的，有很多大块儿的土疙瘩，看来是被翻过、掘过的。

李继宏译：地面很硬，翻耕过的松土都结了块。

曾菌译：刚被翻掘过的土地踩上去那么硬邦邦的，大块大块的土疙瘩硌得脚生疼。

何蕊译：地特别硬，土被翻动过，翻掘过的，许多的大土块。

金凌心译：地面很硬，虽然被翻垦过，但还是有很多大土块。

黎登鑫译：地面坚硬，翻搅而多结块。

原句中的"churned"大多数译者都译为被动语态"被翻掘过"，后面的"knotted"多数译者译为"有一大块一大块土疙瘩"或者"已经结块了"。11位译者的译文都比较生硬，如果译为"翻掘过的土地结块了，硬邦邦的"则更为简洁、流畅。李继宏的译文相对更为可取。

就所使用的翻译策略和翻译方法而言，11位译者主要采取了以异化为主的翻译策略，但也有部分译者常常使用归化翻译策略，翻译方法则主要是直译，但也经常见到译者们运用意译、零翻译和变译等翻译方法。比如：

例 12

I could see them hitting.

李文俊译：我看见他们在打球。

方柏林译：我能看到他们在打球。

董刚译：我看见他们在打球。

余莉译：我看见他们正在打球。

戴辉译：我看见他们在打球。

富强译：我看见他们正在打高尔夫。

李继宏译：我看见他们正在打。

曾菡译：我看到他们正在球场打球。

何蕊译：我看到了正在打球的他们。

金凌心译：我看见他们正在打球。

黎登鑫译：我看得见他们正在打着。

原句中的"hit"一词李继宏和黎登鑫分别直译为"打""打着"，另外 8 位译者根据上下文灵活意译为"打球"，富强译为"打高尔夫"。笔者认为这一句是白痴班吉的叙述，因为他不知道他们在打高尔夫球，因而译为"打球"或"打高尔夫"都是不合适的，这里最好译为"打着什么"；对于情态动词"could"，有 10 位译者选择零翻译，仅有方柏林选择译为"能"，笔者认为这里的"could"必须译出来以表示班吉内心相信自己的确是看见他们在打着什么，因此方柏林的译文是可取的；对于动词"see"，有 6 位译者选择直译为"看见"，方柏林、曾菡和何蕊直译为"看到"，黎登鑫译为"看得见"，笔者以为这里最好译为"看得见"以表示强调，因此这里黎登鑫的译文比较准确。综上所述，我们可以看出，简单的一句话译得比较准确而又恰到好处的译者几乎没有，相对译得较好的是方柏林和黎登鑫，整句建议译为"我能看到他们正在打着什么"。

例 13

...while Luster was <u>hunting</u> in the grass.

李文俊译：勒斯特在草丛里<u>找东西</u>。

方柏林译：勒斯特在草地里<u>找</u>。

董刚译：勒斯特正在草丛里<u>找东西</u>。

余莉译：卢斯特则在草丛里<u>寻找着什么东西</u>。

戴辉译：勒斯特仍在草丛里<u>寻找着</u>。

富强译：鲁斯特则又跑到草丛里去<u>翻找</u>了。

李继宏译：拉斯特在草丛里<u>找</u>。

曾茵译：拉斯特又低头在草坪上<u>找来找去</u>了。

何蕊译：洛斯特俯身在草丛里<u>翻找着什么</u>。

金凌心译：勒斯特在草地里<u>寻找</u>时。

黎登鑫译：鲁斯特在草地里<u>追寻</u>时。

上例中的动词"hunting"有 7 位译者都遵循原文的结构和意义直译为"寻找""寻找着""翻找""追寻"等，还有 4 位译者添加了宾语译为"找东西""寻找着什么东西"等。笔者以为我们翻译时在保证保留原文风格的同时，也要力求使译文语言简洁、通顺、流畅、生动，董刚、余莉、何蕊 3 位译者虽然表达比较准确，但不如李文俊的译文那么简洁，因此这里李文俊的译文最佳。

例 14

Listen at you, now.

李文俊译：听听，你哼哼得多难听。

方柏林译：你听你，听听。

董刚译：哎哟，你哼哼得可真难听。

余莉译：你听听，你听听。

戴辉译：你哼得难听死了。

富强译：又来了，你哼唧得难听死了。

李继宏译：好难听啊。

曾葒译：你嘀嘀咕咕的，又说什么呢。

何蕊译：你听听自己的声音，哼哼唧唧的，多难听啊。

金凌心译：听听你的声音，哼哼唧唧的，多难听啊。

黎登鑫译：现在就听你的吧。

上例中的动词"Listen"11 位译者基本都采取了归化的翻译策略，添加了一些信息使译文通顺流畅，但何蕊和金凌心的译文显得冗长拖沓，与原文的风格相悖，其他译文虽然简洁通顺，但有些如方柏林、李继宏和余莉的译文没有把原文隐含的情感意义表达出来，有些如董刚、富强、曾葒的译文又增添了过多的信息，黎登鑫的译文则完全是误译，因此相比之下，李文俊的译文更加准确合理。

例 15

Caddy smelled like leaves.

李文俊译：凯蒂身上有一股树叶的香气。

方柏林译：凯蒂闻起来像树叶。

董刚译：一股树叶的香气从凯蒂的身上飘了出来。

余莉译：凯蒂身上有一种叶子般的味道。

戴辉译：凯蒂有一股树叶的香气。

富强译：我闻到一股树叶的香气，那是凯蒂身上散发出来的。

李继宏译：小卡闻着像树叶。

曾菡译：凯蒂身上散发着一股闻起来像雨后树叶般的清香。

何蕊译：凯蒂的身上有树叶的那种香气。

金凌心译：凯蒂的身上有一股树木的香味。

黎登鑫译：凯蒂闻起来像树木。

该句有9位译者采用了直译法"凯蒂闻起来像树叶"，但这样的直译显得比较僵硬；富强采用了意译："我闻到一股树叶的香气，那是凯蒂身上散发出来的。"黎登鑫和金凌心将"leaves"译为"树木"属于误译。因此，这一句比较理想的是李文俊、戴辉的译文。

从理论上说，直译和意译本身没有优劣之分，翻译时能够直译的最好直译，无法直译的再考虑意译，无论采用哪种翻译方法，只要译文忠实、通顺、生动，都是可以的。但是在具体的翻译实践中，为了达到翻译的目的，往往需要采用灵活的翻译策略和翻译方法。上面列举的例12和例13中，"hitting"和"hunting"分别直译为"打"和"寻找"就是太拘泥于原文的内容和形式，以至于译文显得比较生硬呆板。

基于上面的例子,从 11 位译者对动词的翻译,我们发现《喧》的译本中不忠实、不准确的译文是普遍存在的。就翻译策略和翻译方法而言,大多数译者在翻译《喧》的动词时都倾向于更多地使用异化的翻译策略和直译的翻译方法。但由于种种原因,译者在翻译过程中缺乏灵活的应变能力,加之受汉语表达能力和审美的局限,故大部分译者的译文不通顺、不生动、不优美,最终导致大部分译文都没有达到理想的效果。

三、对文化负载词的处理

文化负载词(culture-loaded words)是指语言所承载的最能体现一个国家或一个民族区别于其他国家或民族的特色文化的词汇,生动而直观地体现了一个国家或一个民族社会生活的方方面面。文学作品中常常会出现文化负载词,这是因为语言是文化的载体,语言本身也是文化的体现。文化负载词体现了不同国家或民族的思维方式、风俗习惯、观念、信仰、价值、态度等。在翻译中,如果对文化负载词处理不当,就会造成跨文化交际的失误和误解,因此正确处理文化负载词成为翻译中的一个难点。以下将《喧》中的文化负载词分为外来词及首字母缩略词、专有名词、成语和习惯用语 3 类(见表 4-12 至 4-14),分别举例说明,以探讨 11 位译者在处理文化负载词时所呈现的异同。

从表 4-12 可以看出,对于外来语比如"Si, si"以及首字母缩略词如"G. A. R"的翻译,多数译者们采用了移译或移译加注的翻译方法。所谓的移译，即"把源语中的词语原封不动地移到目的语中，例如报纸杂志中频频出现的 CT、ICU、CD、VCD、DVD、DNA、BBC、WHO、WTO 和许多计算机词汇"[①]。由于单纯的移译会造成原文所负载的文化信息不被目的语读者所理解，从而造成跨文化交流的失败，一些译者采用了移译加注这种翻译方法，以弥补跨文化交流中可能会出现的沟通理解障碍。不得不说，"移译加注"是翻译外来语以及首字母缩略词的比较有效的翻译方法，因为这种翻译方法既保留了原文的文化特色，也保证了译文的可接受性和可理解性。但是这种翻译方法仍然有其弊端，即译文显得臃肿，读起来也不是那么通畅。也许正是由于这一个弱点，有些译者采用了其他的翻译方法，包括直译、意译、音译加注、省略不译。那么这几种翻译方法可行吗？我们先看直译。这里的直译就是直接把外来语或首字母缩略词译为相应的汉语，原语的形式和意义基本保持不变。如拉丁语"Et ego in Arcadia"被译为"我到了阿卡狄亚"，译文基本保留了拉丁语原文的形式和内容。再比如缩略语"G. A. R"是"Grand Army of the Republic"的缩写形式，译文"共和国大军"就是直译。笔者认为外来语或首字母缩略语采用直译是可行的，但跟单纯的移译一样，同样会造成目的语读者的理解障碍，因此推荐直译加注的翻译模式。还有一些译者采用了意译的翻译方法，即不译出原文的所指意义，

---

① 邱懋如：《可译性及零翻译》，《中国翻译》，2001 年 1 期，第 26 页。

而是根据上下文语境,把原文省略的文化信息用目的语表达出来。比如"Et ego in Arcadia",金凌心根据前文的信息"别人若是拿一对好马来跟我换毛莱,我还不干呢",将其译为"如果我有了一对好马,不是也需要用干草来喂吗?"。意译之后的译文更容易被目的语读者理解,但原文的文化色彩在译文中完全消失不见,从某种程度上来说,这种绝对的归化译文是不忠实的翻译。除了上面提到的翻译方法,也有少部分译者采用了"音译加注"和"省略不译"的翻译方法。前者如"Si, si"被译为"西,西",后者如"the Reducto absurdum"在译文中完全被略去不译,也没有用注释说明。综上所述,尽管各种翻译方法都有其优缺点,但相对而言,移译加注和直译加注是翻译外来语和首字母缩略词比较合理的翻译方法。从表 4-12 可以看出,11 位译者中有 4~5 位译者选择了这 2 种翻译方法。

从表 4-13 可以看出,对于专有名词,译者们主要采用了 3 种翻译方法:① 音译或音译加注,如"Lochinvar"音译为"洛钦伐尔"或者"洛钦瓦尔","Euboeleus"音译为"优波流斯",部分译者还在音译后加上了注释。② 直译或直译加注,如"Old Home Week"直译为"老家周"。③ 增译,即在译文中增添一些原文隐含的信息,如"Decoration Day"隐含的文化信息"美国纪念内战阵亡将士的法定节日"被译者增补到译文中,译文"阵亡将士纪念日"基本将原文隐含的主要文化信息表达出来。再比如"Maingault or Mortemar"不仅仅是 2 个姓氏,而是指这两个姓氏所代表的家族，因此多数译者在译文中都增补了原文隐含的信息，译为"曼戈特或莫蒂默家族"。除了上述3种主流的翻译方法，也偶尔有译者采用了意译和省略不译的方法，如"Old Home Week"被金凌心译为"庆祝仪式"，就是意译。笔者认为，对文化负载词的翻译可以根据具体的语境采用前面3种翻译方法，后面的2种则最好避免，因为意译作为一种重要的归化翻译策略，虽然文字流畅，却几乎完全抹杀了原文的文化色彩，这对于不同文化间的交流是不利的。此外，省略不译实际上是不忠实的翻译，只能是译者在万不得已时的一种权宜之计，在翻译中应该尽量避免。

从表4-14中我们还可以看出，对于成语和习惯用语，大部分译者采用了3种翻译方法：① 音译或音译加注；② 直译或直译加注；③ 音译加增译或音译加注释。如"calf rope"被10位译者直译为"牛绳"，但金凌心将其意译为"求饶"。"Land of the kike home of the wop"所有的译者都采用了直译或直译加注的翻译方法。而对于"Moses rod"，有9位译者采用了音译加增译的方法，仅仅有2位译者采用的是音译加直译的翻译方法。

从表4-12至4-14中我们还可以看出，大部分译者都会采用注释这一辅助翻译方法。从表中可以大致统计出每一位译者使用注释的频率。李文俊译本对几乎所有的文化负载词都采用了注释的方法，表中所选的文化员载词中，李文俊使用注释的频率达到了100%，另外3位译者李继宏、方柏林和富强使用的频率也很高，分别达到了大约80%、75%、70%；另外3位译者曾菡、何蕊和金凌心使用注释的频率要低于前面的几位译者，分别达到了大约60%、50%、35%；还有二位译者董刚使用注释的频率则非常低，董刚仅仅对其中的2个进行了注释，注释频率为10%和0；还有3位译者余莉、戴辉和黎登鑫使用注释的频率为0。笔者以为，注释是文化负载词翻译的一种重要手段，因为"原文中有文化缺省（cultural default），及原文作者为了提高交际效率或增加审美效果而省略的一些文化信息"[①]。为了使译文达到同样的交际功能和审美功能，译者往往需要对原文省略掉的文化信息进行补偿。文化信息补偿有多种方法，注释是其中最基本的一种辅助方法。在很多情况下，如果没有注释辅助翻译，译文就达不到文化交流的目的，毕竟"语言是文化的载体，具有深刻的文化内涵，因而不同的文化中很难找到意义完全对等的词语"[②]。比如：Galahad（迦拉赫）、Semiramis（赛米拉米斯）等文化负载词如果没有注释对文化信息进行解释和说明，就会造成目的语读者的困惑，当然是否一定要采用注释来补偿省略掉的文化信息，则要视具体情况而定，否则会造成"补偿过度、补偿不足或补偿不当"[③]。译者在处理文化负载词时，一定要对目的语读者的文化认知能力做一个合理的评估，然后再决定是否使用注释。

[①] 曹明伦：《英汉翻译二十讲》，商务印书馆2013年版，第166页。
[②] 廖七一：《文化观念与翻译》，郭建中：《文化与翻译》，中国对外翻译出版公司2000年版，第173页。
[③] 曹明伦：《英汉翻译二十讲》，商务印书馆2013年版，第168页。

表 4-12 文化负载词中外来词及首字母缩略词的翻译

文化负载词	译者	译文	翻译方法
Et ego in Arcadia	李文俊	Et ego in Arcadia	移译加注
	方柏林	Et ego in Arcadia	移译
	董刚	我到了阿卡狄亚	直译
	余莉	我在阿卡狄亚了	直译
	戴辉	……	省略不译
	富强	我到了阿卡狄亚	直译
	李继宏	Et ego in Arcadia	移译加注
	曾茵	Et ego in Arcadia	移译加注
	何蕊	Et ego in Arcadia	移译加注
	金凌心	如果我有了一对好马，不是也需要用干草来喂吗？	意译
	黎登鑫	我在世外桃源	意译
Reducto absurdum	李文俊	Reducto absurdum	移译加注
	方柏林	reducto absurdum	移译加注
	董刚	……	省略不译
	余莉	reducto absurdum	移译加注
	戴辉	归谬法	直译
	富强	归谬法	直译加注
	李继宏	……	省略不译
	曾茵	归谬法	直译
	何蕊	归谬法	直译加注
	金凌心	归谬法	直译
	黎登鑫	归谬法	直译

续表

文化负载词	译者	译文	翻译方法
G.A.R	李文俊	G.A.R	移译加注
	方柏林	G.A.R	移译加注
	董刚	G.A.R	移译
	余莉	G.A.R	移译
	戴辉	……	省略不译
	富强	共和国大军	直译
	李继宏	大共和军	移译加注
	曾菡	G.A.R	移译加注
	何蕊	G.A.R	移译加注
	金凌心	共和军	直译
	黎登鑫	共和军	直译
Si, si, Si, si	李文俊	Si, si 134	移译加注
	方柏林	Si, si	移译加注
	董刚	好的，好的	直译
	余莉	Si, si	移译
	戴辉	Si, si	移译
	富强	Si, si	移译加注
	李继宏	西，西	音译加注
	曾菡	Si, si	移译加注
	何蕊	Si, si	移译加注
	金凌心	Si, si	移译加注
	黎登鑫	唏，唏	音译

续表

文化负载词	译者	译文	翻译方法
Non fui. Sum. Fui. Non sum.	李文俊	Non fui. Sum. Fui.	移译加注
	方柏林	Non sum. Non fui. Sum. Fui. Non sum.	移译加注
	董刚	过去存在，现在存在。过去存在过。现在即将不存在。	直译
	余莉	过去不存在，现在存在。过去存在过，现在即将不存在。(Non fui. Sum. Fui. Non sum.)	直译+移译
	戴辉	过去不存在	减译
	富强	Non fui. Sum. Fui. Non sum.	移译加注
	李继宏	Non fui. Sum. Fui. Non sum.	移译加注
	曾菡	Non fui. Sum. Fui. Non sum.	移译加注
	何蕊	我过去不是，我现在是。我过去是。我现在不是。	增译
	金凌心	我过去不是，我现在是。我过去是。我现在不是。	增译加注
	黎登鑫	不。嚊。是。不是。	直译

表 4-13　文化负载词中专有名词的翻译

文化负载词	译者	译文	翻译方法
Decoration Day	李文俊	阵亡将士纪念日	增译加注
	方柏林	阵亡战士纪念日	增译
	董 刚	阵亡将士纪念日	增译
	余 莉	阵亡将士纪念日	增译
	戴 辉	阵亡将士纪念日	增译
	富 强	阵亡将士纪念日	增译
	李继宏	扫墓日	增译加注
	曾 菡	阵亡将士纪念日	增译加注
	何 蕊	纪念阵亡将士的日子	增译加注
	金凌心	内战战士纪念日	增译
	黎登鑫	内战战士纪念日	增译
some misfit Maingault or Mortemar	李文俊	某个曼戈特或莫蒂默家的浪荡公子	音译+直译+注释
	方柏林	某个蒙高尔特或莫特马尔家族的不孝子弟	音译+增译+注释
	董 刚	某个曼戈特或莫蒂默家的浪荡公子	音译+直译
	余 莉	某个曼戈特或莫蒂默家的浪荡公子	音译+直译
	戴 辉	某个曼戈特或莫蒂默家的浪荡公子	音译+直译
	富 强	某个曼科特或默迪姆家的浪荡公子	音译+直译+注释
	李继宏	麦恩高特或者摩特马尔家族某位大逆不道的公子	音译+增译+注释
	曾 菡	某个曼戈尔特或莫蒂默家族的二世祖	音译+增译+注释
	何 蕊	某个曼戈特或莫蒂默家族的花心公子	音译+增译
	金凌心	某个散漫的曼哥特或摩特马家族的公子王孙	音译+增译
	黎登鑫	某个放浪的曼哥特或摩特马	音译+直译

续表

文化负载词	译者	译文	翻译方法
Young Lochinvar	李文俊	年轻的洛钦伐尔	音译加注
	方柏林	年轻的洛钦瓦尔	音译加注
	董刚	年轻的洛钦伐尔	音译
	余莉	年轻的洛钦伐尔	音译
	戴辉	年轻的洛钦伐尔骑兵	音译+增译
	富强	年轻的勒琴弗尔	音译加注
	李继宏	少年洛钦瓦尔	音译加注
	曾菡	年轻的洛钦瓦尔	音译加注
	何蕊	年轻的洛钦伐尔	音译加注
	金凌心	年轻的罗琴法尔	音译加注
	黎登鑫	杨洛琴法	音译
Semiramis	李文俊	赛米拉米斯	音译加注
	方柏林	塞米勒米斯	音译加注
	董刚	塞米拉米司	音译加注
	余莉	塞米拉米司	音译
	戴辉	塞米拉米司	音译
	富强	塞米拉米司	音译加注
	李继宏	塞弥拉弥斯	音译加注
	曾菡	塞米拉米斯	音译
	何蕊	塞米拉米斯	音译加注
	金凌心	塞米拉米斯	音译加注
	黎登鑫	塞米拉米斯	音译

续表

文化负载词	译者	译文	翻译方法
half-baked Galahad	李文俊	不懂事的迦拉赫	音译加注
	方柏林	加拉哈德式的二楞弟弟	音译加注
	董刚	不懂事的边拉赫	音译加注
	余莉	……	省略不译
	戴辉	不懂事的迦拉赫式的	音译
	富强	……	省略不译
	李继宏	自以为是的加拉哈德	音译加注
	曾菌	幼稚的加拉赫式的	音译加注
	何蕊	半生不熟的加拉哈德	音译加注
	金凌心	迦拉赫式的	音译
	黎登鑫	半烤的卡拉哈	音译
Land of the kike home of the wop	李文俊	犹太人的国土，意大利人的家乡	直译加注
	方柏林	老犹的国土老意的家乡	直译加注
	董刚	犹太人的国土，意大利人的家乡	直译
	余莉	犹太人的国土，意大利人	直译
	戴辉	犹太人的国土，意大利人的家乡	直译
	富强	意大利人的老家，犹太人的故土	直译加注
	李继宏	犹太佬的乐土和意大利佬的家园	直译加注
	曾菌	犹太人的国土，意大利人的家乡	直译加注
	何蕊	犹太人的国土，意大利人的故乡	直译
	金凌心	犹太人的国土，意大利人的家乡	直译加注
	黎登鑫	犹太之地，意大利之家	直译

续表

文化负载词	译者	译文	翻译方法
the swine of Euboeleus	李文俊	优波流斯的猪	音译+直译+注释
	方柏林	优波流斯的猪	音译+直译加注
	董刚	优波流斯的猪	音译+直译
	余莉	优波流斯的猪	音译+直译
	戴辉	优波流斯的猪	音译+直译
	富强	波流斯的猪	音译+直译+注释
	李继宏	犹波鲁斯的猪	音译+直译+注释
	曾茵	优波流斯的猪	音译+直译+注释
	何蕊	尤伯琉斯的猪	音译+直译+注释
	金凌心	优波流斯的猪	音译+直译+注释
	黎登鑫	厄巴勒斯的猪	音译+直译
Old Home Week	李文俊	老家周	直译加注
	方柏林	老家周	直译加注
	董刚	欢聚周	意译
	余莉	老家周	直译
	戴辉	老家周	直译
	富强	旧居一星期	直译加注
	李继宏	故地重游节	意译加注
	曾茵	老邻居周	意译加注
	何蕊	老家周	直译加注
	金凌心	庆祝仪式	意译
	黎登鑫	在老家过礼拜	增译

续表

文化负载词	译者	译文	翻译方法
Calvary	李文俊	髑髅地	直译加注
	方柏林	骷髅地	直译
	董刚	髑髅地	直译
	余莉	髑髅地	直译
	戴辉	髑髅地	直译
	富强	骷髅地	直译
	李继宏	卡尔瓦里	音译加注
	曾菡	骷髅地	音译加注
	何蕊	骷髅地	直译
	金凌心	骷髅地	直译加注
	黎登鑫	骷髅地	直译
Young Lochinvar	李文俊	年轻的洛钦伐尔	音译加注
	方柏林	年轻的洛钦瓦尔	音译加注
	董刚	年轻的洛钦伐尔	音译
	余莉	年轻的洛钦伐尔	音译
	戴辉	年轻的洛钦伐尔骑兵	音译+增译
	富强	年轻的勒琴弗尔	音译加注
	李继宏	少年洛钦瓦尔	音译加注
	曾菡	年轻的洛钦瓦尔	音译加注
	何蕊	年轻的洛钦伐尔	音译加注
	金凌心	年轻的罗琴法尔	音译加注
	黎登鑫	杨洛琴法	音译

表 4-14 文化负载词中成语和习惯用语的翻译

文化负载词	译者	译文	翻译方法
Land of the kike home of the wop	李文俊	犹太人的国土，意大利人的家乡	直译加注
	方柏林	老犹的国土老意的家乡	直译加注
	董刚	犹太人的国土，意大利人的家乡	直译
	余莉	犹太人的国土，意大利人的家乡	直译
	戴辉	犹太人的国土，意大利人的家乡	直译
	富强	意大利人的老家，犹太人的故土	直译加注
	李继宏	犹太佬的乐土和意大利佬的家园	直译加注
	曾菡	犹太人的国土，意大利人的家乡	直译加注
	何蕊	犹太人的国土，意大利人的故乡	直译
	金凌心	犹太人的国土，意大利人的家乡	直译加注
	黎登鑫	犹太之地，意大利之家	直译
calf rope	李文俊	牛绳	直译加注
	方柏林	牛绳	直译加注
	董刚	牛绳	直译
	余莉	牛绳	直译
	戴辉	牛绳	直译
	富强	牛绳	直译加注
	李继宏	认错	意译
	曾菡	牛绳	直译加注
	何蕊	牛绳	直译
	金凌心	求饶	意译
	黎登鑫	牛绳	直译

续表

文化负载词	译　者	译　　文	翻译方法
Moses rod	李文俊	摩西的权杖	音译+增译+注释
	方柏林	摩西的权杖	音译+增译+注释
	董　刚	摩西的权杖	音译+增译
	余　莉	摩西的权杖	音译+增译
	戴　辉	摩西的权杖	音译+增译
	富　强	摩西的权杖	音译+增译+注释
	李继宏	摩西的手杖	音译+直译+注释
	曾　菡	摩西的法杖	音译+增译
	何　蕊	摩西的权杖	音译+增译
	金凌心	摩西的权杖	音译+增译
	黎登鑫	摩西的竿子	音译+直译

四、文学方言的处理

古今中外，文学作品中使用方言都是一种重要的话语策略和写作策略。"文学作品中运用的方言（社会语言学称之为'非标准语言变体'——non-standard language variety）的准确表述是'文学方言'（literary dialect）。"[1]因此本研究将要探讨的方言统称为

---

[1] 汪宝荣，谢海丰：《西方的文学方言翻译策略研究述评》，《外国语文研究》，2016年第4期，第39页。

文学方言。根据美国学者 Ives S. A.的定义，文学方言是指"一位作家试图用书面语再现限于某一地域或限于某一社会阶层内部使用或同时限于两个方面的一种口语"[1]。文学方言之所以受到作家、文学家及文学评论家的关注，是因为其在文学作品中往往承载着比较重要的文体功能，使文学作品产生独特的艺术效果。比如在人物对话或人物独白中使用方言不仅使作品显得更加客观、真实和生动，而且还能够刻画人物的性格特征，甚至有时还能够产生幽默、诙谐或讽刺的特殊艺术效果。此外，在人物对话中使用方言还能彰显人物独特的文化身份，包括其出身和生活背景、家庭背景、教育背景、社会地位、个人身份等，从而为揭示文学主题做好铺垫。在文学作品的非对话部分使用方言一方面可以揭示故事发生的时间或地点，另一方面也可以揭示作者的文化身份和创作风格。总之，文学作品中使用的方言一般都有着强烈的地域色彩或者特殊的社会文化内涵，具有社会标志和文化标志的双重功能。由于不同语言和不同地域之间所使用的方言存在差异，原文中方言的社会文化功能往往很难在译文中被忠实而充分地展现出来，而且由于方言写作的局限性和边缘性，可供借鉴的文学方言翻译实践也非常有限，因而文学作品中方言的翻译往往会给译者带来很大的挑战，正如奈达所言："如果一个文本是以非标准的方言写成的，译者就要面对在目标语中寻找合适的对等物

---

[1] Ives S A. *Theory of Literary Dialect*. In Williamson J &V M Burke (eds). *A Various Language: Perspectives on American Dialects*. Holt Rinehart and Winstrmm, 1971, p. 146.

的困难。"[1]译者对文学作品中方言的处理策略、方法和技巧往往能够反映译者的文化态度、文学素养和翻译能力。《喧》作为一部典型的美国南方小说，其特色之一就是美国南方方言的大量使用，它们是美国南方的语言和文化标志。美国南方方言的变体中最醒目和最具代表性的就是南方黑人英语，它们生动地反映出了小说中人物的身份、地位和美国南方的黑人文化，译者能否在译文中呈现这些黑人英语的社会文化功能？以下笔者将以对话和独白中部分典型的黑人英语为例，探讨译者们处理方言的策略和方法。

国内翻译家、学者或作家如赵元任、傅东华、张谷若、董乐山、邵洵美、杨绛等运用过不同的策略和方法处理西方文学作品中的文学方言，但总的来说中国的方言翻译实践总量不多。关于英语文学方言的汉译，中外学者都有过研究。早在1921年现代著名作家兼文学评论家茅盾就提到过方言词翻译之难[2]，1951年著名翻译家傅雷指出了方言对译法和方言标准化译法各自的弊端：如果用最 colloquial 的中国方言译出，译文则"把原文的地方性完全抹煞"，如果用标准的汉语普通话译出，译文则"变得生气全无"。[3]其后很长一段时间，中国的文学方言研究陷入沉寂。

---

[1] Eugene A Nida. *Language, Culture and Translation*. Shanghai Foreign Language Education Press, 1993, p. 112.
[2] 陈福康：《中国译学理论史稿》，上海外语教育出版社2000年版，第238页。
[3] 傅雷：《致林以亮论翻译书》，《翻译通讯》编辑部《翻译研究论文集（1949—1983）》外语教学与研究出版社1984年版，第83页。

20世纪90年代末到21世纪,国内更多的学者开始关注并从理论和实证角度探究英语文学方言的汉译问题,如郭著章(1994)、刘全福(1998)、黄忠廉(2012)、韩子满(2002,2004)、王艳红(2008,2009)等。自20世纪90年代以来西方学者对文学方言翻译的探讨比中国学者更加活跃。根据可查文献,在过去的20多年中,西方学者提出了文学方言的4种翻译方法:方言标准化译法、方言对译法、文学方言自创译法和方言特征淡化译法。[1]下面简单介绍一下这4种方言翻译方法。

(1)方言标准化译法是指"原文具有的方言特征译成平淡无味的标准目标语,令译文中没有明显的方言痕迹"[2]。很多译者在翻译文学方言时都会选用这种译法,因为"用标准语翻译简化了译者的工作,也使读者的阅读变得轻松"[3],但同时这种译法也不可避免地有负面的作用——"采用方言标准化译法会扭曲人物形象,篡改原文风格,删去文化含义"[4],因而"译者应尽量避免采用"[5]。

---

[1] 汪宝荣,谢海丰:《西方的文学方言翻译策略研究述评》,《外国语文研究》,2016年第4期,第39-49页。
[2] Hervey S & I Higgins L M. Haywood. *Thinking Spanish Translation*. Routledge, 1995, p. 112.
[3] Azevedo M M. *Get thee away, knight be gone, cavalier: English Translations of the Biscayan Squire Episode in Don Quixote de la Mancha*. Hispania, 2009(2), p. 112.
[4] Azevedo M M. *Get thee away, knight be gone, cavalier: English Translations of the Biscayan Squire Episode in Don Quixote de la Mancha*. Hispania, 2009(2), p. 196.
[5] Azevedo M M. *Get thee away, knight be gone, cavalier: English Translations of the Biscayan Squire Episode in Don Quixote de la Mancha*. Hispania, 2009(2), p. 194.

（2）地域或社会方言对译法是指选用某种目的语地域方言翻译原文所使用的方法。通常采用这种译法的译者都要殚精竭虑地在目的语中寻找所谓的"最佳地域方言"与原文的文学方言相对应，但是这种译法无论是在中国译界还是在西方译学界都遭到了很多学者明确的反对或质疑，毕竟不同语言、不同文化之间根本就不存在所谓的"内涵意义对等"的地域方言或文学方言。韩子满（2002）提出了这种译法的局限性；刘全福（1998）明确指出，"鉴于语言本身极强的民族归属性和文化折射性，文学翻译中运用文化色彩最为明显的方言土语时必须要做到慎之又慎"①。哈维等人指出，"与所有的文化移植译法一样，方言对译法冒着译本显得不协调的风险"②；其他学者如勒菲弗尔③、阿泽维多④等也通过例证表明了方言对译法的弊端和质疑。尽管方言对等译法遭到众多质疑，它仍然不失为处理文学方言翻译的一种有效方法。

（3）文学方言自创译法是补偿性翻译策略之一，指译者为处理作者运用的文学方言，"临时创造一种不明确指涉目的语中某种语言变体的文学方言"。⑤比如，阿泽维多发现，《堂吉诃德》的

---

① 刘全福：《文学翻译中的方言问题思辨》，《天津外国语学院学报》，1998年第3期，第2页。
② Hervey S &I Higgins L M. Haywood. *Thinking Spanish Translation.* R outledge. 1995, p. 113.
③ *Lefevere. translating literature, practice and theory in a comparative literary context.* The Modern Language Association of America, 1992, p. 48-49.
④ Azevedo M M. *Get thee away, knight be gone, cavalier: English Translations of the Biscayan Squire Episode in Don Quixote de la Mancha.* Hispania. 2009(2), p. 195.
⑤ Azevedo M M. *Get thee away, knight be gone, cavalier: English Translations of the Biscayan Squire Episode in Don Quixote de la Mancha.* Hispania. 2009(2), p. 195.

一个早期英译者 Motteux（其译本初版于 1701 年）针对比斯盖绅士说的拙劣西班牙语，在翻译时编造了一种与原文方言相匹配的蹩脚英语。[①]中国译者在翻译西方文学作品中的方言时也尝试过这种译法。比如，著名语言学家赵元任在翻译《爱丽丝漫游奇境记》时就采用了语音飞白译法，比如将译文"希罕"变为"希汉"，"奇怪"变为"切怪"等。[②]这里的语音飞白法就是一种文学方言自创译法。这种译法虽然对译者而言极富挑战性而且不确定性因素很多，但仍不失为一种处理文学方言的较为有效的翻译方法，因为，这种带有目的语特征的自创译法"能够传达——即使只是大致上传达——原作中有助于人物性格刻画的那些（方言具有的）地域、社会或文化内涵"[③]。

（4）方言特征淡化译法实际上就是中国学者们（如朱达秋，2001；韩子满，2004；陈国华，2007；王艳红，2008 等）所说的"标准口语译法"，即如朱达秋所言，在处理原作的地域方言时，"用一些已进入标准语的方言词语或已被大众所接受的方言词语甚至一些粗俗的口语词来表达"[④]。就像文学方言自创译法一样，方言特征淡化译法也是一种翻译补偿策略，是一种无奈的选择，

[①] Azevedo M M. *Get thee away, knight be gone, cavalier: English Translations of the Biscayan Squire Episode in Don Quixote de la Mancha.* Hispania. 2009(2), p. 194.

[②] 王艳红：《美国黑人英语汉译研究：伦理与换喻视角》，山东大学出版社 2012 年版，第 181 页。

[③] Azevedo M M. *Get thee away, knight be gone, cavalier: English Translations of the Biscayan Squire Episode in Don Quixote de la Mancha.* Hispania, 2009(2), p. 194.

[④] 朱达秋：《语言的社会变体与翻译》，《外语学刊》，2001 年第 4 期，第 87 页。

因为毕竟在翻译过程中几乎不可能既完全保留原文文学方言的语言特征，又准确传达其社会文化内涵，还能保证译文的可读性。方言特征淡化译法虽然会导致原文文学方言语言特征的散失，但却能保留原文文学方言的社会文化功能，又能保证译文的通顺流畅，因此是一种比较合理的处理文学方言翻译的方法。

上面提到的 4 种处理文学方言的翻译方法各有其优势和弊端，因此不能说哪一种译法更好，具体采用哪种译法还要根据具体情况而论。下面简要回顾一下中国学者对于文学方言翻译策略和翻译方法的论述。

国内已经有学者对英语方言的汉译问题进行了细致的研究。黄忠廉总结出了 7 种英语方言汉译的机制：① 原方→译方；② 原方→译标；③ 原标→译方；④ 原方→原标→译标；⑤ 原方→原标→译标；⑥ 原方→原标→译方；⑦ 原标→译标→译方，其中前 3 种为直接转换机制，后 4 种为间接转换机制。[①]黄忠廉提出的这 7 种转换机制看似复杂，实际上处理原文方言最基本的翻译方法也就 2 种：译为标准，语译为方言。韩子满总结了 4 种英语方言汉译法：① 忽略原文的方言特征；② 使用汉语的同音异义词；③ 使用汉语方言；④ 使用汉语口语。他还建议使用 2 种译法：一是使用汉语口语，二是使用注释说明。[②]李艳红总结了 4 种黑人英语的汉译方法：① 方言混合法（方言对译法）；② 语音

[①] 黄忠廉：《方言翻译转换机制》，《北京理工大学学报（社会科学版）》，2012 年第 2 期，第 144-147 页。
[②] 韩子满：《英语方言汉译初探》，河南大学出版社 2004 年版，第 77-98 页。

飞白法；③ 标准汉语口语法；④ 注释法。[①]韩子满和李艳红总结的文学方言的基本翻译方法与国外学者所探讨的4种翻译方法差不多是重合的。此外，国内学者（如傅雷、孙志礼、韩子满等）倾向于反对方言对译法。

综合国内外学者的研究，我们可以得出结论，无论是什么语种，方言最基本的4种翻译方法是方言标准化译法、方言对等译法、标准口语译法、灵活自创译法（如飞白法、淡化、方言特征淡化译法等）。每种译法都各有其利弊，但根据可查文献，国内外学者普遍倾向于认为方言标准化译法和方言对等译法这2种翻译方法比较极端，但这并不意味着这两种翻译方法在翻译实践中比较少见，也不意味着其他翻译方法比这2种翻译方法更好。下面笔者将以《喧》中的黑人方言为例探讨各位译者所采用的翻译方法。

小说原文的第一页有一个句子"Listen at you, now." Luster said. "Aint you something, thirty three years old, going on that way. After I done went all the way to town to buy you that cake. Hush up that moaning. Aint you going to help me find that quarter so I can go to the show tonight."该句是康普生家的黑小厮勒斯特对傻子班吉所说的话。和当时美国南方的大多数黑人奴隶一样，由于勒斯特从小就服侍班吉，没有接受正规的学校教育，因而他说的英语就代表了当时美国南方地位低下的黑人奴隶所说的英语。典型的黑

[①] 王艳红：《美国黑人英语汉译研究：伦理与换喻视角》，山东大学出版社2012年版，第174-185页。

人英语在语音、词汇和语法上与白人英语差别较大，有其自身的特点，甚至形成了自己的语法规则和语言体系。比如，在勒斯特所说的话中，像"Listen at"和"Hush up"都是美国黑人常用的词汇，在标准英语中，人们常用"Listen to"和"shut up"；在黑人英语中，aint 通常用作否定句的标志，因此这里的"Aint you something"相当于"Aren't you something"。同样"Aint you going to help me"相当于"Aren't you going to help me"；黑人英语在用现在完成时或过去完成时的时候，通常会省去助动词 have、has 或者 had，或者有时用 done 代替助动词，因此这里的"After I done went all the way"相当于"After I have gone all the way"；此外，"Aint you something, thirty three years old, going on that way"以及"After I done went all the way to town to buy you that cake"这 2 个句子从标准英语的语法来说都不是完整的句子，但在黑人英语中这 2 个句子都是可行的。

从 11 个译本的译文来看，除了黎登鑫译本外，其他译者们基本没有采用纯粹的方言标准化译法和方言对等译法，而是将方言标准化译法和标准口语译法结合起来。从上面的译文可以看出，译者们偶尔会使用一些汉语口语词汇，如"哼哼""哎哟""镏子儿""今儿晚上""大老远""亏得"等，以及一些口语化的句子，如"你听你""还这副德行""也真有你的""你真有能耐啊""还那副模样""又来了"等等。这种将方言标准化译法和标准口语译法结合起来的译法还是比较可行的，一方面译文生动流畅、易于理解，另一方面又在一定程度上表明了勒斯特教育程度低的乡下人身份。但遗憾的是，这种译法仍然无法准确再现勒斯特卑微的黑人身份和地位。

小说原文的第一页还有一个句子："Come on." Luster said. "We done looked there. They aint no more coming right now Les go down to the branch and find that quarter before them niggers finds it."该句也是康普生家的黑小厮勒斯特对傻子班吉所说的话。同样，译者们基本没有采用纯粹的方言标准化译法和方言对等译法，而是将方言标准化译法和标准口语译法结合起来。11位译者的译文中有几个口语词用得恰到好处，如"咱们""一时半刻""黑小子""赶紧"等。译文的效果和功能跟上述那些译文相似。

原文的第23页有一句话："You know just as well as me that Roskus got the rheumatism too bad to do more than he have to, Miss Cahline." Dilsey said. "You come on and get in, now T. P. can drive you just as good as Roskus."这一句是康普生家的黑女佣迪尔西对康普生夫人所说的话。从11位译者的译文看，各位译者仍然沿袭了前面的翻译方法，为凸显人物的乡下人和低等人身份，译者们选用了一些典型的汉语口语词汇如"干活""犯病""不比""好把式""丝毫不亚于""重活""晓得"等。

通过文本细读，我们发现大多数译者都倾向于将方言标准化译法和标准口语译法结合起来翻译原作中的黑人方言，但也有少数译者仍然采用标准汉语口语译法。我们看下面一例。

例16

原文："What you know about it." Dilsey said. "What trance you

been in." (p.23)

李文俊译:"你知道个啥。"迪尔西说。"莫非你犯傻了。"(p.27)

金凌心译:"你知道什么啊?"迪尔西说。"你疑神疑鬼的。"(p.35)

曾菡译:"你知道了些什么。"迪尔希说。"莫非你又神志不清了。"(p.28)

何蕊译:"你知道什么?"迪尔西说。"你是不是糊涂了。"(p.26)

方柏林译:"你知道啥呢。"迪尔西说,"你出神了吗?"(p.25)

李继宏译:"胡说什么呢,"狄尔希说。"你遭过什么殃了。"(p.30)

董刚译:"你知道什么呀。"迪尔西说。"难道你犯傻了吗?"(p.20)

富强译:"你连这都想不明白?"蒂尔希说。"你傻呀?"(p.26)

余莉译:"你知道些什么,"黛西说。"你犯傻了。"(p.25)

戴辉译:"你怎么什么都知道。"迪尔西说。"莫非你犯傻了。"(p.27)

黎登鑫译:你晓得什么?狄丝说:你在迷惑什么?(p.48)

上例是康普生家的黑女佣迪尔西对她丈夫罗斯库斯所说的话。从上面的译文可以看出,大部分译者还是运用了一些典型的口语词来处理黑人英语,如"啥""犯傻""莫非""出神""晓得"等,但金凌心和何蕊仅仅用标准的汉语口语来翻译。此外,我们还发现，有个别译者尝试采用了方言对等法来处理原文中的部分黑人英语。

例 17

原文："I tells you, breddren, en I tells you, sistuhn, dey'll come a time. Po sinner sayin Let me lay down wid de Lawd, femme lay down my load ..." p.251）

李继宏译："我告诉你们，<u>熊弟</u>们，我告诉你们，<u>己未</u>们，早晚有这么一天。到时<u>阔凉滴罪梭</u>会说，主啊，<u>浪</u>我休息吧，<u>浪</u>我卸下<u>重荡</u>吧……"（此处画线部分为语音飞白翻译法）（p.289）

在这个例子中，原文是教堂的特邀牧师在给黑人布道时所讲的内容。这句有 10 位译者都采用了方言标准化译法，原因可能是考虑到牧师的演讲是庄严而神圣的，如果译文使用了口语，有可能会亵渎这种神圣。但是李继宏没有采用方言标准化译法，而是采用了灵活自创译法。具体来说，这里李继宏采用了语音飞白法来呈现牧师所使用的黑人方言，即"用读音相近的字代替原字，以此来反映说话者的不规范语言"①。比如，"兄弟"被译为"熊弟"，"姐妹"被译为"己未"，"可怜的罪人"被译为"阔凉滴罪梭"，还有"让"译为"浪"，"重担"译为"重荡"。

从上面列举的几个例子，我们可以初步描述出 11 位译者在处理美国南方黑人英语时所采用的翻译策略和翻译方法。总的来

---

① 王艳红：《浅谈黑人英语的汉译——从〈哈克贝利·费恩历险记〉三译本比较的视角》，《广东外语外贸大学学报》，2008 年第 4 期，第 54 页。

说，所有的译者都采用了归化的翻译策略，目的是使译文流畅通顺以便让中国读者能够充分地理解译文。在归化策略之下，译者们主要采用了方言标准化译法以及标准口语译法。这2种译法之所以受到青睐，一是由于这2种译法相对来说省心省力；二是最后的译文通俗易懂，受到普通读者喜爱。但是这两种译法同样有其弊端，其中最令人遗憾的是原文文学方言暗示人物文化身份、社会地位及人物性格的社会文化功能在译文中未能得到保留。原文中的黑人使用的是不规范的英语，白人使用的是规范标准的英语，黑人所使用的非标准英语暗示了他们没有接受过学校教育、社会地位低以及他们的黑人文化身份，将这样的黑人英语译成标准汉语或汉语口语后就不能再现这种功能了，中国读者在读了译文后，无法深切感受黑人极其卑微和低下的社会地位以及美国黑人和白人在语言文化上的显著差异。

值得一提的是，在11位译者中仅有1位译者采用了语音飞白法来翻译教堂牧师的布道话语。王艳红认为，"语音飞白法可以产生'陌生化'的效果，引起读者注意力，在译文中再现黑人英语的特殊效果"[①]。李继宏采用的语音飞白法是一个很好的尝试，但具体一些字词的选择还值得斟酌和商榷，比如"阔凉滴罪梭"这个飞白译法可读性不强，有可能导致读者误读，试译为"克怜的罪壬"。

至此，从11位译者在处理《喧》中的黑人英语时所采用的翻

[①] 王艳红：《美国黑人英语汉译研究：伦理与换喻视角》，山东大学出版社2012年版，第181页。

译策略和翻译方法可以看出，绝大多数译者在翻译中都考虑了读者的接受性问题，这种以接受者为导向的翻译策略在一定程度上争取了更多的普通读者。在具体翻译方法的选择上，大部分译者主要采用了较为稳妥的、中规中矩的标准化译法，偶尔在译文中添加少量的大众化口语，只有1位译者尝试了语音飞白译法。大部分译文最后呈现的效果就是译文生动流畅，准确再现了原文的字面意义，但是原文的社会文化内涵却几乎完全散失了。笔者认为，鉴于《喧》中涉及的黑人话语较多，其译文能较大程度上影响译文的整体效果，因此译者应该尝试更有效的翻译方法，尽可能多地保留原文文学方言的社会文化功能。

五、对意识流长句的处理

福克纳凭借大胆创新的叙述手法、意识流手法以及对美国历史的宏大书写和对人性的深刻揭露成为世界级的文学大师，同时《喧》和《我弥留之际》等小说也奠定了他意识流大师的声誉。福克纳的意识流手法主要表现在其对人物心理活动进行的没有逻辑、没有理性、时空错乱的描述，外在的表现之一是小说中大量结构繁复、冗长难懂的意识流长句。美国作家康拉德·艾肯曾这样描述过福克纳的长句："这些句子雕琢得奇形怪状，错综复杂到了极点：蔓生的子句，一个接一个，隐隐约约处于同位关系，或者甚至连这隐约的关系也没有，插句带插句，而插句本身里面又是一个或几个插句"①。除了句子结构错综复杂外，这些意识流长句往往如行云流水，绵延不绝，一气呵成，没有符号标记，而且与人物的心理活动一致，这些句子在句法层面也缺乏时序、逻辑和理性。这些长句要么是主人公意识模糊时的呓语，要么是主人公沉思默想时对人物和事件的判断、推测、解释或评论，要么是主人公回忆往事时颠三倒四的描述。这些特征导致福克纳的句子很难理解，因而也成为翻译的难点。以下将探讨译者们处理意识流长句时所采取的策略和方法。

原文有一个句子"How can I control any of them when you have always taught them to have no respect for me and my wishes I know you look down on my people but is that any reason for teaching my children my own children I suffered for to have no respect（p.80）"。这个句子是昆汀回忆他父母亲康普生先生和夫人在得知女儿凯蒂失身后的争吵。原文一气呵成，中间没有标点符号。通过对比11个译本发现，有6位译者基本采用了直译，译文在意义和形式上都基本遵从了原文，其余5位译者金凌心、戴辉、余莉、董刚、黎登鑫则采用了不同的翻译方法，译文仅在意义上与原文对等，但在形式上却背离了原文，增加了标点符号。笔者又考察了其他一些意识流长句，发现7位译者采用了直译，有4位译者（金凌心、戴辉、董刚、黎登鑫）在译文形式上背离了原文，其中译者余莉仅有个别意识流长句的译文背离了原文的

---

① 康拉德·艾肯：《威廉·福克纳的小说形式》，转引自李文俊编译《福克纳评论集》，中国社会科学出版社1980年版，第73页。

形式，而绝大多数意识流长句都采用了直译。

那么意识流长句究竟是直译为好还是意译好呢？事实上，在我们评判哪种译文更好时，"应该时时刻刻牢记翻译的目的，那就是让不懂原文的读者通过你的译文知道，了解，甚至欣赏原文的思想内容及其文体风格"[①]。《喧》中的意识流长句一般都是无标点的长句，或者是断断续续的破碎的话语。这些话语不仅预示着一种文体风格，而且这些话语形式本身就有一定的内涵意义，如果为了迎合读者或者为了使译文更加清晰流畅而一味采用意译，尤其是给意识流长句加上标点，结果就会误导读者，使读者对原文的文体风格和内涵意义缺乏必要的了解和认识，从而导致读者无法欣赏原文独特的美。这是翻译的禁忌。因此，笔者认为李文俊等 7 位译者基本再现了原文的文体风格，但另外 4 位译者却没有忠实地传递出原文的风格。

六、对时空错位的处理

在世界文学史上，《喧》主要是以其独特的叙事手法而占有了一席之地，尤其是多角度的叙述方法和时空错位的叙事技巧。小说的第一部分是傻子班吉叙述的，由于他没有理性和逻辑思维，也没有时空概念，因而他的叙事不是按照时空顺序，而是以他的感官感应为顺序，如看到什么、听到什么或者闻到什么，就叙述与之有关的事件，结果自然是时空错乱，但班吉这样的

[①] 曹明伦：《译者应始终牢记翻译的目的》，《中国翻译》，2003 年版，第 92 页。

叙事方法又恰好是符合逻辑的、合情合理的。第二部分是长子昆汀的叙述。虽然昆汀有理性思维和逻辑思维的能力，但由于他处于自杀的前夕，精神极度痛苦、绝望，同时又极度亢奋，以至于他很多时候都处于梦呓和混沌状态，从而导致他叙事的时候也是频繁随意切换时间和场景。根据李文俊的统计，在"昆汀的部分"里，这样的"场景转移"发生得最多，超过 200 次；"班吉的部分"里也有 100 多次。[①]那么对于这种叙事方式译者是怎么处理的呢？

通过调研，笔者发现各位译者采用了不同的策略来处理这种时空随意转换的叙述手法。表 4-15 是 11 位译者标注时空错位的方法。

表 4-15 《喧》11 位译者处理原文时空错位的方式

译者	处理时空错位的方式	译者	处理时空错位的方式
李文俊	变换字体+注释	李继宏	变换字体+变换颜色（14种颜色）+注释
方柏林	变换字体	曾茵	变换字体+注释
董刚	没有标识	何蕊	变换字体+黑体字+注释
余莉	斜体字+下划线	金凌心	变换字体+注释
戴辉	没有标识	黎登鑫	没有标识
富强	变换字体+注释		

---

① 福克纳著、李文俊译：《喧》，北京燕山出版社 2015 年版，第 12 页。

《喧》原文在有时空转换的地方都用斜体字进行了标识,译者们在处理原文的时空转换时也采用了不同的方式处理。从25表可以看出,大部分译者选择了对原文的时空错位进行标识,仅有3位译者(董刚、戴辉、黎登鑫)没有进行任何标识。其中,4位译者(李文俊、富强、曾菡、金凌心)采用了变换字体加上注释的方式来进行标识;有1位译者(方柏林)仅仅采用了变换字体的方式进行标注,而且没有对时空转换的情况进行注释说明;有1位译者(余莉)采用了斜体字再加上下划线的方式进行标识,但她也没有对时空转换的情况进行注释说明;还有1位译者(何蕊)采用了变换字体加黑体字再加注释的方式标识;另有1位译者(李继宏)采用了变换字体加上变换颜色再加上注释的方式。经过仔细比对笔者还发现,在选择对原文时空错位进行标识的8位译者中,各位译者标识的位置和多少也存在一定的差异,有些译者标识得多,有些译者标识得少,有些需要标识的地方有些译者没有标识,但有些不需要标识的地方有些译者却进行了标识,也就是说,存在标识过度和标识不够以及标识不合理的情况。比如:在原文"班吉的部分"的最后几页,时空转换的地方较多,在有标识的8位译者中,大部分译者都根据原文斜体字的标识进行标注,并在有明显时空转换的地方加上了注释,但有些译者却没有全部标注出来,如余莉译本在这一部分(p.60-70)没有任何时空转换的标注,这是明显的标注不足。还有的译者存在过度标注和标注不足的双重问题,比如曾菡译本(p.71-75)在原文用斜体标注的地方没有用变换字体的方式进行标注,而在一些不需要标注的地方却用不同字体进行了标注,如第 72 页上部,班吉改名当天父亲和杰生的对话以及一家人坐在火炉边烤火时发生的一些小事,译者全部用字体变换进行了标注,但接下来当时空转换到大姆娣去世时的情景以及当前班吉躲在空房间里拿着凯蒂的拖鞋玩的时候,译者却没有用不同的字体进行标注,后面还有些译文也存在同样的问题。

那么原文的时空转换在译文中是标注好还是不标注好呢?笔者以为,就《喧》这部小说而言,标注是必要的,主要原因在于原文的场景转换过于频繁和复杂,即使是福克纳的研究专家们有时候都会感到困惑,对于普通的读者来说,如果没有注释和字体变换等标注的帮助,几乎不可能准确地理解原文,这是翻译的大忌,因此译者应该尽量避免出现这样的问题。

结　语

考察了《喧》的汉译后,我们可以看出,自从《喧》初译本出版以来,复译本也频频出版,比如,截至 2019 年 12 月,《喧》共出版了 11 个译本。本章探讨了《喧》复译的若干问题,下面逐一简述。

我们可以把《喧》复译的原因归为文本因素和非文本因素。从文本因素看,中国台湾黎登鑫 1979 年的《声音与愤怒》首译本从各方面看都不是一个优秀的译本,译文中存在很多问题。《喧》1984 年大陆的首译本李文俊译本虽然总体上比较优秀,却也同样存在少数地方翻译欠准确以及少数地方欠生动优美的问题。同时，《喧》的复译也与原作意蕴的丰富性、复杂性、多元性和无限阐释性有关。从非文本外因素看，《喧》的复译则主要包括读者因素、意识形态因素、经济因素、文化因素和出版因素等。其中对《喧》的复译影响最大的是出版因素和译者身份因素。

在详细考察了《喧》的 11 个译本后，我们可以得出如下结论：

在 11 个译本中，除了董刚、戴辉和黎登鑫译本外，其余 8 个译本都采用了深度翻译策略，其中副文本比较丰富的是李文俊、金凌心和李继宏译本，李文俊和李继宏分别撰写了篇幅较长的前言和导读。另外，添加注释是一种非常重要的深度翻译策略，考察后发现戴辉和黎登鑫译本没有使用文内注释，而董刚、方柏林、余莉译本的注释很少，其余译本的注释都比较多。除了常见的深度翻译策略，李继宏译本还别出心裁地使用了 14 种颜色标注叙事的时空转换，另外还附有阅读指南卡，这些深度翻译策略有助于读者的阅读理解。

对 11 个译本的人名翻译考察表明，《喧》各个译本的人名翻译混乱不一，总体上不规范、不严谨、不准确。李文俊、董刚、戴辉 3 个译本的人名翻译基本一致，其余 7 个译本都有不一样的地方。如果以李文俊的译本为参照，与李文俊译本差别较大的是富强译本和李继宏译本。就人名的翻译而言，方柏林译本相对规范和准确一点。

通过考察 11 位译者对部分动词的翻译发现，几乎所有译者在翻译《喧》的动词时都倾向于更多地使用异化的翻译策略和直译的翻译方法。但由于种种原因，译者在翻译过程中缺乏灵活的应变能力，再加之受汉语表达能力和审美能力的局限，导致大部分译者的译文效果不理想，具体为译文不忠实、不通顺、不生动、不优美等。

对11个译本文化负载词的翻译的考察表明,对于文化负载词的翻译，多数译者们采用了移译或移译加注的翻译方法。也有一些译者采用了另外3种翻译方法：音译或音译加注；直译或直译加注；增译，即在译文中增添一些原文隐含的信息。

从11位译者对美国南方黑人英语的处理，我们可以发现，所有译者都采用了归化的翻译策略，目的是使译文流畅通顺，以便中国读者能够充分地理解译文。在归化策略之下，译者们主要采用了方言标准化译法以及标准口语译法，也有极个别译者如李继宏尝试语音飞白法翻译了一点黑人英语。总的说来，译者们对黑人英语的翻译虽然能再现其文本意义，却不能再现黑人英语的社会文化功能，尤其是无法体现美国黑人的文化身份及美国黑人和白人在语言文化上的较大差异。

除了董刚、戴辉和黎登鑫译本外，其他译本都用了变换字体、变换颜色或者用下划线等方法标记原文的时空转换。考察还发现，在选择对原文时空错位进行标识的8位译者中，存在标识过度和标识不够以及标识不合理的情况。

关于意识流长句的处理，黎登鑫、董刚、金凌心3位译者选择了使用分句、使用标点符号的方法翻译原文的意识流长句，而其余译本则用了无标点长句翻译原文的意识流长句。对于大多数

第四章 《喧哗与骚动》11个汉译本的比较研究 265

意识流长句,大多数译者都能比较忠实地译出原文的内容和风格,但是原文中部分意识流长句信息和逻辑关系比较模糊和复杂,大部分译者在处理此类句子时出现了理解失误,导致部分译文不够准确,仅有一两位译者在对原文进行明晰化和逻辑化处理时做得比较好。

由于篇幅有限,11个译本的很多细节都没有讨论。下面笔者基于以上分析及自己在阅读时所记的笔记,综合功能语言学、比较美学等文学翻译批评的标准和原则,对11个译本进行一个大致的评估:

11个译本中,总体比较优秀的译本是李文俊和方柏林译本。李文俊译本总体质量较高,社会影响较大,可读性较强,译文大体上保留了译文的总体风格,但有些意识流长句理解有误,翻译得不够准确。相比李文俊译本,方柏林译本在少数词句的翻译上更为准确,译文整体上更为简洁,读者反响也比较好,但有部分句子表达比较生硬,不够自然。这2个译本一个共同的问题就是译文语言不够优美,离许渊冲先生所说的"音美""意美""形美"还有一定的距离。因此,这2个译本虽然比较优秀,但仍然没有达到理想的翻译效果。李继宏译本是所有译本中最有创意的一个译本,所使用的独特词是最多的,在内容和形式上忠实度也较高,但李译本的语言表达却差强人意,除了部分译文生硬缺乏美感外,译文中还使用了一些比较粗俗的词语,如"装逼(p.41)""破处(p.81)""下三烂(p.93)"等。黎登鑫译本在所有的译本中语言是最简洁的,却是忠实性、可读性和文学性最不足的一个译本。

在其余7个译本中，金凌心译本为所有的意识流长句添加了标点符号，因此在形式上是不忠实于原文的。其次，金凌心译本对于原文时空转换的标注是独一无二的，其他译者大多遵循原文的时空转换标记或做少量的变更，但金凌心译本中却将所有不是发生在当前的事件和情节全部用变换字体的方式进行了标注，笔者认为这种处理时空转换的方式是可取的，在以后的复译中是可以借鉴的。此外，金凌心译本在正文前后添加的附文本也比较丰富，全文的注释也做到了简明扼要，这一点也是可取的。此外，金凌心的译本相比一些复译本来说其独创性要略胜一筹，有些译文可以说是独具匠心，这一点也是值得称道的。总之，金凌心译本在剩余的7个译本中算是比较优秀的译本。

在剩下的6个译本中，戴辉和董刚译本也为所有的意识流长句添加了标点符号，而且对原文中所标注的时空转换也没有任何标识，因而在文本形式上是不忠实于原文的。其次，董刚译本仅有极少的零星注释，而戴辉译本没有任何注释，因此这2个译本对于熟谙《喧》艺术创作技巧以及美国南方文化的读者来说可能是可取的，但对于普通读者来说可能会对小说产生误解和误读。此外，这2个文本在一些词句的表达上与李文俊译本相似度较高，是属于复译价值较低的译本。值得一提的是，董刚译本在目录章节的划分上是独具匠心的。其他的译本大多遵循原作将小说分为4个章节，而董刚译本则是创造性地将小说分为了19章。但是译者没有对章节的划分标准进行说明，这也可能会引起读者的困惑。

最后，余莉、曾菡、富强、何蕊4个译本在内容、形式等方面都有各自比较明显的缺陷,在整体上与福克纳的行文风格不相契合。富强和曾蔺译本整体上词句稍显冗长和拖沓,与李文俊等译本的简洁风格形成了对比,富强译本中甚至还有漏译的现象存在;何蕊和余莉译本各自都有好几处明显的误译,另外有些句子不够简洁,尤其是何蕊译本中有些句子添加了一些修饰语,故意雕琢的痕迹比较明显,这与原文的风格显得格格不入。就译文的形式而言,余莉、曾蔺译本还存在时空转换标注不足或标注不当的问题。

综上所述,我们可以对《喧》的复译进行一个基本的评估。《喧》的复译并没有带来我们期待的文学价值和社会价值。除了方柏林、李继宏译和金凌心译本外,其余译本在总体效果上都不如大陆首译本李文俊译本,有些复译本跟李译本相似度较高,大多数译本总体质量和效果上比不上李译本。所有的复译本都有一个共同的特征,即译文语言词汇贫乏,表达欠佳,译文整体文学性不强。鉴于《喧》目前所有的复译本都没有达到理想的翻译效果,也由于时代变迁和读者期待视域和审美视域的变化,复译是必然的,也是必要的。笔者建议将来还可以继续复译,但应该避免低质量的、重复率高的、缺乏创意的复译。此外,未来的复译本应该在提高译本的文学性以及意识流长句的准确性上面多下功夫。

第五章

《喧哗与骚动》汉译本在中国的传播与接受

从 1934 年至今，中国的《喧》译介已经走过了 80 多个春秋，在其曲折的译介和传播历程中，它对中国社会、文学、文化各方面都产生了或大或小、或显或隐的影响。在其译介早期，由于受到意识形态、诗学观、社会历史、读者的期待视域等各方面的影响，《喧》在中国产生的影响非常有限。然而从 20 世纪 80 年代开始，伴随着改革开放，诗学观念以及读者期待视域的转变，《喧》在中国译介的步伐逐渐加快，在中国文坛产生的影响也逐渐增强。进入 21 世纪，随着新的文学大师的涌现，《喧》对中国文学的影响逐渐减弱，但近 10 年来，随着新译本的出版发行以及《喧》研究的繁荣，阅读《喧》的中国读者却不断增加，所以新时期《喧》汉译本在中国的影响仍然是不可忽视的。

第一节　汉译本在中国文学场域的传播

要讨论《喧》汉译本在中国文学场域内的传播，先要清楚什么是传播。在西方，传播"commucation"指的是"普及""传递"，既可以是单向的，也可以是双向的（也有"共同""共享"之意）。[①]除了"普及""传递""共享"这3个基本含义外，学者们对传播还有另外一些理解和阐释。如刘海龙（2008）将传播的话语分成六类：①传播是传递；②传播是控制；③传播是游戏；④传播是权利；⑤传播是撒播；⑥传播是共享和互动。[②]由此可见，传播是一个非常复杂的概念，其含义十分丰富。以下讨论的传播主要包含4种含义：传递信息、普及知识、共享资源、播撒思想和智慧，就福克纳小说的汉译在中国文学场域内的传播而言，具体是指传递关于福克纳小说及其翻译的一些信息、普及福克纳小说的相关知识、共享与福克纳小说相关的所有资源、播撒福克纳小说传递的思想和文化。要考察福克纳小说的汉译在中国文学场域的传播，必须先了解文学作品在某个特定文学场域内传播的机制。以下将基于法国社会学家皮埃尔·布迪厄的场域理论讨论福克纳小说的汉译在中国文学场域内的传播情况。

[①] 刘海龙：《大众传播理论：范式与流派》，中国人民大学出版社2008年版，第3页。
[②] 刘海龙：《大众传播理论：范式与流派》，中国人民大学出版社2008年版，第6页。

一、文学传播的场域、资本、途径

"任何翻译，不管是作为一种行为，还是作为一种产品，都必然嵌入社会环境中。"[1]这意味着任何翻译作品在异域文化的传播过程中都会受到异域文化中诸种社会因素的影响。借用法国著名社会学家、思想家皮埃尔·布迪厄（Pierre Bourdieu）的概念，翻译文学作品在跨文化的传播与接受过程中会受到接受文化各种场域中各种因素的制约和影响，包括接受文化中的文学场域、政治场域、经济场域及其他场域。翻译文学作品跨文化传播与接受的效果主要取决于其在各个场域所获得的资本，以及各个场域和诸种因素之间相互作用的结果。

布迪厄将整个现实世界看作一个由各种各样关系构成的系统，并在此基础上界定了场域、资本和惯习等重要概念。在他看来，"一个场域可以被定义为在各种位置之间存在的由各种客观关系组成的一个网络（network），或一个构型（configuration）"[2]。布迪厄认为社会世界就是由大量具有相对自主性的各种场域构成的，这些场域具有自身特有的逻辑性和必然性，构成了一个由各种客观关系组成的空间。布迪厄将场域看作争夺珍贵资源控制权的竞技场和争夺利益的游戏场，[3]"有多少种利益，也就可能有

---

[1] Michaela Wolf. *The emergence of a Sociology of Translation*. Michaela Wolf, Alexandra Fukari. *Constructing a sociology of translation*. John Benjamins Publishing Company.2007, p. 1
[2] 皮埃尔·布尔迪厄著、华康德译：《实践与反思——反思社会学导引》，中央编译出版社1998年版，第134页。
[3] 皮埃尔·布尔迪厄著，刘成富、张艳译：《科学的社会用途——写给科学场的社会用途》，南京大学出版社2005年版，第14-15页。

多少场域"①，因而现实世界存在多种场域，如政治场域、经济场域、艺术场域、文学场域等，各个场域内又存在若干子场域。每个场域都有其边界或界限，但并不一定是非常清晰且毫无变化的，而可能是模糊不清并呈动态变化的。

根据布迪厄的理论，"资本就是累积起来的劳动，可能是物质化的，也可能是身体化的"②。一种特定资本的价值取决于某种既定的场域，而且只有在这种既定的场域中才有效。在他的概念中，资本可分为文化资本、经济资本、符号资本和社会资本。③经济资本指财富或财产，是其他类型资本的根源；社会资本指社会关系网络所带来的实际的或潜在的资源总和，尤其是社会头衔；文化资本指在学校教育和家庭教育长期潜移默化的影响下形成的教养、知识、品位、技能等文化产物，也包括书本、工具、机器等文化商品，还包括社会认可的证书、资历等；符号资本是其他形式的资本成功使用并合法化后所产生的符号效应。行动者所拥有的资本数量的多寡和构成形式可以决定其在某个场域中所处的位置或价值。同一种资本形式在不同的场域中会呈现不同的价值，而且也会随着时代和地域的变迁而发生变化。另外，各种资本形式在同一场域中会呈现不同的价值或者不同的等级次序，

---

① 皮埃尔·布尔迪厄著，刘成富、张艳译：《科学的社会用途——写给科学场的社会用途》，南京大学出版社2005年版，第16页。
② 皮埃尔·布尔迪厄著，刘成富、张艳译：《科学的社会用途——写给科学场的社会用途》，南京大学出版社2005年版，第17页。
③ 皮埃尔·布尔迪厄著，刘成富、张艳译：《科学的社会用途——写给科学场的社会用途》，南京大学出版社2005年版，第17-18页。

但也会随着该场域的变化而变化。此外，不同类型的资本是可以相互兑换的，其兑换的比率则是由场域的空间结构决定的。

布迪厄社会理论的另一个关键概念是惯习。作为布迪厄的一个核心理论概念，惯习和习惯不同，它是"持续的、可以转换的倾向系统"[①]。布尔迪厄认为"性情倾向非常适于表达惯习概念所涵盖的内容，因为，性情倾向表明了一种存在方式，一种身体上的习惯性状态、倾向、脾性或嗜好"[②]，更确切地说，"是一种内在化的、导致行为产生的性情倾向，是一种实践的而不是话语的、前反思的而不是有意识的、创造性的也是习惯性的、身体化的也是认识的范畴。这种性情倾向首先是通过早期社会化而得以内化的。"[③]。此外，"惯习是行动者过去实践活动的结构性产物，是人们看待社会世界的方法"[④]，可见，行动者的惯习并非完全是先天生成的，也可以是在社会实践活动中后天习得而来的。至此我们可以看出惯习的创造性、建构性、主动性和生成性特点。从某种程度上来说，惯习跟资本一样能够影响行动者在某个场域中的位置，因为行动者的惯习可以促成大量的实践行为，或者推动行动者在场域中采取这样或那样的策略，以占据场域中的有利位置。

---

① 戴维·斯沃茨著、陶东风译：《文化与权力——布尔迪厄的社会学》，上海译文出版社2006年版，第116页。
② 宫留记：《资本：社会实践工具——布迪厄的资本理论》，河南大学出版社2010年版，第172页。
③ 宫留记：《资本：社会实践工具——布迪厄的资本理论》，河南大学出版社2010年版，第175页。
④ 宫留记：《资本：社会实践工具——布迪厄的资本理论》，河南大学出版社2010年版，第171页。

基于以上介绍，我们可以推断出场域、资本以及惯习这三者之间相互依存的关系。首先，场域决定行动者资本的价值及其特定场域中各种资本之间的兑换比率。同时，行动者对特定场域中各种资本的争夺又会推动整个场域的运作和变化。另外，行动者资本数量的多少又可以决定其在某个场域中的位置；某个特定场域可以促使行动者在社会实践中形成自身特有的惯习，同时行动者的惯习又会决定其在某个特定场域中的位置，并促使行动者在场域中采取各种各样的策略进行主观调适，以占据特定场域中的有利位置，从而最终推动场域的运作；行动者早期形成的惯习是行动者早期资本内化的结果，而后期形成的惯习也有赖于行动者后期在某个特定场域中积累的资本的总和，因而从某种程度上又表明了行动者对各种资本的态度以及使用资本的策略，同时行动者资本的积累又会促使行动者产生新的惯习。这三者的关系如图 5-1 所示：

| 资本 | ⇄ | 场域 | ⇄ | 惯习 |

图 5-1

简单地说，处在某个特定场域中的行动者会采取各种策略争夺优秀资源，增加资本数量以便占据特定场域中的有利位置，并以此推动场域运作，其背后的重要支撑是行动者的惯习，背后的驱动力则是利益。

二、汉译本在中国传播的场域、资本和惯习

《喧》汉译本在中国的传播受到多种场域的影响，包括文学场域、政治场域、经济场域和文化场域。这些场域相互作用、相互影响，共同影响着《喧》汉译本在中国的传播和接受。中国的各个场域在不同的时代分别呈现出不同的特征，因此对福克纳小说汉译的传播产生了不同的影响。对福克纳小说汉译在中国传播产生直接影响的是文学场域。福克纳小说在文学场域内的传播效果则主要取决于文学场域内的诗学观及行动者的资本。而诗学观则会间接受到政治场域和经济场域的影响。文学场域的诗学观随着时代的变迁而发生变化。

参与《喧》汉译本在中国文学场域传播的行动者可以分为3类：一是原作者，即福克纳；二是直接负责福克纳小说汉译本生产和分配的行动者或机构；三是研究、推介、评论福克纳小说汉译本的行动者或机构。

行动者的资本积累总和直接影响着福克纳小说汉译本在中国的传播效果。我们知道经济资本、文化资本和社会资本的提升有多种方式，而获得世界级文学奖项则是一种有效提升作家各种资本的方式。由于福克纳曾在1949年获得过诺贝尔文学奖，所以相对于未获诺贝尔文学奖的作家来说，其知名度更高，影响力更大，其资本总和也相对更多。对福克纳小说汉译在中国传播起主要作用的是其文化资本和社会资本。可以说福克纳雄厚的文化资本和社会资本为其小说汉译本在中国的传播奠定了非常好的基

础。原作者之外的其他行动者的经济资本主要取决于赞助商及其机构、出版社、杂志的经济实力，其文化资本和社会资本主要取决于译者、编辑、赞助商及其结构、出版社、杂志的声誉和名望。一般来说，权威出版社和杂志的经济资本、文化资本和社会资本更加雄厚，因而它们出版的小说传播的速度和效果更好。《喧》的主要译者李文俊是知名的翻译家，还有的译者如李继宏和方柏林等都是受到很多普通读者认可的、翻译实践比较丰富的译者，而《现代》杂志的主编施蛰存等在业内也享有崇高的威望，他们的社会资本和文化资本已经大大超出了普通的译者和编者，因此使《喧》汉译本在中国受到很大关注。而《喧》汉译本的主要出版发行机构都是经济实力雄厚又比较有声望的杂志和出版社，因而它们的综合资本也远远高于那些普通的杂志和出版社，这也是致使《喧》汉译本畅销的重要因素。这些杂志主要包括《现代》《世界文学》《外国文学》《当代外国文学》《国外文学》《美国文学》等，而出版社则主要包括上海译文出版社、人民文学出版社、译林出版社等。总之，《喧》汉译本在中国的传播主要依赖于文学场域内各行动者相对雄厚的资本。

《喧》汉译本在中国文学场域里的传播主要得益于其有效的传播方式和流通传播的渠道。就传播方式来说，福克纳小说汉译本主要通过三种方式传播，一是由资本雄厚的出版社出资出版福克纳系列丛书和其他包括福克纳小说的系列丛书。考察福克纳小说汉译本在中国的出版，可以发现除了"天下大师·福克纳作品""福克纳作品集""威廉·福克纳文集""福克纳经典"4个福克纳系列丛书外，还有其他一些系列丛书也挑选了福克纳诸多小说进行汉译，从 20 世纪 80 年代到 21 世纪 12 个机构出版的 12 个系列丛书都收录了《喧》，比如"二十世纪外国文学丛书"（上海译文出版社，1984）、"外国文学名著精品"（浙江文艺出版社，1992）、"世界文学名著宝库"（印刷工业出版社，2001）、"世界文学名著百部"（中国戏剧出版社，2002）、"哈佛蓝星双语名著导读"（天津科技翻译出版公司，2003）、"译文名著文库"（上海译文出版社，2007）、"诺贝尔文学奖作品典藏书系（福克纳卷）"（新星出版社，2013）、"世界经典文学名著"（安徽师范大学出版社，2013）等这些出版机构在《喧》汉译本的传播中都扮演了非常重要的角色。二是通过诸如《现代》《世界文学》《外国文艺》等文学期刊自主组织翻译出版福克纳小说，并刊登大量关于福克纳及其作品的评论文章，这些在业内享有崇高声望的学术期刊对《喧》汉译本的传播也起到了非常重要的作用。三是其他资本实力一般的出版社也纷纷选择出版《喧》汉译本，一些评论界青睐的《喧》汉译本不断被各出版社出版并再版。

《喧》汉译本在出版以后，要想得到良好的传播效果，必须有好的传播渠道。《喧》汉译本主要是通过 4 种渠道传播的：一是传统的实体书店。据报道，2020 年的全国城市书店数量排行榜已经出炉，成都、南京、沈阳、西安、重庆这五个城市位于排行榜的前五名，书店数量分别达到了 3522、2768、2471、2391、2312

家。[①]这些数据表明实体书店在传播文学作品方面发挥的重要作用上不容小觑。全国书店拥有和销售《喧》汉译本的准确数据很难获得，但可以肯定的是，实体书店在《喧》汉译本的传播中仍然占有举足轻重的作用。二是中国各种网上书店或商城的推介，如：京东图书商城、当当网上商城、中国图书网网上书店、中华书局网店，孔夫子网上书店等。这些网络推销大大地促进了《喧》汉译本的传播。三是一些专门的读书网站对文学作品的评论、评分和销售活动。比如豆瓣读书网上就有对《喧》的介绍、评论和评分，通过这种方式有助于广大读者更好地理解《喧》，进一步提升《喧》的影响力，从而促进《喧》汉译本的销售。作为一个颇有影响的读书网站，豆瓣网大大促进了福克纳小说汉译在中国的传播。四是过去 20 多年中国出现了一些读书俱乐部，例如上海贝塔斯曼书友会、席殊好书俱乐部、富兰克林读书俱乐部、上海 99 读书人俱乐部、中图读者俱乐部、北京读书人俱乐部等。其中 1995 年创建的上海贝塔斯曼书友会是中国最早的读书俱乐部，现已有会员 150 万人。尽管这些读者俱乐部因为受到网络的冲击和影视作品的影响而发展缓慢，但是每一个俱乐部都有一定数量的相对稳定的读者群，而且这些读者俱乐部都会推介一些诺贝尔文学奖获得者的著作。福克纳作为一位著名的美国作家和诺贝尔文学奖获得者，自然也被推介给了会员们，因此这些读者俱乐部在某种程度上也促进了福克纳小说汉译本在中国的传播。五是中国各大学

---

① 参见《2020 最新中国城市书店数量排行榜》，2020-02-02. http://www.linkshop.com.cn/web/archives/2018/408921.shtml.

的美国文学课程和图书馆对《喧》汉译本的传播。不少中国学子正是通过学校的美国文学课程和图书馆来了解《喧》这部小说的。

从上面的分析可以看出,《喧》汉译本在中国的传播得益于多元化的传播方式和传播渠道,尤其得益于各文学期刊、出版社、赞助人、图书商城和图书馆的推介。

在文学传播的过程中,传播媒介也扮演着重要的角色。《喧》汉译本的主要传播媒介是传统的纸质媒介(如书籍、报纸、杂志)及网络文字媒介,而多媒体媒介,如电影、电视、音像制品等则比较少见。在20世纪八九十年代,福克纳小说汉译的传播几乎都是靠传统纸质传播媒介,进入21世纪,网络媒介在《喧》汉译本的传播过程中开始起到越来越重要的作用,各网站对福克纳及其作品的推介、评论以及图书销售广告使其在文学场域内获得了越来越多的评价,因而大大增加了其文化资本和社会资本,从而促进了《喧》汉译本的传播。然而由于媒介形式偏少导致《喧》汉译本传播的速率、效率以及广度受到了很大的局限性,因而最终导致《喧》汉译本没有诸如《飘》《傲慢与偏见》《简·爱》等小说汉译本的传播效果那么显著。

政治场域与文学场域历来都是息息相关的,对于福克纳汉小说在中国的传播和接受来说,政治场域也是影响其文学场域的主要因素。在不同历史时期,中国文化部门对《喧》的价值判断也不尽相同,这会间接影响出版发行机构、文学场域行动者及机构、读者对其文学价值的判断。

影响《喧》汉译本在中国传播的另一个因素是受众。受众对

《喧》的理解、接受和评论除了受到意识形态和诗学观的影响外，还会受到自身惯习的影响。在 20 世纪 80 年代以前，只有少数知识分子推崇福克纳小说，而大部分受众都无法理解福克纳的小说，但 80 年代后一直到现在，随着人们文化和文学素养的提升，越来越多的受众能够接受、理解和欣赏福克纳小说，这也是《喧》汉译本在 21 世纪广为传播的一个关键因素。

第二节　译介主体

翻译从本质上说就是一种跨文化的传播与交流活动。译介主体在这个活动中扮演着极其重要的作用。译介主体担负着组织、选择、翻译、审核、传输原文的重任。译者主体主要指译者，同时也包括杂志社编辑、出版社等。福克纳小说在中国的译介主体以译者为主，著名翻译家李文俊是福克纳小说重要的译介主体，福克纳 4 部长篇小说、6 部短篇小说集、散文集、演讲词等的汉译本都出自李文俊。除了李文俊，还有另外 10 位译者参与了《喧》的翻译，如前文提到的李继宏、方柏林等。除此之外，中国各大出版社、各大期刊、各大读书俱乐部等也是《喧》在中国译介和传播的重要力量。这些译介主体在译介和传播《喧》的时候都带有各自的翻译目的、惯习、立场，因而在读者面前呈现了不一样的惯习。本节将主要探讨《喧》的译者群体，同时也将探讨出版和刊载《喧》的出版社和期刊。

一、李文俊、李继宏、方柏林等译者

《喧》汉译本在中国的传播和接受源于李文俊的贡献。李文俊是一位才华横溢、成就斐然的学者,他不仅翻译了福克纳的多部作品,还翻译了凯鲁亚克、卡夫卡、海明威、麦卡勒斯、塞林格、伯内特等著名作家的作品。他不仅是翻译家,也是翻译理论家、学者和作家。他的作品不仅包括大量的译作,还包括散文集、传记、文学评论、译序、书评、序言、译者散论等。他最大的贡献在于向中国广大读者引荐、翻译、介绍、阐释艰涩难懂的福克纳小说,将一个全面、丰满、生动的福克纳呈现在广大读者面前,也深刻地影响了20世纪八九十年代的一些中国作家,对中国当代文学史产生了较大影响。下面我们简要回顾一下李文俊译介福克纳的整个历程。

1958年4月,在社会主义革命文学、进步文学及苏联文学占主导的文学格局下,时任《译文》杂志主编的李文俊找到了译介福克纳小说的机会,因为福克纳的2个短篇《拖死狗》和《胜利》具有"反战情绪",正符合当时的主流意识形态和诗学观,于是李文俊委托赵萝蕤和黄星圻翻译了这2个短篇,同时李文俊还亲自书写了这一期的"编者按语",向读者介绍福克纳这位作家。之后,李文俊开始把大量的时间和精力投入福克纳的译介工作中。1978年,李文俊开始在《中国大百科全书》的编撰工作中承担其中的"外国文学卷"和"美国文学简史"部分福克纳的翻译、介绍和注释工作，并撰写了词条和章节。①1979 年，李文俊又翻译了马尔科姆·考利的重要评论《福克纳：约克纳帕塔法的故事》，刊登在上海《外国文艺》上，使中国的读者对福克纳的创作有了更多的了解。同期刊登的还有福克纳的 3 个著名短篇译文——《献给艾米莉的玫瑰》（杨岂深译）、《干旱的九月》（杨小石译）和《烧马棚》（蔡慧译）。经过这次译介，福克纳译介迎来了第一个小高潮，《法官》《喧嚣与愤怒》片段、《干旱的九月》《夕阳》等十几个福克纳短篇先后在《春风译丛》《当代外国文学》等各类杂志刊出。紧接着，1980 年，李文俊又组织编译了美国众多学者撰写的《福克纳评论集》，极大地促进了当时中国知识分子对福克纳及其小说的了解，拓宽了福克纳研究者的国际视野。此外，李文俊还为《福克纳评论集》撰写了前言，该文后来也成为我国福克纳研究最重要的、最有价值的论文之一。进入 80 年代，苦于当时还没有福克纳长篇小说的全译本，李文俊承担了福克纳最有代表性的长篇小说之一 "The Sound and fury" 的全文翻译工作。经过 2 年多的努力，《喧》于 1984 年在上海译文出版社出版。此后的十多年，李文俊又陆续翻译了福克纳的其他几部中长篇小说，包括《熊》（1989）、《我弥留之际》（1990）、《去吧摩西》（1996）和《押沙龙，押沙龙！》（2000）。除了翻译福克纳小说，李文俊在将近 70 岁高龄时又不辞辛劳地编写了《福克纳评传》（1999）。进入 21 世纪，

---

① 王春：《深度翻译与当代文学史的书写——以李文俊的福克纳译介为例》，《福建论坛·人文社会科学版》，2012 年第 2 期，第 135 页。

李文俊仍然没有停止追寻的脚步。考虑到福克纳的很多优秀的短篇小说、随笔、书信等作品还未与中国读者见面,也还没有整理成册,李文俊又毅然肩负起了这一使命。2001 年李文俊与陶洁合作编译了《献给艾米丽的一朵玫瑰花》。时隔两年,李文俊又着手撰写了《福克纳传》(2003),并整理、翻译了《福克纳书信选——致马尔科姆·考利书》(2003)。此后,李文俊还同陶洁编译了《福克纳短篇小说集》(2011)。随后的几年,他又独自编译了短篇小说集《外国中短篇小说藏本·福克纳》(2013)。除此以外,近 10 年来,李文俊又翻译、编辑、整理了大量的福克纳非小说作品,包括《福克纳随笔》(2008)、《密西西比》(2014)、《福克纳演说词》(2015)、《福克纳书信》(2015)、《大森林》(2015)、《福克纳随笔》(2019 再版),并撰写了《福克纳画传》(2014)。迄今为止,李文俊的福克纳译介工作取得了丰硕的成果,他不仅为中国不懂外语的知识分子、作家、文学爱好者提供了可供阅读和鉴赏的福克纳中长篇小说、散文、随笔、评论等译本,而且为相关领域研究者提供了丰富而翔实的研究材料。

那么李文俊翻译的福克纳小说有哪些特征?翻译的风格如何?是否忠实于原文?迄今为止对李文俊的翻译研究较多的是他译的《喧》。根据可查文献,大约有 20 多篇研究李文俊译《喧》的论文。这些研究者一致高度赞扬了李文俊严谨的翻译态度和良好的翻译质量,并从不同的视角阐释了李文俊译本。例如:张云(2013)认为李译本有三个特征:"一是语义明晰化;二是亦步亦趋,采用两种字体以及无标点符号的句中句结构来实现相似的叙事艺术效果；三是高频次加注。"①关于译文加注或者明晰化策略或者深度翻译策略，研究者大多表示赞同，如陶洁（1992）、王春（2012）、李丹河（1993）等。但也有学者持反对的态度，认为李译本太多的注释和明晰化策略损害了原文的朦胧美，以至于不忠实于原作。②关于李译本的风格和影响问题，也有学者探讨，例如：周佳莹（2007）认为李译本较忠实地再现了原文的风格。此外，王春（2012）和赵稀方（201）均认为李文俊的翻译对中国当代作家和当代文学都产生了重大的影响。正如赵稀方所言，"艰深的福克纳之所以能够为新时期国人所接受，不仅仅在于李文俊所做的这些介绍工作本身，更在于他介绍福克纳的方式……唯福克纳因为有了李文俊的浅显解说而变得易于理解，这便使作家们如获至宝"③。总之，李文俊的译文的确是最大限度地忠实地传递出了原文的意义和风格。尽管近十多年来《喧》新译本层出不穷，但至今没有一个译本的总体效果和翻译质量超越李译本，更没有谁能否认李文俊的开创之功和在中国大陆首译的重大意义和价值。

为什么说《喧》汉译本的传播和接受得益于李文俊而不是别的译者？让我们看看李文俊的译本出版、发行和销售情况。以李

---

① 张云：《The Soun and the Fury 李文俊汉译认知研究》，湖南大学博士学位论文，2013年，第25页。
② 肖明翰：《文学作品忠实翻译的问题——谈〈喧嚣与骚动〉的李译本中的明晰化倾向》，《中国翻译》，1992年第3期，第38-42页。
③ 赵稀方：《李文俊的福克纳——中国当代翻译文学史话之六》，《东方翻译》，2011年第3期，第65页。

文俊译的《喧》为例，1984—2019 年，14 个出版社都出版过李文俊译本，有些出版社甚至一版再版，例如：上海译文出版社在 1984、1990、1995、2004、2007、2010、2011 年前后共 7 次出版了李文俊的译本，包括精装本、版画本等各种版本。浙江文艺出版社、漓江出版社也分别再版了李译本。再看李译本在中国图书馆的馆藏量。根据读秀网的可查图书馆藏书记录，共有 2826 个图书馆收藏了李文俊翻译的《喧》的各种版本，而且李文俊译本被引用的次数多达 1286 次。这些数据充分地说明了李文俊译本的认可度和受欢迎程度。

一言以蔽之，《喧》汉译本在中国的传播离不开李文俊辛辛苦苦几十载的奉献，是李文俊的引荐、翻译、研究和编撰引领着我们去接近和了解福克纳这位文学巨匠，因此，李文俊是《喧》研究者和广大读者当之无愧的领路人。

除了李文俊以外，方柏林也是福克纳小说的重要译者之一。方柏林，笔名南桥，现居美国，在美国高校从事课程设计工作，业余从事文学翻译。他曾译有《河湾》《一个唯美主义者的遗言》等十余部译著。同时，他还是多家报刊的撰稿人或专栏作者。可以说，方柏林集译者、作家、评论家多重身份于一身，具有比较过硬的文学功底和丰富的翻译经验。在豆瓣网，很多网友关注和评论了方柏林的译本。在所有的复译本中，方柏林的译本算是影响比较大、翻译比较准确的一个。因此，《喧》汉译本在中国的译介和传播也离不开方柏林的辛勤耕耘。

除了李文俊和方柏林 2 位译者外，李继宏也是《喧》的重要译者之一。李继宏是一位翻译经验丰富的、才华横溢的青年翻译家,至今已翻译出版《追风筝的人》《了不起的盖茨比》《小王子》等二十几种译著,涵盖小说、散文、社会学、经济学、哲学、宗教等领域。另著有外国文学评论集《陌生的彼岸》。在豆瓣网,很多网友也同样关注和评论了方柏林的译本。在所有的复译本中,李继宏的译本算是较有创意的一个。除了上面提到的这3位主要译者外,《喧》的译介主体还包括金凌心、富强、余莉等8位孜孜不倦的译者。他们共同为《喧》在中国的译介和传播做出了贡献。

二、出版社

《喧》汉译本在中国的传播还得益于各大出版社。根据笔者的统计,《喧》所有译本出自22个出版社。有些出版社反复、多次出版了《喧》。比如:上海译文出版社在1990—2014期间曾7次出版了《喧》的各种译本。可以说上海译文出版社对《喧》汉译本的传播做出了较大的贡献。

成立于1978年的上海译文出版社是中国最有影响力的专业翻译出版社之一。在过去几十年中不仅出版了一大批质量高、价值大的经典名著译作,包括"世界文学名著""译文名著文库""外国文学名著丛书"等一系列品牌丛书,还出版了一大批政治学、经济学、法学、美学、心理学等方面的外国经典学术译著,此外,还编撰出版了大量高质量的双语词典和外语教学参考书,因而享有良好的声誉,同时也积累了雄厚的经济实力和综合资本。一个拥有雄厚资本的出版社反复多次地出版福克纳小说译著，这无疑对福克纳小说在中国的传播和接受产生了非常积极的作用。

除了上海译文出版社外，其他的出版社对《喧》汉译本的传播也起到了重要的作用。可以说，福克纳小说在中国的传播与中国各大出版社的争相出版分不开。

三、期刊

与出版社一样，期刊在《喧》的传播过程中也同样扮演了重要的角色。中国对《喧》的引介始于20世纪30年代初的《现代》杂志。除了《现代》杂志，早期译介福克纳小说的重要杂志还包括《世界文学》《外国文艺》《外国文学》等。这些早期的期刊为《喧》汉译本后期的传播奠定了基础。进入80年代后，大量的期刊刊登了福克纳的研究论文，这些研究论文也极大地促进了《喧》汉译本在中国的传播。经笔者粗略统计，1985—2020年，大约有300多种期刊刊出了《喧》的研究论文。一些在外国文学研究方面比较有影响力的刊物也刊登了一些《喧》的研究论文。下面是笔者统计的部分核心期刊刊登《喧》研究论文的情况（如表5-1所示）：

从表5-1可以看出部分外语类核心期刊登载《喧》小说研究论文的情况，其他社科类期刊、各大学学报、硕博士学位论文以及会议论文因为涉及面太广而未做统计，但刊登《喧》研究论文的总数超过了1000篇。这些研究论文从各种不同的视角探讨《喧》的主题、人物形象、叙事技巧、创作艺术等，极大地促进了不同层次的读者对《喧》小说的理解，因而在很大程度上促进了《喧》汉译本的传播和接受。

表 5-1　部分外语类核心期刊刊登《喧》研究论文的情况

期刊名	篇数	期刊名	篇数
《名作欣赏》	19	《当代文坛》	1
《外国文学研究》	7	《外语与外语教学》	1
《外语教学》	6	《解放军外国语学院学报》	1
《外国文学》	5	《外语学刊》	1
《外国文学评论》	5	《国外文学》	1
《当代外国文学》	3	《外语教学与研究》	1
《小说评论》	2	《中国翻译》	1
《世界文学评论》	2		

第三节　汉译本在中国文学场域中的接受情况

以上对《喧》汉译本在中国文学场域中的传播及影响传播的各种因素进行了分析，下面将对《喧》汉译本在中国文学场域中的接受情况进行详细的阐释和分析，具体将从《喧》汉译本图书馆馆藏数量、专业学术研究、媒体评论、普通读者评价以及读者反馈等方面进行调查分析。

一、图书馆馆藏

目前，国家对于公共图书馆和高校图书馆馆藏采购的标准没有具体明确的规定，各图书馆根据自身的具体情况制定了相应的内部准则。但是一般来说，大多数图书馆在采购图书资料时除了考虑经费、学科设置、书评、图书广告等这些因素外，图书的学术价值和作者包括编辑者、译者的权威性、知名度也是重要的考虑因素。因此，某位作家或某部作品在全国图书馆的馆藏量基本可以反映该作家或该作品的价值和影响力，从而可以从一个侧面反映该作家或该作品在全国范围内的接受情况。《喧》在中国的接受情况可以从多方面综合考察，其中一个考察方面就是《喧》汉译本的图书馆馆藏情况以及福克纳研究著作的馆藏情况。

笔者在读秀网上查阅了《喧》汉译本，发现该小说汉译本馆藏量达到了5172本，这一数据未必是准确无误的，因为数据库里有少数一些译本没有标记馆藏量而无法统计，而且该数据库收集的信息是否完整也无从考证，但这些数据基本能够反映《喧》在中国传播和接受的情况。5172本这一馆藏量超过了很多世界名著，比如：加西亚·马尔克斯的《百年孤独》各种版本的馆藏量加起来是4182本，乔伊斯的《尤利西斯》的馆藏量是2832本，卡夫卡《变形计》系列短篇小说集的馆藏量是2767本。从这些对比数据可以看出《喧》汉译本在中国的影响和声望。

二、专业学术研究

文学场域内的专家学者、研究者对某位作家或某部作品或某个文学流派（理论）的批评研究往往也反映了其在文学场域内的地位、声望和影响，也间接反映了其在文学场域内的接受情况。在中国的文学场域内,对《喧》的批评研究已经持续了 40 多年,从 20 世纪 80 年代中期开始拉开帷幕,90 年代持续繁荣,进入 21 世纪,丝毫没有放慢脚步,反而持续开拓发展,直到过去的 10 年达到顶峰,各种研究成果已是蔚为大观。因为笔者前文已经阐述了研究的具体情况,这里只列出各种成果的数据(如表 5-2 所示),以便更直观地呈现《喧》小说批评研究的情况。

表 5-2 1985—2021 年《喧》研究成果

类 别	期刊论文	学位论文		会议论文
		硕士学位论文	博士学位论文	
总 数	816	157	4	6

(注:截至 2021 年 7 月 21 日)

从表 5-2 可以看出,自 1985 年开始一直到 2021 年 7 月,有关《喧》批评研究的期刊论文达到了 816 篇,呈现出非常活跃和积极的状态。学位论文基本是进入 21 世纪才开始兴盛。相对来说,会议论文数量较少,这可能是因为有些会议论文没有被收录。以上数据清楚地表明了《喧》在中国文学场域内的影响力和接受情况。

三、媒体宣传、介绍及评论

除了图书馆馆藏量、图书销售及专业学术研究外,主流媒体的报道和评论也是衡量一位作家及其作品在该国传播和接受情况的一个重要指标，因为媒体作为文学价值再生产的机构，其报道和评论是提高一位作家在文学场域内的文化资本和社会资本的重要方式。那么福克纳及其作品在中国主流媒体的曝光率如何呢？首先我们来看中国的一些主流媒体对福克纳及其小说的关注、报道、介绍及评价。这些报纸杂志包括《中华读书报》《文艺报》《文汇报》《光明日报》《北京青年报》等。比如，《喧》李继宏新译本出版后，《南方都市报》《羊城晚报》《淄博日报》3家报刊进行了报道。还有些报纸发表了一些对福克纳介绍和评论的文章，这些文章虽然没有全文介绍《喧》，但绝大多数文章都提到了《喧》，或者对《喧》的人物、主题和创作手法进行了评论和介绍。比如：2011年李文俊在《文艺报》发表了题为《福克纳与美国南方文学》的评论文章；莫言2015年在《城市快报》发表了题为《说说福克纳老头》的评论文章；2015年余华也在该报发表了题为《福克纳给我的绝活》的评论文章。

多年来，报刊一直是文学传播的重要载体，然而到了互联网时代，由于文学作品的快速增加和文学批评的日渐繁荣，传统纸媒这种传播方式已经远远不能满足大众对文学的需求，因此网络很快成为文学作品和文学批评传播的重要载体。可以说，在21世纪的今天，网络为文学的大规模传播提供了必备条件。中国一些主流网站如中国新闻网、新浪网、搜狐网、百度网、腾讯网、豆瓣网、知乎网、中国作家网、瑞文网、时光网等都曾对《喧》进行过报道、介绍、评论，其中值得关注的是豆瓣网发起的对《喧》的介绍，并开辟了《喧》多个译本的读者评分和评论空间。

除了主流网站外,还有一些知识分享网站也分享了一些介绍、评论《喧》的文章。另外,笔者调查发现,自媒体在《喧》汉译本的传播和接受过程也发挥了重要作用。"自媒体是网络传播的一种,除了拥有及时性、广泛性、互动性等网络传播的特点,还具有亲民化、自由化、普遍化、非规范性等独特特点。"①自媒体包括微博、博客、微信等。笔者发现,多位学者、作家和文学爱好者曾在新浪博客上提及《喧》或发表《喧》的介绍文章和研究论文。此外,除了以上提到的各种媒体的介绍和评论外,多媒体宣传在《喧》汉译本的传播与接受中也起到了普及作用。笔者查阅了一些影视频道,发现《喧》已经被改编成了电影。这部影片是由青年导演詹姆斯·弗兰科自导自演的,片源在多个影视网站都能找到。这些网站不仅有这部电影的故事简介,还有演员和宣传海报,用户可点击预告片,也可以发布观影评论。除此之外,还有一些网站登载了这部电影的影评。笔者查看了一下这部电影视频片段的点击率,有的网站上点击率达到了9万次,有的则只有1万,有的无法查看到点击率。从可以查看到的数据来看,虽然与好莱坞大片及中国少部分优秀影片相比,这部电影的关注度不算太高,但所有网站观看这部电影的总人数至少已经超过了20万人。由此,我们发现多媒体在传播文学作品方面相比其他传媒有得天独厚的优势。

---

① 苗野:《自媒体的发展分析》,《电视指南》,2018 年第 12 期,第 138 页。

根据以上分析，我们可以得出结论：各种媒体的宣传、介绍和评论在《喧》汉译本的传播和接受过程中起着巨大的作用。如果没有各种媒体发挥作用，《喧》仍然只限于少数知识分子和文学爱好者的小众范围，而现在《喧》似乎已成为大众的文化大餐。

四、普通读者评价

除了图书馆馆藏量、专业学术研究及媒体宣传外，《喧》汉译本在中国网络中的读者评价也是一种反映其接受情况的有效渠道。笔者选取了在中国最有代表性的读书网站豆瓣网来考察《喧》在中国的传播和接受情况（如表 5-3 所示）。

表 5-3　豆瓣网对《喧》汉译本的评价及打分

作品名称	作品英文名称	评价人数	平均得分	五颗星比例（%）	四颗星比例（%）	三颗星比例（%）	二颗星比例（%）	一颗星比例（%）
喧哗与骚动	The Sound and Fury	9566	8.5	50.4	32.8	10.9	2.2	3.4

（注：小说的平均得分和几颗星比例是根据各版本的数据综合算出来的平均值，截至 2019 年 4 月 3 日）

从表 5-3 可以清晰地看出《喧》汉译本在中国文学场域内外已经具有相当高的关注度和知名度。根据调查结果，在少数几位译者的译本评分偏低的情况下，读者对《喧》汉译本的评分平均达到了 8.5 分；小说三、四、五颗星的比例都很高，好评率达到了 94.1%；一、二颗星仅占了 5.9%。此外，调查还发现，《喧》是福克纳作品中关注度最高的作品，对其进行评价的读者达到了 9566 人，除了少数几个译本外，其他译本都受到了读者的好评，这是因为这部小说令人震撼的创作手法给了读者带来了不一样的审美和阅读体验，从而激发了读者挑战自我、战胜困难的阅读欲望。因此我们可以得出结论，中国读者普遍对《喧》的这几个汉译本给予了较高的评价。

除了读者的评分外，读者的评论和留言也是反映作家及其作品接受情况的一个重要指标。还是以豆瓣网读者的评价为例。从读者对《喧》汉译本的评价，我们可以发现：大多数读者都提到了阅读这本小说的艰难程度，对《喧》这部小说的文学价值进行了肯定，并高度赞扬了《喧》的艺术价值。

由于笔者精力所限，无法一一对所有的读书网站进行调查分析，但是豆瓣网读者的评分情况和读者评论已经可以表明，《喧》汉译本在中国的关注度和认可度都是比较高的。

结　语

《喧》在中国文学场域的广泛传播首先得益于《喧》译介主体雄厚的文化资本和经济资本，其次还得益于同时存在的、多元化的传播方式、传播渠道和传播媒介，尤其是得益于各文学期刊、出版社、赞助人、图书商城和图书馆以及各大网站的大力推介。然而由于《喧》改编的电影没有达到理想的传播效果，导致《喧》的传播受到了一定的局限，因而最终《喧》汉译本的传播仍然局限于文学研究者、文学爱好者、阅读爱好者以及部分普通大众。此外，从福克纳小说汉译的图书馆馆藏量、图书销售、专业学术研究、媒体的宣传推介以及普通读者的评价，我们可以推断出《喧》在中国受众中具有较好的评价和较高的声望。总之，从20世纪80年代开始一直到21世纪，《喧》汉译本在中国传播的效果非常显著，在中国受众中的接受度和认可度也比较高。

第六章

《喧哗与骚动》对中国社会的影响

福克纳是美国最重要的现代派作家之一,在美国文学和世界文学中拥有极高的声望,众所周知,福克纳小说对中国当代文学的影响也是巨大的。继1979年《喧》黎登鑫版译本在中国台湾出版之后,1984年李文俊版汉译本在中国大陆出版,并在当时的知识分子中迅速传播。该小说在中国的传播和接受对中国文学和文化都产生了巨大的影响。

第一节　对中国当代文学及当代文学史的影响

　　福克纳小说带来的影响，在中国文学领域呈现出多元化的特点，《喧》中新奇的文学表达方式和创作手法让作家们极为惊讶，他们很快就调整了自己传统的现实主义文学观，接受了现代派文学，一些作家开始模仿现代派文学进行创作。有的模仿语言风格，有的模仿叙事技巧，有的模仿地域书写，有的模仿家族书写。总之，诸多作家的作品中都显露出福克纳等西方现代派作家创作的痕迹，其中最为典型的、受影响最大的是莫言、苏童、余华、孙甘露、张炜、赵玫、李锐、格非等一批当代优秀作家。比如莫言说过："……其中对我影响最大的两部小说是加西亚·马尔克斯的《百年孤独》和福克纳的《喧》。"[1]余华也说过："影响过我的作家其实很多，比如川端康成和卡夫卡，可是成为我师傅的，我想只有威廉·福克纳。威廉·福克纳就传给我了一招绝活，让我知道了如何去对付心理描写。"[2]苏童也在《世界两侧》自序中写道："细心的读者可以发现其中大部分故事都以枫杨树作为背景地名，似乎刻意对福克纳的'约克纳帕塔法'东施效颦。"[3]苏童认为"大师福克纳一直在用最极致的手段为人类本身树碑立传"[4]。赵玫在《我在他们中穿行》一文中说过："不是用心去热爱而是用大脑

---

[1] 莫言：《两座灼热的高炉——加西亚·马尔克斯和福克纳》，《世界文学》，1986年第3期，第298页。
[2] 余华：《寻找威廉·福克纳》，http://www.sohu.com/a/295460495_483111，2019-02-18。
[3] 苏童：《世界两侧》，江苏文艺出版社1993年版，第1页。
[4] 苏童：《枕边的辉煌》，新世界出版社1999年版，第1页。

去热爱的作家,并且真正影响了我的有三位。他们是:詹姆斯·乔伊斯、福克纳和西蒙……我曾一度被遮盖在福克纳的影子下。"①作家兼文学评论家丁念保这样点评作家张炜:"我们从被喻为'大地守夜人'的著名作家张炜的长篇《外省书》中,也可以发现福克纳叙事法暗暗的影子……"②由此我们可以清晰地看出福克纳对于中国当代作家的意义。所以,福克纳小说,尤其是《喧》对中国当代文学、翻译研究等领域都有着重要的影响,《喧》在中国的传播与接受必然是一个不可忽视的文化现象。

一、对中国文学的影响

影响中国当代文学的外国作家数不胜数,如契诃夫、陀思妥耶夫斯基、海明威、弗吉利亚·伍尔夫、加西亚·马尔克斯、卡夫卡、普鲁斯特等,很难一一列举。但在众多的作家中,福克纳的小说,尤其《喧》对中国文学的影响不可忽视,以下笔者将尝试从语言风格和创作技巧两个方面进行分析。

(一)语言风格

福克纳小说的风格和语言表达对中国当代作家的影响不言而喻。作为一个写作的实验者,福克纳一直在尝试写作中的创新。区别于传统的语言表达,福克纳采用了零度写作的语言风格,这

---

① 赵玫:《在他们中穿行》,《外国文学评论》,1990年第6期,第123-124页。
② 丁念保:《李悦是他自己还是福克纳?》,http://blog.sina.com.cn/s/blog_63145ed80100hdgn.html,2010-03-09。

种风格无疑对中国当代作家产生了深刻的影响。

"零度书写"这一概念是由法国文学理论家、结构主义代表人物罗兰·巴尔特1953年在其著作《写作的零度》中首次提出的。他认为,"零度的书写根本上是一种直陈式写作,或者说,非语式的写作,准确地说,这就是一种新闻式写作……这是一种毫不动心的写作,或者说是一种纯洁的写作……这样一种理想的'不在'的风格首先出现在加缪的《局外人》中,其中语言的社会性或神话性被消除了,而代之以一种中性的或惰性的形式状态"[1]。巴尔特的"零度书写"的主要特征是写作主体的"不在场",具体表现为在作品中看不到作者的影子,作者不评论主人公的言行,也不表达自己的思想感情。作者不再是社会规范和社会道德说教的传声筒,也不再是社会价值观念和意识形态的代言人,而是在写作中保持一种客观中立的、对世界漠不关心的惰性状态。[2]然而作家在写作中完全不在场、完全不介入又几乎是不可能的,这意味着"零度书写"只是一种文学家和作家心中理想的文学形式,真正的"零度书写"是不存在的。因此,这里所说的"零度书写"是相对而言的,也就是一种相对客观、中立的写作形式。

在福克纳所有的小说中,他的写作都是接近"零度书写"的。比如《喧》中在叙述康普生先生的死亡时,作者只是说:"我闻到

---

[1] 罗兰·巴尔特著、李幼蒸译:《写作的零度》,中国人民大学出版社2008年版,第48页。
[2] 龙江华:《零度书写与作家的身份焦虑——以中国先锋派文学的衰落为例》,《写作》,2018年第3期,第46页。

了那种气味。"①在叙述大姆娣的死亡时,作者使用的语言是"迪尔西在唱歌。他们在唱歌"②。福克纳的零度书写貌似对死亡和人类的苦难保持一种漠不关心的、平淡的口吻,实则表达了他对人类精神和命运的深切关注。

中国当代作家从《喧》中学习和借鉴了这种语言风格,余华的多篇小说都体现了零度书写的特点。比如,在《第七天》的开头,作者写道:"我要去的地方名叫殡仪馆,这是它现在的名字,它过去的名字叫火葬场。我得到一个通知,让我早晨九点之前赶到殡仪馆,我的火化时间预约在九点半。"面对死亡,叙述者的语气却极其镇静和淡然,这种语言风格是典型的零度书写。在余华的另一篇小说《现实一种》中,在描写山峰的儿子死亡的情形时,作者这样写道,"他俯下身去察看,发现血是从脑袋里流出来的,流在地上像一朵花似的在慢吞吞开放着。"这里作者对死亡的场景只是轻描淡写,仿佛死亡只是一个小小的游戏。同福克纳一样,这些中国当代作家的零度书写实质上也是对人类精神和命运的关注。除了余华外,还有很多当代作家的作品都或多或少带有零度书写的风格,如莫言、苏童、贾平凹,以及一些新写实主义小说的代表作家刘震云、池莉、方方、叶兆言等。

---

① 福克纳著、李文俊译:《喧》,北京燕山出版社2015年版,第32页。
② 福克纳著、李文俊译:《喧》,北京燕山出版社2015年版,第29页。

(二) 创作技巧

在创作《喧》时，福克纳对新文体的探索运用已经达到了炉火纯青的程度。在这部小说中，福克纳在叙事技巧和创作手法上实现了新的突破和飞跃，这集中表现在他对意识流、多视角叙事、非线性叙事、时序颠倒、自由联想、蒙太奇、内心独白的纯熟使用。

中国当代作家无疑受到了福克纳叙述技巧的影响。在对福克纳和莫言进行比较研究之后，托马斯·英奇得出结论："可以从莫言的叙述技巧、人物的怀旧情绪及用叙述家族历史的方法反映过去的历史的方法中看出福克纳对莫言的影响。"[1]并且还指出："对于莫言来说，重要的是福克纳的启示，即对传统的讲故事方法的挑战和改变的自觉精神，他的那种通过叙述关于某个特定地区的故事反映全人类的普遍性问题的能力以及那种相信人类即使在最艰难的条件下也能生存忍耐并延续下去的信心……"[2]

余华说他是"一位奇妙的作家，他是为数不多的能够教会人写作的作家，他的叙述里充满了技巧，同时又是隐藏不见"[3]。在谈及福克纳对他在人物心理描写的影响时，余华曾说："当心理描写不能在内心最为丰富的时候出来滔滔不绝地发言，它在内心

---

[1] 金衡山：《比较研究：莫言与福克纳》，《当代作家评论》，2001年版，第2期，第94页。
[2] 金衡山：《比较研究：莫言与福克纳》，《当代作家评论》，2001年版，第2期，第94页。
[3] 余华：《永存的威廉·福克纳》，http://www.bookdao.com/article/32564/?type=447，2011-12-25。

清闲时的言论其实已经不重要了。这似乎是叙述里最大的难题，我个人的写作曾经被它困扰了很久，是威廉·福克纳解放了我……"①作家兼文学评论家丁念保认为，山西小说家李锐的小说《万里无云》和张炜的长篇《外省书》中都可以发现福克纳叙事法暗暗的影子。②

事实上，很多中国当代作家的创作中都可以看到福克纳叙事的影子。虽然我们不能妄下结论说所有的这些作家都受到了福克纳叙事的影响，但我们可以说，这些作家或多或少都从福克纳那儿受到了启发。"传统的小说家一般或用'全能角度'亦即作家无所不在、无所不知的角度来叙述，或用书中主人公自述的口吻来叙述。"③长期以来，第三人称全知叙事或以主人公自述的口吻叙事在中国的现实主义文学中占有绝对权威的地位。20世纪80年代福克纳等西方代派作家的作品传入中国后，中国作家开始反叛传统的写作观念和小说写作模式，并致力于一场书写上的创新，即小说的叙事视角革命——采用"第一人称叙事"，摈弃"第三人称叙事"，力求把小说叙事从"道德化"理性的束缚中解放出来。④

---

① 余华：《内心之死关于心理描写之二》，《读书》，1998年第12期第28页。
② 丁念保：《李锐是他自己还是福克纳》，http://blog.sina.com.cn/s/blog_63145ed80100hdgn.html，2010-03-09。
③ 福克纳著、李文俊译：《喧》，北京燕山出版社2015年版，第6页。
④ 杨淑华：《翻译文学对中国先锋小说的叙事影响》，知识产权出版社2016年版，第160页。

首先，多角度叙事法。"一般认为，中国当代作家使用多角度叙事手法，来自福克纳的《喧》等现代主义小说的启示。"[1]所谓多角度叙事即不定内聚焦型视角，"采用几个人物的视角来呈现不同事件"[2]。在《喧》中，福克纳分别以班吉、昆汀、杰生为视点，让他们各自讲一遍自己的故事；然后又以第三人称的全知视角讲述迪尔西的故事和康普生家后来发生的事。比如马原的《冈底斯的诱惑》是多角度叙事的典型之作，小说以老作家、穷布、陆高、姚亮等多人为叙述者，讲述互不关联的系列故事。莫言1985年的中篇小说《球状闪电》是其最早尝试使用多角度叙述方法的一部小说。小说以乡村青年蝈蝈、蝈蝈的女儿、茧儿、蝈蝈父母等人物视角和刺猬、奶牛等动物视角，讲述了一个乡村落榜青年在变革年代的心路历程。不过，"由于是第一次尝试新的叙事手法，莫言行文的稚嫩和生硬之处也比较明显"[3]。在之后创作的几部长篇小说《红高粱家族》《酒国》和《檀香刑》中，莫言已经能自然纯熟地驾驭多角度叙事手法。在《红高粱家族》中，莫言一方面从"我"的儿童视角来叙述"我"爷爷和"我"奶奶当年的精彩人生，另一方面又以"我"父亲的成人视角来阐释"我"爷爷和"我奶奶"当年的传奇故事。《酒国》设计了3个叙事层面。第一层以侦查员丁钩儿为视点。后面2个部分则以书信

---

[1] 王育松：《莫言小说研究》，社会科学出版社2006年版，第62页。
[2] 胡亚敏：《叙事学》，华中师范大学出版社2004年版，第30页。
[3] 王育松：《莫言小说研究》，社会科学出版社2006年版，第62-63页。

和小说的形式展开。《檀香刑》分 3 部分叙事。其中的"凤头部"和"豹尾部"采用了多角度叙事，叙述的主体包括孙眉娘、赵甲、钱丁、孙丙、小甲等主要人物。

余华的《此文献给少女杨柳》也是一部多角度叙述的经典短篇小说。他在小说中分别安排了"我"、外乡人和穿黑夹克的年轻人三个叙述者来讲故事。这 3 位叙述者并没有按顺序一一出场，而是在"我"叙述的过程中插入了外乡人和穿黑夹克的年轻人的叙述，首先是"我"向读者讲述了自己简单的人生经历；接下来小说以外乡人的视角叙述了 10 年前发生在自己身上的故事；下面又是"我"叙述 1988 年 5 月 8 日及后来发生在自己身上的故事；再后来是一个穿黑夹克的年轻人讲述了 10 年前发生的事情；最后"我"又讲述了大致相同的发生在自己身上的故事。作者从 3 个不同的视角叙述了大致相同的故事：偶遇年轻女子，车祸，失明，接受角膜移植。但是因为不同叙述者不同细节的讲述和错乱的时序，使得整个故事变得错综复杂、扑朔迷离，这样的叙述方式使读者犹如置身重重迷雾之中，虽苦思冥想，却仍感疑点重重。叶兆言的中篇小说《枣树的故事》叙述的是岫云一生同几个男人之间的故事，但是叙述者却包括了尔勇、岫云本人、晋芳、"我"等若干人，他们各自站在自己的角度叙述了部分故事。正是这种多视角叙述深化了我们对人物命运、悲剧的感知和对欲望、道德、人性等的思考。

在多角度叙事中，叙述者除了主要人物、中心人物外，还有可能是边缘人物如贫民、精神病患者，甚至是动物、植物等。如苏童的《妻妾成群》从一个妾的视角来观察生活，苏童的《红粉》则以妓女为视角，写妓女在新旧交替的历史时期的生命体验。[①]

其次，意识流叙事。1980年，李文俊编选出版了《福克纳评论集》，在前言中，李文俊就对福克纳小说中意识流的运用进行了总结性评论："从艺术变现手法上看，福克纳也有很多的独创性。他在乔伊斯以后进一步运用意识流手法，在发掘人物的内心生活当达到一个新的深度。"[②]1981年，袁可嘉等选编的《外国现代派作品选》第2册（上）由上海文艺出版社出版，"意识流"专题这一部分选编了福克纳《喧》的第二章。[③]3年后，即1984年，上海译文出版社又推出了福克纳意识流小说的代表作《喧》。

"意识流"这个名词最早是美国心理学家威廉·詹姆斯提出来的，他认为人类的思维活动是一种斩不断的"流"，而不是片段的衔接，因此称为"意识流"，这一观点为小说家进行意识流小说的创作奠定了理论基础。后来，英国小说家梅·辛克莱将这个术语引进文学，到20世纪二三十年代，意识流这一新的文学思潮开始流行于英、法、美等国，并逐渐传播到世界许多国家。[④]中国的意识流文学是伴随着五四运动的浪潮涌入中国的。意识流没有公

[①] 王育松：《莫言小说研究》，社会科学出版社2006年版，第62-63页。
[②] 福克纳著、李文俊译：《福克纳评论集》，中国社会科学出版社1980年版，第2页。
[③] 袁可嘉等：《外国现代派作品选》，上海文艺出版社1981年版，第136-254页。
[④] 王正杰，芦海英：《王蒙和白先勇意识流小说论》，《求索》，2008年第11期，第197页。

认的统一的定义,其最显著的特点是打破传统的线性叙事结构,按照人的意识活动,通过内心独白、自由联想、蒙太奇等方法来叙事,且故事情节的安排不受时间、空间、理性和逻辑的制约,往往表现为时间上过去、现在和将来的交叉或重叠,多维空间的跳跃、多变。李文俊在《喧》的译序中写道:"传统的现实主义小说也描写人物的内心活动,意识流与之不同之处在于:一、它们仿佛从人物头脑里涌流而出直接被作者记录下来,前面不冠以'他想''他自忖'之类的引导语;二、它们可以从这一思想活动跳到另一思想活动,不必有逻辑,也不必顺时序;三、除了正常的思想活动之外,它们也包括潜意识、下意识这一类的意识活动。"[①]

福克纳在《喧》中所运用的意识流技巧是很具有代表性的。这部小说的前 3 章都是通过不同叙述者的意识流来叙述故事与刻画人物的。20 世纪 70 年代末和 80 年代初,随着福克纳及其他外国作家的意识流作品在中国的译介,中国当代作家开始探索意识流小说的写作。1979 年,茹志鹃率先发表了具有意识流特征的短篇小说《剪辑错了的故事》。同年,王蒙先后发表了 2 篇表现人物意识流动轨迹的小说,包括中篇小说《布礼》和短篇小说《夜的眼》。同年年末,宗璞发表了展现人物意识流动的短篇小说《我是谁》。这 3 位作家意识流小说的成功实验极大地鼓舞和刺激了大量当代作家的创作欲望和热情,大量带有意识流小说特征的作品闪亮登场,"此后,这一时期中国意识流小说

[①] 福克纳著、李文俊译:《喧》,北京燕山出版社 2015 年版,第 11-12 页。

的创作呈现出一发而不可收的状态,极大地敦促了中国文艺界在小说创作方法上的革新与探讨"[①]。王蒙是当时意识流小说最受关注的作家,除了1979年的2篇意识流作品,80年代他又陆续创作了多篇意识流小说,如短篇小说《春之声》(《人民文学》1980年第5期)、《风筝飘带》(《北京文艺》1980第5期)、《海的梦》(《上海文学》1980年第7期)。除此以外,还有一些运用意识流手法创作的小说,包括谌容的中篇小说《人到中年》(《收获》1980年第1期)、李陀的短篇小说《七奶奶》(《北京文学》1982年第8期)……1985年以后,更具前卫意识的"新潮小说"也纷纷"出笼"。[②]其中尤具代表性的当属莫言。从1985年开始,他相继发表了短篇小说《枯河》(1981),中篇小说《透明的红萝卜》(1985)、《金发婴儿》(1985),长篇小说《红高粱家族》(1987)等一系列具有强烈意识流风格的小说,将意识流技巧推向了一个高峰。除此之外,典型的意识流小说还有格非的《边缘》(1992)、刘索拉的《你别无选择》(1985)、马原的《冈底斯的诱惑》(1985)、韩少功的《爸爸爸》(1985)等。根据1988年出版的由吴亮等编辑的《意识流小说》与宋耀良选编的《中国意识流小说选(1980—1987)》,80年代的意识流小说大约有50篇,两书共收录45篇,但还有少量意识流小说没有收录在这两册书中,可见这一时期意识流小说在中国的火爆程度。

[①] 董亚钊:《论意识流对王蒙小说创作的影响》,《新西部》,2012年第4期,第146页。
[②] 吴锡民:《接受与阐释:意识流小说诗学在中国(1979—1989)》,南京师范大学博士学位论文,2004年,第30页。

这批当代意识流代表作家不仅运用意识流的手法直接展示人物心理和刻画人物形象，而且像福克纳一样将意识流动纳入了小说的情节机制，在过去与现在、历史与现实的频繁切换和交叠中来推进故事发展。与福克纳相似，这些作家也采用了蒙太奇、多视角叙事、时空错位、意象比喻等意识流技巧。总之，80年代中国作家的意识流小说实验可谓异彩纷呈，在当代文学史上书写了浓重的一笔。

意识流小说的惯用技巧有非线性叙事、时空错位、内心独白、自由联想、蒙太奇、梦境与幻觉等。在此以中国当代作家的意识流小说为例进行分析。

第一，《喧》中非线性叙事和时空的错位对中国作家的影响。首先，在行文的整体布局上，作者并没有按客观的、正常的时序来叙述，而是颠倒跳跃，来回奔波穿梭，整部作品就像"有结实的四个乐章的交响乐结构"①，并有意识将故事与基督复活的典故暗合。在前3章中作者分别以班吉、昆汀和杰生的内心意识流动来刻画小说中所有人物的形象，其回忆和联想也呈非线性、错乱的特点。此外，章节的安排也不是按照客观的时间线索，而是颠倒跳跃的。时空错位是福克纳小说中常用的一个技巧。他自己似乎享受并认同采用时空错位来进行叙事，他说："我可以像上帝一样，把这些人调来遣去，不受空间的限制，也不受时间的限制。

---

① 康拉德·艾肯：《论威廉·福克纳的小说的形式》，转引自李文俊编译《福克纳评论集》，中国社会科学出版社1980年版，第78页。

我抛开时间的限制，随意调度书中的人物，结果非常成功，至少在我看来效果极好。"[1]

当代作家的作品中有很多意识流小说。20世纪80年代早期的王蒙、马原，中后期的莫言、叶兆言、刘索拉、韩少功等著名作家都曾创作过优秀的意识流小说。在王蒙的多篇意识流小说中，他都对非线性叙事和时空颠倒的意识流手法进行了纯熟的运用和深刻的诠释。如在《蝴蝶》中，他用时间和空间的大幅度跳跃和变化来描写张思远内心的意识流动状态，各个故事情节看似混乱，没有头绪如一团乱麻，但当把所有的故事情节拼接在一起仍然构成了一个井然有序的完整故事，另一方面也使人物形象更加丰满，作品主题也得以鲜明体现。马原的多篇小说如《叠纸鹞的三种方法》《战争故事》《风流偶傥》《拉萨生活的三种时间》等都是由一些互不相关的、逻辑不清的、不连贯的故事情节组装起来的。莫言的多部（篇）小说都体现了意识流手法的娴熟运用，如《红高粱家族》中关于"我"爷爷、"我"奶奶的支离破碎、时空错乱的多个故事情节片段是通过"我"的意识流动来讲述的。苏童的多篇小说也同样是意识流佳作。他创作的《乘着轮车远去》中时间的连续性被叙述者"我"的主观安排随意打破切割。另一位先锋作家叶兆言也曾创作出优秀的意识流小说。其中篇小说《枣树的故事》由多位叙述者讲述了岫云在不同的历史阶段同几个男人之间的故事，但是岫云的故事却没有按照历时的线性秩序呈现，整

---

[1] James B Meriwetherm, Michael Millgate. *Lion in the garden: interviews with William Faulkner, 1926-1962*. Random House, 1968, p. 255.

个故事的叙述不断迂回，呈螺旋式向前推进，完全破坏了叙述的统一性、连贯性和逻辑性。

让我们再看看著名先锋作家余华的意识流小说名作《世事如烟》。这篇小说一共叙述了7件事，但是叙述者在讲述这些故事的时候却没有按照惯常的时序，而是采用了插叙、倒叙、闪回、并置、错位等各种叙事手段，将故事情节穿插得七零八落，情节片段频繁切换跳跃，相互交错、重叠，而且叙事过程中没有任何过渡。但是这样的叙事却又是合乎情理的，因为几乎所有的叙事都是建立在梦的基础上，构成了梦呓一样的叙事，非理性、非线性叙事反倒变得合情合理了，作者用这种方式叙事的目的是在向人们展示一个个怪诞诡谲的、虚无的、类似一个精神病患者的残酷、恐怖甚至令人恶心的非理性世界。

类似的例子还有很多，比如：莫言的小说《欢乐》、孙甘露的《请女人猜谜》、格非的《褐色鸟群》、余华的《在劫难逃》、刘恒的《虚证》等等。

第二，《喧》中的自由联想对中国作家的影响。文学作品人物的自由联想是复杂的，但读者总是能从人物缺乏条理的、杂乱无章的、混乱的自由联想中推理出故事情节，或者判断人物的性格，或者猜测出作者要表达的主题思想。"自由联想缺乏逻辑性，很少受理性的制约，带有很大的随意性与任意性……"[①]那么，自由联想是明确的意识还是潜意识（无意识）？笔者以为，自由

---

① 柳鸣九：《关于意识流问题的思考》，《外国文学评论》，1987年第4期，第7页。

联想并不一定是人物在完全清醒的状态中的意识活动，人物在昏迷或癫狂状态下也可以自由联想。自由联想是一种漫无目的的、发散式的意识流动，这种联想带有很大的随意性和流动性，常常受到人物的视觉、听觉、味觉等感官印象，人物的身体和精神状态，人物所处的自然环境和文化环境，人物的惯习等因素的影响，因而自由联想更多的是明确的意识，而非潜意识或无意识。

《喧》的第二章几乎整章都是记录昆汀的意识活动，多是由眼前某一情景所触发的一连串联想和回忆。在这一章的开始，在早上七点到八点之间，当昆汀听见表在嘀嗒嘀嗒地响的时候，他就立马联想到他父亲把表给他时对他说过的关于时间的那些富有哲理的话；当他躺在床上倾听表的嘀嗒声时，他又联想到父亲给他说过的耶稣在长长的、孤独的光线里前进的话，他同时还联想到把死亡称为他的"小妹妹"的圣徒弗兰西斯；当他转过身让他的背对着投射在窗帘上的窗框的影子并且感到痒痒的时候，他又联想到了他父亲给他说的关于懒惰习惯以及基督是被时间折磨死的话；当他看不见窗框的影子开始猜测时间时，他又想起了父亲说过的老是猜测时间的人是心智有毛病的话……开头这一连串的自由联想的事物彼此没有任何关联，是无序的，也没有逻辑性，是他在清醒的状态下明确的意识流动，而驱动他联想的则是他的感官印象，包括听觉、视觉、感觉，还有当时的物理环境和自然环境。

当代中国作家的意识流作品中也不乏自由联想的使用。王蒙《春之声》将自由联想运用到了极致。主人公岳之峰在闷罐子车里的见闻引起了他一连串丰富的联想。他的联想看似无序、随意、散漫，却符合人们实际的心理活动，生动地表达了人物自然真实的心理流动状态。刚开始他由闷罐子车的轻轻颤抖和车上人们的轻轻摇摆联想到童年游泳时躺在水上轻轻地摇晃；然后他由车轮撞击铁轨的声音联想到一系列生动有趣的声音：下冰雹的声音、在黄土高原的乡下打铁的声音、流行歌曲《泉水叮咚响》的歌声、美国的抽象派音乐声……岳之峰在闷罐子车里的一系列丰富多彩的联想让人们聆听到贫穷苦闷、不堪回首的旧时代和已经到来的充满希望的新时代。主人公岳之峰意识的流动自然而生动，勾勒出主人公丰富曲折的人生历程和思想性格，同时也勾画出社会生活纷繁复杂而又多姿多彩的侧影。

第三，《喧》中蒙太奇技巧对中国作家的影响。所谓的"蒙太奇"是指在叙述故事时将多个情节按照需要剪辑、重新组合或者进行叠化。蒙太奇手法大致有2种最基本的形式，包括时间蒙太奇和空间蒙太奇2种。前者指的是在空间不变的情况下人物的意识在时间上的自由穿梭；后者指的是在时间不变的情况下人物的意识在空间上的自由穿梭。

福克纳是一位善于运用蒙太奇叙事的伟大作家，这可能与他多次为米高梅公司编写电影剧本的经历有密切关系。在《喧》中，福克纳运用电影多镜头切换的方式,将无数生活片段和孤立分散、支离破碎的意识流叙述片段粘贴组合在一起，运用非线性叙事、多角度叙事、疯癫叙事等各种叙事策略，给读者带来一种不一样的阅读体验和新奇独特的时空感受。福克纳同时运用了时间蒙太奇和空间蒙太奇两种手法进行叙事。时间蒙太奇主要表现为叙述者反复地叙述不同的时段里发生在某个场所的不同事件，比如：在康普生家的老宅里，班吉和昆汀反复叙述了多个时段发生的多件事，包括1898年大姆娣去世；1900年班吉改名；1909年夏末凯蒂失贞以后，1910年4月24日凯蒂的婚礼及婚礼前夜，1910年6月2日昆汀自杀；1912康普生先生去世及其葬礼。空间蒙太奇主要表现在在同一时间叙述者叙述了发生在不同场所的多起事件，比如：1909年夏末凯蒂失贞以后，班吉和昆汀分别回忆了多起事件，包含了不同地点的诸多细节描写：凯蒂回到家后在家门口全家人的反应和凯蒂自己的反应，在门厅凯蒂的表情和班吉的反应，在楼上班吉将凯蒂推到洗澡间的情景，凯蒂失贞那天凯蒂站在厨房门口的情景等。总之，小说众多的情节犹如一个个被剪断的电影片段，以"蒙太奇"的手法呈现出来，当所有的情节片段都呈现出来时，整个故事和所有人物形象全都鲜明而清晰地出现在了读者的眼前。比起通过传统的有序方式呈现整个故事和人物，蒙太奇的呈现方式无疑令人印象更加深刻，更加震撼。蒙太奇手法在中国当代作家的作品中也随处可见。比如，莫言的《红高粱家族》中时间蒙太奇和空间蒙太奇交替使用，叙述"我"爷爷和"我"奶奶在不同事件和不同空间发生的英雄事迹。

二、对中国文学史的影响

福克纳小说自从被译介到中国后，不仅直接地影响了中国一大批当代作家，而且间接地影响了中国当代文学史。在20世纪 80 年代,随着一大批具有现代派特征的文学作品纷纷出炉,文学场域内很快就形成了一个新的文学流派——"先锋文学"。随后,其他一些具有现代派特征的文学流派如"寻根文学""新历史主义""新写实主义"等陆续亮相,在当代中国文学史上留下了深深的印迹。

(一)对先锋文学的影响

《喧》对中国文学史的影响,要从 20 世纪 80 年代初的中国文学生态说起。在 20 世纪 70 年代末之前,中国文学场域长期被现实主义文学主导。随着改革开放的到来,文学场域也迎来了新的时期,开始如饥似渴地迎接和吸收大量外国文学思潮和文艺流派,美国现代派小说、法国新小说、意识流、拉美魔幻现实主义文学等纷纷进入中国作家、学者和文学爱好者的视野,从而使得中国的文学场域进入了对西方文学的引进与模仿时期。

在所有这些文学思潮和外国文学作品中,西方现代派文学作品对中国作家产生的影响无疑是最大的。作为其中的典型代表,福克纳的《喧》对中国作家产生的影响也是极大的。最开始,福克纳小说仅仅只是影响了一些当代作家,如莫言、余华、苏童、赵玫等。但随着这个队伍逐渐扩大,也随着这些作家的作品影响的扩大,在短短的几年时间内,中国文学场域内就形成了一个新的文学流派——"先锋文学"。先锋文学诞生于 1985 年前后,马原、残雪为这个流派的开拓者,之后还有一大批先锋作家,包括洪峰、莫言、苏童、余华、格非、北村、韩东、陈染等。这些先锋作家都致力于借鉴和模仿福克纳等现代派文学作家的先锋作品，积极进行文学语言和技巧的实验、创新和探索，取得了令人瞩目的成绩。

中国先锋小说的重要标志之一是语言的创新。传统小说专注于对人物和事件进行生动的描述，一般语言优美、清晰、完整、生动、传神、夸张。然而先锋作家的语言却像新闻写作一般平淡如水，丝毫不带个人的感情色彩，甚至结结巴巴、断断续续，或者不知所云。即使描写极其血腥恐怖的场景时，先锋作家也只用非常冷静的口吻进行白描，就像福克纳在《喧》中的"零度书写"态度一样。中国先锋小说的重要标志之二就是其叙事方式的革新。中国先锋作家们无疑从福克纳这位叙事大师那里学到了非理性叙事的精髓，他们在其小说中尝试了多视角叙事、非线性叙事、共时性叙事、平民化叙事、非主流叙事、疯癫叙事、破碎性叙事、多线索叙事等多种叙事技巧。正是因为中国先锋文学的创新性、颠覆性、破坏性和革命性，才使其成为中国文学一道亮丽的风景线。综观中国先锋文学的先锋特质，我们可以清晰地看到福克纳这位西方现代派文学大师及其小说《喧》的巨大影响。正是在这个意义上说，我们看到了《喧》对中国文学史的影响。

（二）对文学批评的影响

福克纳小说，尤其是《喧》，不仅影响了中国当代作家和中国文学流派的形成，也进而影响了中国的文学批评。自从福克纳小说在20世纪80年代被译介到中国后，中国文学场域内就掀起了一场旷日持久的关于现实主义文学和现代派文学的争论。值得一提的是，虽然我们从中国当代作家的创作中可以看到诸多福克纳小说的影子，但是我们却不能拿出充分的证据来证明所有点点滴滴的影响，这正是笔者感到遗憾的地方。同时，我们还要清醒地认识到，20世纪80年代中国文学发展繁荣、活跃，在这一种时代背景下，大量的外国作家、文学流派被译介进中国。

综上所述，福克纳小说《喧》对中国作家、中国文学、中国文学批评都产生了比较大的影响。正如王春所说，"翻译文学对中国当代文学的发展具有不可替代的作用和价值，应该成为当代文学史书写中不可或缺的一章"[1]。

福克纳等现代派作家被译介进中国给当代文学带来了一股新鲜的空气。这种影响可以从莫言、苏童、余华、阎连科等当代著名作家的创作中清楚地看到，这些作家在创作题材、小说主题、表现手法、叙事手法等各方面都从福克纳等外国作家身上吸收和借鉴了很多有益的养分，并将它们内化，最后成功地融合到自己的创作中。

第二节 对中国文化的影响

福克纳最伟大的成就之一就是在他的小说中建构了一个"约

---

[1] 王春：《深度翻译与当代文学史的书写——以李文俊的福克纳译介为例》，《福建论坛·人文社会科学版》，2012年第2期，第134页。

克纳帕塔法"王国,一个虚构出来的杰佛生小镇,一个亦真亦幻的人类家园。福克纳受到南方传统文化的熏陶,他一方面热爱故乡、祖先和南方传统文化,另一方面也认识到南方奴隶制的罪恶和种植园主的腐败、残酷和非人性的一面,所以对旧的南方传统文化又感到失望和厌恶。他把故乡美国南方的风土人情,把贵族世家的衰败、落寞和悲痛,把人类的苦难、创伤和悲剧,把人性的复杂多变,把历史的沧桑和变化,还有绵延无限的时间都融进了这个他虚构的南方小镇。这种主题的书写,清晰地呈现在《喧》中,对中国文学作品中的文化主题产生了很大的影响。

一、文化主题对精神家园的构建

福克纳苦心经营的"约克纳帕塔法"世界让中国作家们倍受启发,莫言、苏童和余华等作家也以自己的家乡为原型,塑造了自己的艺术王国。莫言曾经讲述过他受福克纳启发构建一个自己的文学天地的心路历程:"李先生在序言里说:福克纳不断地写'家乡的那块邮票般大小的地方',终于'创造出自己的一个天地'。我立刻感到受到了巨大的鼓舞,不由自主地在房子里转起圈来,恨不得立即也为自己'创造一个新天地'。"[①]后来,他终于实现了自己的愿望。出生于山东高密的莫言在《红高粱家族》系列小说中构建了高密东北乡,一个神秘、魔幻、诱人、壮美而又苍凉的王国。他把这块土地上所有的一切,好的、不好的、美的、丑

---

① 莫言:《说说福克纳老头》,《当代作家评论》,1992年第5期,第63页。

的通通写进他的小说,正如他自己所说,"把那里的土地、河流、树木、庄稼……统统写进我的小说,创建一个文学的共和国"[①]。而出生于江南水乡的余华无论身居何处,小说里描绘的永远都是他熟悉的浙江海盐,他说"我在海盐生活了差不多有三十年,我熟悉那里的一切……"[②]与莫言和余华不同的是,苏童在他的小说中构建了两块"邮票大的地方",一个是以农村为背景的"枫杨树村",一个是以城市为背景的"香椿树街"。出生于山东的作家张炜也同样在其作品中创建了一个胶东大海的文学世界,从《古船》到《九月寓言》,再到现在的《刺猬歌》《你在高原》,在张炜所有的作品中,都弥漫着一股胶东浓郁的、新鲜的海风的气息。出生于陕西的贾平凹在"商州三录"(《商州初录》《商州又录》《商州再录》)中构建的则是一个富有传奇色彩的商州乡土世界。而出生于河南的乡土作家阎连科在《炸裂志》等小说中构筑的则是另一个沧桑的乡土世界——耙耧。同为先锋文学代表作家的毕飞宇也在属于自己的文学地理空间里建构出了只属于他的乡村世界——王家庄。这些中国作家在小说中精心构建的以故乡为原型的精神家园一如福克纳所建构的"约克纳帕塔法"世界。

在福克纳构建的庞大而严密的"约克纳帕塔法"世界中,故乡总是和家族、记忆、历史纠缠在一起。在这个王国中,福克纳描写了众多的世系家族,其中最浓墨重彩的有五大家族:旧南方

---

① 莫言:《说说福克纳老头》,《当代作家评论》,1992年第5期,第63-65页。
② 余华:《没有一条道路是重复的》,上海文艺出版社2004年版,第65页。

贵族世家康普生、沙多里斯、麦卡斯林家族以及通过努力奋斗挤进贵族行列的庄园主塞德潘家族，还有"新南方"资产阶级的代表斯诺普斯家族。在叙述各个家族历史的过程中，美国南方乃至整个美国的历史——美好的、丑恶的、真实地、虚幻的——都一一重现在他建构的世界中，从而使得他的小说带有厚重的历史感。因为"始终背负着沉甸甸的南方历史感和文化危机"[①]，福克纳的家族叙事中渗透着他强烈而深刻的历史意识，他一方面歌颂了南方文化中存在的诸如正义、勇敢、牺牲精神等美德；另一方面又解构了辉煌的、让人推崇的南方历史，揭露了旧南方的种种罪恶。这种重构南方的历史意识是对主流意识形态话语的颠覆、解构和对抗。

阅读福克纳，我们看到的是一幅幅美国历史的画卷：南北战争前南方贵族世家的辉煌，奴隶主和种植园主的冷酷、腐败和残忍，黑人和奴隶的逆来顺受，恶劣悲苦的生存环境和南方井然有序的价值体系和伦理道德，南北战争的悲壮、残酷，南北战争中南方和北方不可调和的矛盾，南方游击队和南方守护者的勇敢、无畏和机智，南北战争结束后贵族世家的衰败和颓废，南方社会传统价值观的崩溃，工业文明给南方社会带来的冲击，新兴资产阶级的心狠手辣、利欲熏心、人性泯灭和迅速崛起，在"新南方"人与人之间信任的崩溃以及堕落混乱的都市生活，一战前后社会各阶级各阶层人民的生活百态、美国禁酒令颁布后私酒贩子的罪

---

① 虞建华：《历史与小说的异同：现实的南方与福克纳的南方传奇》，《英美文学研究论丛》，2006年第5期，第104页。

恶活动……福克纳勾画的美国南方及整个美国历史的画卷使他的"约克纳帕塔法"世界具有了社会学和历史学的价值，因而在世界文学史上产生了深刻的影响。

事实上，中国自古以来就有家族书写的传统。清代曹雪芹在《红楼梦》中对贾、王、史、薛四大家族的书写使中国的家族书写达到了巅峰。中国现代文学史上仍然不乏家族叙事的经典之作，如：巴金的《激流三部曲》、曹禺的《雷雨》、林语堂的《京华烟云》、张爱玲的《倾城之恋》等。之后因为一系列原因，直到改革开放后，随着西方现代派文学在中国的译介，家族叙事才逐渐重新成为趋向当代作家创作视野中心的一个概念。中国当代作家们无疑从福克纳和马尔克斯那儿吸收了养分，从而在对自己故乡的书写中塑造了一个个独一无二的家族，并书写了家族历史乃至整个中国沧桑的历史变迁。

故乡、家族和历史书写的融合使得中国作家的创作闪烁着史诗般的光芒。这种融合在莫言的创作中尤为突出。莫言的家族叙事带有鲜明的历时特征，"涵括了整个20世纪中国百年的沧桑历程"[①]，被认为是"当代作家中最具历史主义倾向、一直最执着地关注着20世纪中国历史的一个"[②]。莫言将强烈的历史意识灌注在他的家族叙事中。由5个部分组成的长篇巨著《红高粱家族》

[①] 王育松：《莫言小说研究》，社会科学出版社2006年版，第17页。
[②] 张清华：《莫言与新历史主义文学思潮——以〈红高粱家族〉〈丰乳肥臀〉、〈檀香刑〉为例》，杨守森、贺立华《莫言研究三十年》中卷，山东大学出版社2013年版，第150页。

描写了抗日英雄土匪头子余占鳌家族三代人的故事，叙述的重点是余占鳌、戴凤莲的爱情故事和余占鳌的民间武装同日本侵略者英勇斗争的历史。其间家族的历史脉络与整个中国的历史脉络交织在一起。家族的历史从1923年"我"奶奶结婚开始到1976年"我"爷爷去世结束，中间经历了1938年"我"小姑姑被日本兵用刺刀挑和二奶奶被轮奸，1938年"我"爷爷和"我"奶奶参加在胶平公路大败日军的战斗，"我"爷爷1939年参加抗日，"我"奶奶1939年死于日军枪杀，"我"爷爷在1941年加入铁板会，之后不久兵败被俘，1942年流落到日本北海道偏僻的乡村，1957年回到家乡参加老英雄表彰大会等事件。在家族历史的叙述中融合了中国近现代社会50余年的历史，包括20世纪20年代北洋军阀政府各派系、国共之间的战争、1937年日军入侵、1949年新中国成立、1966年"文化大革命"开始这些重大历史事件。莫言通过宏大的家族叙事反映了中国人在抗日战争中表现出来的英勇无畏、活力四射、追求自由的性格品质、人性的复杂性以及两代人之间的差异。除了《红高粱家族》外，莫言的家族叙事小说还有《食草家族》《丰乳肥臀》《生死疲劳》等。

余华的小说《活着》讲述的是破落地主徐福贵家族的悲剧故事。讲述者徐福贵接连经历了家庭成员的各种意外死亡，首先是福贵爹因为福贵败光家产而被活活气死，然后福贵在去给母亲抓药的路上被抓了壮丁，并加入了国民党的军队，后被解放军俘虏后放回家乡，在此之前福贵母亲在家族衰败后也去世了，接下来福贵儿子有庆在给县长的老婆输血时因抽血过多而亡，后来福贵女儿凤霞在分娩时又难产而死,再后来福贵的妻子家珍又因劳累过度和生病无药医治而亡,不久凤霞的丈夫二喜在劳动中又死于意外事故,最后福贵的孙子苦根吃豆子撑死,整个家族只剩下福贵一个人孤零零地活在人世间。在讲述家族故事和家族历史的过程中,作者也讲述了20世纪40年代到70年代初这段历史时期中国社会的变迁。在短短的三十年中,中国经历了数次战争和社会变革。余华正是通过这部悲苦的家族历史来展现中国各阶层民众在社会大变革时期所经历的生理上和精神上的磨难以及人类面对悲剧的生存态度。

将家乡、家族和历史融合在一起叙事的另一个典范是苏童。苏童的《妻妾成群》和《罂粟之家》都是其枫杨树乡家族小说。《妻妾成群》叙述了陈氏家族中4个姨太太凄婉悲惨的命运,作者从四太太颂莲踏进陈府大门写起,到颂莲发疯、五太太文竹进陈府大门结束,时代背景是1920年中国北洋军阀混战至第一次国共内战(1927年)前夕之间的7年。小说通过叙述陈氏家族这一时期的变迁反映了军阀混战时期人们的生存现状:封建家族制度、封建礼教、男权主义极大地禁锢了女性的思维和言行,导致女性的话语权和生存权被牢牢地控制在男性手中,从而注定了她们悲惨的命运。《罂粟之家》讲述了地主刘老侠家族从兴旺走向灭亡的故事,时间跨度从1930年儿子刘沉草出生前后到1950年刘沉草被卢方打死,最后刘家大宅轰然倒塌,前后共20多年的时间。其间刘氏家族发生了许多事,刘老侠弟弟刘老信从城里带回妓女翠花花献给他父亲,刘老侠从父亲手中获得翠花花,翠花花与长工陈茂苟合生下沉草，沉草砍死刘老侠唯一的亲儿子演义，沉草杀死陈茂，最后沉草把土地分给村民种植。刘氏家族的历史是一部颠覆血亲伦理、沉沦和堕落的历史，刘氏家族盛衰沉浮的历史也折射了中国从1930年到1950年这段时期地主从压榨老百姓到被老百姓批斗，老百姓从被奴役到翻身成为主人的历史变迁。

福克纳和中国当代小说家对历史的书写方式和书写特征是由他们对历史的看法、见解和处理方式决定的，或者说是由他们的历史观决定的。无论是福克纳还是中国当代作家似乎都没有对历史采取全盘否的态度，而是秉持着一种摇摆不定、混杂交叉的矛盾态度。所以从他们的作品中，我们除了读到历史扭曲和丑恶的一面外，也读到了历史中真、善、美的一面；既读到了对历史的颠覆、解构与反叛，也读到了对历史的认同。

在《红高粱家族》中，莫言对家族历史的叙述是通过"我"（余占鳌的孙子）对往事的追忆进行的，而且由于"我"像是喝了满满一坛子高粱酒，意识变得模糊不清，因而回忆的事件也变得颠三倒四，模糊不清，过去和现在也变得模糊不清，混为一谈，这种混淆时空的记忆比较清晰地再现了福克纳的时间观和历史观。

余华的许多作品也都是用回忆的方式进行叙述的，回忆不仅可以展现历史的沧桑变迁，也可以展现人物的精神和灵魂。《在细雨中呼喊》通过江南少年孙光林对其父辈、祖辈的经历、命运和自身成长经历的回忆，展现了60年代的社会历史背景，同时也展现了在那个特殊时期人们的无知和愚昧以及青少年在成长历程中的孤独无助和彷茫仿徨。格非也认为，写作就是回忆，写作的唯一主题就是记忆本身。他的短篇小说《褐色鸟群》《追忆乌攸先生》，长篇小说《敌人》《边缘》《欲望的旗帜》《人面桃花》，中篇集《迷舟》《唿哨》《雨季的感觉》等都是故事叙述者回忆的产物。

福克纳的《喧》通过家族书写，展现了作家对人类精神家园的关注，而这种文化主题，对中国作家也是一种启迪。

二、通过死亡书写展现对人性和人类命运的关注

福克纳说诗人和作家的职责就在于探索"人类的内心冲突""心灵深处亘古至今的真情实感、爱情"以及"勇气、荣誉、希望、自豪、同情、怜悯之心和牺牲精神"等"人类昔日的荣耀"[①]。关注人性、人类的命运和人类的生存是福克纳所有创作的宗旨和主题。他在其19部中长篇小说和120多篇短篇小说中都探索了这一主题。而对人性、人类的命运、人类的生存的关注和探索则是通过他对历史上人类经历的苦难、死亡及暴力的书写实现的。早在20世纪30年代，不同国家、不同观点的评论家就逐渐形成了比较一致的看法，认为"福克纳是当代描写失败、背叛及死亡的艺术大师"[②]。

在《喧》中，福克纳借助班吉和昆汀之口，用平淡的笔调反复诉说着大姆娣、康普生先生、康普生太太、昆汀等人的死亡，

[①] 李文俊编译：《福克纳评论集》，中国社会科学出版社1980年版，第255页。
[②] 李文俊编译：《福克纳评论集》，中国社会科学出版社1980年版，第252页。

营造了一种阴郁、恐怖和凄凉的气氛。通过死亡和暴力书写来反思人性和人类的生存状态也是20世纪80年代中后期中国作家们的创作源泉和主题方向之一。莫言、苏童、余华、阎连科、格非等作家的作品中经常可以看到福克纳的影子。在《红高粱家族》中，莫言描写了很多死亡和血腥的场面。通过对死亡和暴力的书写，小说反映了战争年代中国人民严酷的生存环境和人类与暴力、苦难和传统伦理道德抗争、追求自由和幸福的勇气和精神，歌颂了人类原始的生命活力。莫言的《酒国》讲述了在腐化颓废的酒国市一批腐败官员集体腐败和吃"红烧婴儿"的故事。其中有诸多暴力和血腥的场面。通过极端的暴力书写，作者对社会、文化、人性进行了批判，揭露了人性中的残忍、对欲望的无餍足和社会的腐败。[1]莫言《檀香刑》中的暴力书写在其所有的小说中是最震撼人心的。其中描写的六大刑场处决场面十分惊悚、残忍至极。这种暴力书写的目的主要在于揭露国民的劣根性。

余华在创作早期也常常书写死亡、凶杀和暴力，"研究者喜欢把它称为'暴力叙述''极端叙述'"[2]。在《活着》《第七天》《现实一种》等小说中他以冷峻的语气和漠然的旁观者身份叙述了种种充满血腥味的死亡和暴力。在《现实一种》这篇家族内亲情仇杀的非理性小说中，死亡一个接着一个，先是山岗4岁的儿子皮皮摔死堂弟，然后弟弟山峰踢死了小侄子皮皮，接着山峰被

---

[1] 王金胜：《中国现代性的文学叙事——20世纪90年代以来中国小说的反思性阐释》，中国社会科学出版社2016年版，第100页。

[2] 程光炜：《文学史二十讲》，东方出版中心2016年版，第184页。

哥哥山岗绑在树上，让一只小狗舔舐脚掌上的肉汁，因痒狂笑而死。最后山岗被枪决，尸体被医生解剖。余华对死亡和暴力的书写充分揭露了人性的自私和冷酷。余华的极端暴力书写源于他的历史观。余华认为"历史只不过是暴力变幻的舞台，昨天、今天、未来只不过是贴在历史上的分时标签，其真实的暴力本质，并不能改变"[1]。他的"历史暴力观"在其小说《一九八六》中也有深刻的分析和阐释。

同样的死亡和暴力书写也出现在苏童的《妻妾成群》《园艺》《黄雀记》《米》等小说中。《米》也是暴力书写的经典之作，"欺诈、诱惑、阴谋、暗算、凶杀和复仇等等，构成了这部传奇的主要内容"[2]。阎连科的小说也常常以死亡为主题，比如：在《日光流年》和《四书》中出现了由于饥饿而产生的"人吃人"的悲惨场面。格非的《敌人》也是一部从兴旺到颓败的家族史，其间充满了一系列的恐怖和离奇死亡事件。作家们对死亡和暴力的描写和叙述，一方面反映了人类生存的不易和人类面临死亡尤其是意外死亡所展现的脆弱和无能为力，另一方面也反映了人性的贪婪、自私和冷酷。

虽然福克纳和当代作家们都常常以死亡作为书写主题，但是其中也有他们对死亡的不同认知带来的不同的内涵和原因。福克纳的死亡书写没有传统小说里赋予死亡的"宏大"意义，即死亡

---

[1] 周新民：《当代小说批评的维度》，中国社会科学出版社2016年版，第85页。
[2] 张炯：《中国当代文学史》，江苏凤凰文艺出版社2018年版，第342页。

往往"寄托了作家对社会人生的期冀和理解，有轻于鸿毛和重于泰山之分"①。福克纳的小说中丝毫看不出其对于主人公死亡的价值和意义判断。在福克纳的小说中，死亡往往具有象征意义，贵族世家子弟的死亡通常象征着旧南方种植园经济、道德伦理体系和奴隶制度的崩溃和灭亡，穷白人和黑人等下层民众的死亡通常象征着人类永无止境的、不可解脱的苦难。从这点看，福克纳的死亡书写仿佛承载了意识形态的内涵。而在中国当代作家的死亡书写中，死亡呈现了不同的内涵和逻辑。在莫言的小说中，死亡通常被赋予了价值判断。比如：《红高粱家族》中"我"奶奶、刘罗汉的死是可歌可泣的，代表着英勇无畏和与强权的抗争。《酒国》中丁钩儿的死则是罪有应得，是耻辱的象征。在余华的早期死亡书写中，死亡呈现了另外一种景象，死亡既没有被赋予价值判断，也没有任何象征意义。在《世事如烟》《十八岁出门远行》《活着》等小说中，死亡是没有理由、没有逻辑、没有宿命的，相反死亡完全是偶然的、意外的、无常的、不可预知的、不可推测的，甚至是虚无的。苏童的系列小说叙述了多位女性的死亡。在苏童的死亡书写中，女性的死亡具有强烈的意识形态因素。在他笔下，女性的死亡皆是由于中国延续几千年并在新时代仍然残留的封建礼教、男权主义以及受男权文化浸染的女性的奴性和依附性。而阎连科的死亡叙述皆与一定的真实历史背景相关。在他的作品中，死亡似乎是可以预测的或者是命中注定的，死亡可以归

---

① 徐勇：《小说类型与"当代叙事"》，商务印书馆2017年版，第232页。

咎为诸如疾病、自然灾害、饥饿等现实因素或者归咎为与命运和死亡抗争、绝望、内心愧疚等观念因素。

苦难在中国作家的乡土小说书写中由来已久，无论是莫言笔下的高密东北乡，还是苏童所热爱的枫杨树乡，抑或是贾平凹所热爱的商州故土，生活在这些土地上的人们——无论是地主富农子弟还是贫穷乡民，无论是男人还是女人，无一不经受着身体和精神的双重痛苦。"苦难"是莫言所有的乡土小说中贯穿始终的一个主题。《丰乳肥臀》中主人公上官鲁氏在漫长的一生中承受了太多的苦难：多胎生育之苦、抚养儿孙之苦、饥饿逃亡之苦、家庭暴虐之苦、乱兵强暴之苦、儿女压榨之苦。《透明的红萝卜》中小黑孩从小没有妈妈，苦难的生活使他失去了正常人的感觉和智力，他感觉迟钝，不知道冷热，不知道疼痛，也感觉不到别人的关心，但他却一直在寻找一种金色透明的红萝卜，这象征着在苦难的岁月中人们对美好生活的执着追求和探索。《欢乐》通过20世纪80年代一个高考落榜青年的内心呓语生动地刻画了改革开放之初农民承受的种种精神上和物质上的痛苦。苦难书写也是阎连科小说叙述的主题。在他的长篇小说《情感狱》和《日熄》中，在贫瘠而又偏僻的"耙耧山脉"，天灾与人祸从未停止，耙耧山民始终都在承受着来自大自然、疾病、饥饿与权力的极致苦难和折磨。事实上，作家们的苦难书写都是人类生存困境的真实写照，人类在苦难中的众生相也真实地反映了人性的自私、冷酷和复杂多变。

从以上可以看出，中国当代作家从福克纳等西方现代派作家那里受到启发，在他们的文学视域中探索了通过死亡、暴力和苦难书写来描写人性、生存和命运等宏大主题的创作方法，并取得了瞩目的成绩。这种创作方法从某种程度上实现了文学创作的终极目的，在世界文学史上树立了一座丰碑，可以成为世界文学史上的创作范例，因而对后世的文学创作具有重大的启发和指导意义。也因此，我们应该感谢福克纳以及紧跟其后的中国当代作家在创作苦旅中的不懈努力和探索。

三、对中国文化走出去的启示

在国内，对《喧》的研究汗牛充栋，主要得益于各种优秀的译本，使研究有了良好的基础。中国文化也一样需要走向世界。莫言获得了诺贝尔文学奖后，其作品被大量译介到世界各国，可中国还有大量的优秀作品依然未走出去。中国著名翻译家葛浩文在接受采访时表示："美国读者更注重眼前的、当代的、改革发展中的中国。除看报纸上的报道外，他们更希望了解文学家怎么看中国社会"[①]。中国现当代文学承载着中国人的智慧和思想，蕴藏着无限的生机，然而在中西文化交流中却呈现出弱势，这对翻译提出了要求。从对《喧》的翻译中，我们看出本土思想和西方文化对话的重要性，中国文化"走出去"的战略是非常有意义的。

曹顺庆也指出翻译的重要性："既然世界文学是一种全球性的流通和阅读模式，且一个文学文本在异域文化环境中多数时候都是依赖译本才得以被阅读，那么这个文学文本要进入世界文学的殿堂，它首先就要经历被翻译，然后在原语语境之外的其他地

---

① 《中国小说一天比一天好》，《中国新闻出版报》，2008-03-26。

方得到传播。"①我们应该大力翻译中国文学，逐步实现中国文化走向世界，推动中国文学在国际上获得更多关注和话语权，用最生动的文本途径使全世界读者了解中国的历史和文化，进而全面了解中华民族。

第三节　在中国的其他影响

赵玫曾说，"我把我拥有了李文俊先生翻译的那本《喧哗与骚动》当作我生命中的一件重要的事。对此书我一直爱不释手。"②莫言曾在纪念福克纳100周年诞辰的文章中说："十几年前，我买了一本《喧哗与骚动》，认识了这个叼着烟斗的美国老头。"从这些话语中我们深深感受到了福克纳的《喧》对中国翻译和翻译研究有着巨大的影响。

一、对中国翻译及翻译研究的影响

20世纪七八十年代中国的英语教育是相对滞后的，意识流文学也一度受到责难和批评，加之阅读福克纳原创小说本身有难度，要想通过其原作来了解福克纳的小说及其创作手法，这对于当时的绝大部分中国作家和读者来说几乎是不可能的。莫言说："我不知道英语的福克纳和西班牙语的加西亚·马尔克斯是什么感觉，

---

① 曹顺庆：《翻译的变异与世界文学的形成》《外语与外语教学》，2018年第1期，第128页。
② 赵玫：《在他们中穿行》，《外国文学评论》，1990年第6期，第123-124页。

我只知道翻译成汉语的福克纳和加西亚·马尔克斯是什么感觉,所以某种意义上说,我受到的其实是翻译家的影响。"[1]而《喧》汉译本的推广,使很多作家有了便利的了解福克纳创作的途径,让他们通过阅读,逐步开始尝试新的创作思路、创作手法和创作技巧。

翻译的目的就是为了能够使原作者的思想和原著的内容更好地传播开来,在《喧》各译本中,大家最为推崇的就是李文俊的版本。李文俊在译本中对小说的主题、人物、结构、表现手法都进行了评价,无论是从文本的翻译策略还是作品内部的理解上,李文俊译本都是受到肯定的。

如在勒斯特寻找硬币的情节中,李文俊把"Luster put it in his pocket"译为"勒斯特把那东西放进兜里。"[2]而没有译出"东西"具体是什么,此处符合小说的语境,可见译者对作品的理解十分重要。另外,李文俊在小说的翻译中加入了几百条的注脚,有对文化背景的解读,有对小说中人物的辅助介绍,有对情节的理解,这些对中国读者了解美国的文化、解读意识流小说都有很大的帮助,为读者清除了很多阅读的障碍,这都极大地推动了《喧》汉译本在中国的接受与传播。李文俊不只是单纯的翻译家,他同时还是美国文学研究专家和福克纳研究家。为了让读者能够更好地接近原著所传达的意蕴,他为《喧》撰写了总序、译序、附录,

---

[1] 莫言:《我与译文》,《作家谈译文》,上海译文出版社1997年版,第237页。
[2] 福克纳著、李文俊译:《喧》,北京燕山出版社2015年版,第14页。

详尽介绍了原著的相关内容,这对福克纳经典著作在中国的传播和接受起到了不可估量的作用。"从译作完成后对外传播与译介来看,文学翻译活动本身就是一种传播行为,翻译(主要是文学翻译)作为人类一种跨文化交流的实践活动,具有独特的价值和意义。"①随着对《喧》翻译的增多,各种译本纷纷涌现,读者对福克纳的了解也越来越多,相继出现对福克纳其他小说的翻译,直到20世纪90年代出现了福克纳研究热,但其中对《喧》的研究所占比例最大。同时《喧》的翻译对中国的翻译研究也产生了重大影响,因前文已经阐述,笔者在此不再赘述。

二、在中国的社会影响

《喧》不但对中国现当代文学作家产生了巨大的影响,而且对中国的世界文学研究和比较文学研究都提供了良好的文本基础。"文学的历史是一种审美接受与创作的过程。这个过程是在具有接受能力的读者、善于思考的批评家和不断创作的作者对文学文本的实现中发生的。"②《喧》的翻译也是对小说不断创作的一种参与过程,"作家、译者、编辑、出版机构等都可以成为文学传播者,文学传播者既可以是个体又可以是群体,既可以是专职的也可以是非专职的"③。可见,《喧》在文化传播的过程中作用巨

---

① 谢天振:《译介学导论》,北京大学出版社2007年版,第10页。
② 蒋孔阳:《20世纪西方美学名著选》(下),复旦大学出版社1988年版,第477-478页。
③ 文言:《文学传播学引论》,辽宁人民出版社2006年版,第1-2页。

大，是文本传播与接受的极好个案。它潜移默化地影响了社会上多个群体，包括译者、作家、读者、期刊编辑、出版商、文学爱好者、文学评论家、文化传播者等。

《喧》作为一部典型的意识流小说，对20世纪八九十年代中国作家的创作产生了深远的影响。我们知道，意识流小说在中国的传播经历了一个艰难的过程，受到了诸多因素的限制。而对福克纳小说的译介恰好出现在一个合适的时期，《喧》中突破束缚的特质与改革开放后的人们的精神风貌相吻合。1980年5月李文俊《福克纳评论集》出版，随后有专栏开始介绍意识流作品，越来越多的期刊开始关注意识流作品，也召开了专门的研讨会，意识流作品从边缘开始向中心移动。姚斯认为："一部文学作品的历史生命如果没有接受者的积极参与是不可思议的"[1]，强调了读者的重要作用，因为读者的接受直接影响了译介的整个过程。正如韦斯坦因所说："影响，应该用来指已经完成的文学作品之间的关系，而'接受'则可以指明更广大的研究范围，也就是说，它可以指明这些作品和它们的环境、氛围、读者、评论者、出版者及其周围情况的种种关系。"[2]

《喧》同时也对中国的译者也产生了一定影响。翻译是理解和再现的过程，从接受美学角度来看文学翻译，译者是译介活动的主体，决定原文文本和翻译策略的选择，接受美学认为在

---

[1] Hans Robert Jauss. *Toward An Aesthetics of Reception*. University of Minnesota Press, 1982: 19.
[2] 韦斯坦因著、刘象愚译：《比较文学与文学理论》，辽宁人民出版社1987年版，第47页。

翻译的理解和表达过程中，译者既是原文的读者，又是译文的作者。译者在翻译文学作品的时候，要结合自身的特点对翻译对象加以理解，而相对于原著，译者又充当了读者的角色。阐释学的著名学者伽达默尔认为，读者的阅读总是带着自己的"前理解"出发的，原作的视界与译者的视界在阅读过程中相融合，形成"视界融合"。译者既要表达出原著的意思，还要加入自己的理解，以及考虑接受者的因素，要用相应的翻译策略对原文本进行再理解。李文俊对《喧》的翻译就是如此。《喧》描写了4个人的4天，其中3个人的精神处于非正常的状态，主人公的意识被裹挟在时间的流逝中，他们纠结于过去，回忆给每个主人公带来了不同的状态，昆汀感受到的是折磨，班吉感受到的是安慰，杰生逐渐走向了恶。时间的流逝对班吉来说是无意义的，只有成为过去的东西他才觉得有意义，这样流动的意识状态为读者的阅读带来了一种挑战。所以译者李文俊在小说的译序中，概括地总结了原著的特点，进行了解说，并且借助很多副文本帮助读者阅读，所以这样的译介最大限度地还原了作品，也考虑了读者，达到了天然的融合，也体现了译者对译介文本的重要影响。

《喧》对中国社会的影响还在于它促使我们对一些社会问题由于思考，比如人性问题、种族冲突、性别冲突、文明危机、生态危机、人类的救赎、亲情、爱情等。此外，《喧》各种译本的大量出版发行也促进了出版行业的繁荣，并在一定程度上促进了中国经济的发展。

结　语

威廉·福克纳的《喧》是世界文学的瑰宝，这部小说在中国的传播和接受是一个值得研究的现象，本章主要从3个视角出发，对该作品给中国文学及文化带来的影响进行了简要的分析。第一，从《喧》对中国文学及文学史的影响的角度出发，首先探讨了《喧》对中国文学的影响，着重于语言风格和创作技巧2个层面。其次借助于《喧》对先锋文学和文学批评的影响，阐述了这部小说对中国当代文学史的重要意义。第二，从福克纳在小说中对精神家园的构建，对人性和人类命运的关注延伸出《喧》对中国文化影响的角度，并且叙述了《喧》对中国文化走出去的启示意义。第三，对于《喧》在中国传播与接受过程中所带来的影响进行了总结。

福克纳及其小说《喧》以其独特的魅力在中国掀起了研究的热潮，至今热度不减，这与李文俊等学者的译介有着不可分割的联系。这个神秘的"约克纳帕塔法郡"世界所散发的活力吸引着一代代的研究者，希望我们可以挖掘出更多的因素来充实这部小说。

第七章

结　论

本书通过文献梳理、文本细读、语料分析和数据统计等研究方法和手段，对80年来《喧》在中国的译介情况及汉译本进行了调查研究。得出了以下研究结果：

第一，从1934年到2020年长达80多年的时间内，《喧》在中国的译介经历了一个由隐而显、波浪起伏的旅行过程：从1934—1936年开始关注和译介，到1958年的重新关注和译介，再到1979年译介复苏，自此《喧》译介才逐渐走上持续发展的道路，到2020年《喧》已有译本11个。《喧》的译介历程生动地反映了意识形态、经济发展、文学生态、翻译诗学、出版等因素对文学翻译的影响。其中意识形态在福克纳译介早期（1958—1964）扮演着最为重要的角色，致使《喧》译介在早期举步维艰，屡屡受阻。在福克纳译介后期（1980年至今），诗学观、译者和出版等其他因素的影响增大。值得一提的是，无论在哪一个历史阶段，译者和出版都是导致《喧》译介产生和发展的一个重要因素，包括《译文》《世界文学》《外国文学》等声誉良好的外国文学译介杂志，上海译文出版社、人民文学出版社、译林出版社等资深出版社，施蛰存、李文俊等富有远见的杂志主编，李文俊、陶洁、蓝仁哲等资深译者和研究者。在所有的赞助人和赞助机构中，上海《译文》杂志以及施蛰存和李文俊则起着开启和引领《喧》译介的重大作用。除了上面提到的3个主要因素外，文化因素、经济因素、读者期待视野、审美情趣、阅读习惯的更新变化，国家层面的译介政策、文学界和翻译理论界的批评和争鸣，福克纳作品的文本特征等一系列变量都是造成《喧》译介由隐而显的外部原因。

第二，进入21世纪，《喧》的复译成为福克纳译介研究一个不可忽视的现象。对11个译本的对比分析结果表明，《喧》的11个译本展示了不同的译文风格和不同的翻译策略，这种差异是由不同的译者身份和不同的翻译目的造成的。11个译本中，李文俊译本和方柏林译本相对比较优秀，李继宏译本是最有创意的一个，但这3个译本都没有达到理想的翻译效果。其余复译本的翻译质量和文学价值在总体上都比不上李文俊译本，而且有些复译本如董刚译本和戴辉译本跟李译本相似度较高。总之，《喧》的复译没有达到我们期待的文学价值和社会价值。鉴于此，今后还可以继续复译，但应该尽量避免低质量的、雷同率高的复译，未来的译本应该在提高译本的文学性上面多下功夫。对《喧》复译的研究还表明，《喧》的复译乃至所有的文学翻译不仅仅是译者的个人行为，而且是文学场域内对文化资本和经济资本争夺的结果，也是各种文学观念、文化观念和翻译诗学博弈的结果。此外，文学翻译的复译有时还表现为一种国家行为。

第三，笔者在对《喧》的11个汉译本进行考察后发现，译者们总体上采取了介绍、研究和翻译相结合的翻译策略；在意识流长句的翻译上，译者们常常采用逻辑明晰化策略。就文化翻译策略而言，除了《喧》的少数几个复译本外，其他译本的译者均采用了深度翻译策略，即在译文正文之外添加译者序、前言、导言、插图、译后记、注释等副文本，但是采取隐形深度翻译策略的译者却很少。此外，译者们还采用了以归化为辅、异化为主的翻译策略。译者们通常采用移译（或移译加注）、音译（或音译加注）、直译（或直译加注）、零翻译（或零翻译加注）的翻译方法，以凸显源语的异质性，保留源语的语言和文化特色。但这并不意味着译者仅仅只使用了异化翻译策略，事实上任何翻译都是归化和异化的结合，没有绝对的归化译文，也没有绝对的异化译文。本书所说的异化翻译策略，是指译者在处理带有文化色彩的词汇时所采用的主要翻译策略，具体到普通词句的翻译时，译者们仍然经常采用流畅的归化策略。译者的翻译策略总的来说可以归纳为"文化上异化，语言上归化"，或者可称之为韦努蒂所说的"流畅的异化翻译"。这样的翻译策略也是我们这个时代的主流翻译诗学观，而且在今后相当长的时间内都可能是文学翻译的主流翻译观。而从总体上影响译者翻译策略抉择的正是每一个时代主流的文学观和翻译诗学观，但最终的翻译成品却往往是译者身份的体现。

第四，通过考察《喧》汉译本在中国的传播和接受情况，我们可以得出结论：福克纳作为一位作家在中国受到很大的关注，一些评论界青睐的福克纳小说《喧》不断地被各大出版社出版并再版，并深受中国读者的喜爱和好评，在图书市场也很畅销。这是因为参与《喧》汉译本在中国文学场域传播的行动者拥有雄厚的文化资本或经济资本，还因为推动《喧》汉译本在中国的传播和接受的中国文学场域对西方现代派作品，尤其是对福克纳这位文学大师作品的高度认可。此外，《喧》汉译小说在中国文学场域的传播和接受还得益于同时存在的、多元化的传播方式和传播渠道，尤其是得益于各文学期刊、出版社、读书网站、图书商城和图书馆的推介。《喧》汉译本在中国文学场域的传播和接受也得益于多元化的传播媒介，尤其是21世纪的网络媒介。然而由于多媒体媒介（如电影、电视剧、戏剧表演，视频等）的应用偏少导致福克纳小说汉译的受众仅仅局限于文学研究者、文学爱好者、知识分子等群体，最终导致《喧》传播的速度以及广度受到了较大的局限。

第五，外国文学在一个国家或一个民族的译介以及传播必定会影响到该国或该民族的文学理念、文学创作、价值观念等，这种影响可能大，也可能小，可能是显性的，也可能是隐形的，可能是正面的，也可能是反面的。而《喧》作为20世纪最伟大的美国文学作品之一，必然会对当代中国文学和中国作家产生深远的影响。《喧》对中国当代作家自己创作的影响可以从莫言、苏童、余华、阎连科等中国当代著名作家的创作中清楚地看到。这些中国作家在创作题材、小说主题、表现手法、叙事手法等各方面都从《喧》吸取和借鉴了很多有益的养分，并将它们内化，最后成功地将它们融合到自己的创作中。从叙事策略上看，中国当代作家的叙事策略和叙事技巧与《喧》有很多相似之处。其次，《喧》对中国文化也产生了潜移默化的影响。除此以外，《喧》对中国众多群体如读者、译者、编辑等也产生了一定的影响。

由于本人水平有限，本书的研究存在 4 个方面的缺陷：没有对《喧》的汉译进行一个全面的描述，尤其是没有对 11 个汉译本进行一个总体上的质量评估；对于《喧》的 11 个汉译本的对比研究还做得不够精细，不够全面；因为各种原因，本研究的语料库方法未得到很好的应用，这是本研究的最大的遗憾；此外，21 世纪之前由于网络不发达，关于《喧》汉译本的传播和接受情况很难获得比较全面、准确的资料和数据，因此无法比较全面地描述其传播和接受的情况。迄今为止，对《喧》的翻译及其复译研究仅仅只有零星粗浅的研究，这为未来《喧》的汉译研究留下了广大的空间。笔者认为，未来应该加强基于文本细读和基于数据驱动的《喧》翻译的深度研究，此外，未来还应该加强对这些小说的多译本的对比研究。

参考文献

中文学位论文：

[1] 柴华.论李文俊译本〈喧哗与骚动〉中原作风格的再现.北京：外交学院，2012.

[2] 陈必豪.故事与历史的互动.武汉：武汉大学，2017.

[3] 崔晖：操纵理论下李文俊《喧》翻译研究.兰州：兰州交通大学，2017.

[4] 冯舒奕.时隐时现的福克纳—福克纳在中国的译介.上海：上海外国语大学，2006.

[5] 付恋敏.从李文俊《喧哗与骚动》译看陌生化的再现.成都：四川师范大学，2014.

[6] 黄春兰.二十世纪中国对福克纳的接受.上海：华东师范大学，2006.

[7] 孔凡梅.从文学文体学角度对《喧哗与骚动》两个汉译本的比较研究.济南：山东大学，2009.

[8] 李文静.译者是谁？——译者的身份认同与翻译研究.香港：岭南大学，2010.

[9] 李潇潇.从叙事学角度看李文俊译《喧哗与骚动》的案例研

究. 武汉：华中师范大学，2012.

[10] 李燕萍. 论《喧哗与骚动》中的叙事技巧. 青岛：中国海洋大学，2014.

[11] 梁新新. 福克纳语言特色汉译研究——以《八月之光》为例. 临汾：山西师范大学，2018.

[12] 闫艳珍. 从多元系统理论看李文俊译《喧哗与骚动》. 重庆：重庆大学，2013.

[13] 桑苇. 从文学文体学的视角看威廉福克纳的作品翻译. 北京：北京语言大学，2005.

[14] 盛丽芳. 乔治·斯坦纳的阐释学视角下李文俊《喧哗与骚动》译本研究. 重庆：四川外国语大学，2017.

[15] 石洁. 福克纳在中国的译介及中国当代小说中的福克纳因素. 上海：上海外国语大学，2010.

[16] 孙静波. 荣誉与暴力. 哈尔滨：黑龙江大学，2002。

[17] 王春. 李文俊文学翻译研究. 上海：上海外国语大学，2014.

[18] 王晓睿. 从可接受性、充分性与时代性看《喧哗与骚动》李文俊中译本. 北京：北京外国语大学，2018.

[19] 王艳艳. 翻译家李文俊研究. 上海：上海外国语大学，2008.

[20] 王子文. 以陌生译陌生——《喧哗与骚动》李文俊译本. 上海：上海外国语大学，2014.

[21] 于宗琛. 从操纵学派理论分析《献给爱米丽的玫瑰》的杨岂深译本. 长沙：湖南师范大学，2015.

[22] 张云. "The Sound and Fury"李文俊汉译认知研究. 长沙：

湖南大学，2013.

[23] 吴锡民. 接受与阐释：意识流小说诗学在中国(1979—1989. 南京：南京师范大学，2004.

[24] 吴晓燕. 生态翻译学角度看李文俊译《喧哗与骚动》. 上海：上海外国语大学，2013.

[25] 杨翠平.《喧哗与骚动》中的疯癫叙事研究. 南京：南京师范大学，2014。

[26] 赵壁. 博弈论视角下的重译者策略空间. 上海：上海外国语大学，2012。

[27] 赵妮. 文体学视角下《喧哗与骚动》两译本比较研究. 西安：西安外国语大学，2011.

[28] 周佳莹. 从李文俊译《喧哗与骚动》看风格的移译. 上海：华东师范大学，2007.

中文专著：

[1] 曹明伦. 英汉翻译二十讲. 北京：商务印书馆，2013.

[2] 曹明伦. 英汉翻译实践与评析. 成都：四川人民出版社，2007.

[3] 曹顺庆. 比较文学论. 成都：四川教育出版社，2002.

[4] 陈福康. 中国译学理论诗稿. 上海：上海外语教育出版社，2000.

[5] 陈永国. 美国南方文化. 长春：吉林大学出版社，1996.

[6] 程光炜. 文学史二十讲. 上海：东方出版中心，2016.

[7] 戴维·明特. 福克纳传. 顾连理, 译. 上海：东方出版社，1994.

[8] 戴维·斯沃茨. 文化与权力——布尔迪厄的社会学. 陶东风, 译. 上海：上海译文出版社，2006.

[9] 蒂费娜·萨莫瓦约. 互文性研究. 邵炜, 译. 天津：天津人民出版社，2003.

[10]《翻译通讯》编辑部. 翻译研究论文集（1949—1983）. 北京：外语教学与研究出版社，1984.

[11] 方梦之. 译学词典. 上海：上海外语教育出版社，2004.

[12] 宫留记. 资本：社会实践工具——布迪厄的资本理论. 郑州：河南大学出版社，2010.

[13] 郭建中. 文化与翻译. 北京：中国对外翻译出版公司，2000.

[14] 韩子满. 英语方言汉译初探. 郑州：河南大学出版社，2004。

[15] 洪治纲. 中国当代文学思潮十五讲. 杭州：浙江大学出版社，2017.

[16] 胡亚敏. 叙事学. 武汉：华中师范大学出版社，2004.

[17] 加缪. 西西弗神话. 李五民, 译. 天津：天津出版传媒集团，2018.

[18] 孟繁华. 叙事的艺术. 北京：中国文联出版社，1989.

[19] 康毅, 等. 福克纳导读. 哈尔滨：哈尔滨工程大学出版社，2019.

[20] 福克纳评论集. 李文俊, 编译. 北京：中国社会科学出版社，1980.

[21] 林斤澜."谈'叙述'",小说文体研究.北京：中国社会科学出版社，1988.

[22] 刘芳.翻译与文化身份——美国华裔文学翻译研究.上海：上海交通大学出版社，2010.

[23] 刘海龙.大众传播理论：范式与流派.北京：中国人民大学出版社，2008.

[24] 罗兰·巴尔特.写作的零度.李幼蒸，译.北京：中国人民大学出版社，2008.

[25] 罗兰·巴尔特.S/Z.屠友祥，译.上海：上海人民出版社，2012.

[26] 莫言.莫言文集.北京：作家出版社，1999.

[27] 南帆.新写实主义：叙事的幻觉.新写实小说研究资料.南昌：百花洲文艺出版社，2018.

[28] 皮埃尔·布尔迪厄.实践与反思——反思社会学导引.华康德，译.北京：中央编译出版社，1998.

[29] 皮埃尔·布尔迪厄.科学的社会用途——写给科学场的社会用途.刘成富，张艳，译.南京：南京大学出版社，2005.

[30] 宋耀良.中国意识流小说选：1980—1987.上海：上海社会科学院出版社，1988.

[31] 宋兆霖.诺贝尔文学奖获奖作家访谈.杭州：浙江文艺出版社，2005。

[32] 苏童.世界两侧.南京：江苏文艺出版社，1993.

[33] 苏童.枕边的辉煌.北京：新世界出版社，1999.

[34] 苏童.苏童文集.南京：江苏文艺出版社，1996.

[35] 陶洁. 福克纳研究. 上海：上海外语教育出版社，2013.

[36] 童庆炳. 文学理论教程. 北京，高等教育出版社，2008.

[37] 王金胜. 中国现代性的文学叙事——20世纪90年代以来中国小说的反思性阐释. 北京：中国社会科学出版社，2016.

[38] 王育松. 莫言小说研究. 北京：社会科学出版社，2006.

[39] 王艳红. 美国黑人英语汉译研究：伦理与换喻视角. 济南：山东大学出版社，2012.

[40] 维·什克洛夫斯基. 散文理论. 南昌：百花洲文艺出版社，1994.

[41] 文学研究集刊编辑委员会. 文学研究集刊（第1册）. 北京：人民文学出版社，1964.

[42] 吴亮，等. 意识流小说. 长春：时代文艺出版社，1988.

[43] 肖明翰. 威廉·福克纳研究. 北京：外语教学与研究出版社，1997.

[44] 肖明翰. 威廉·福克纳：骚动的灵魂. 成都：四川人民出版社，1999.

[45] 谢天振，查明建. 中国现代翻译文学史（1899—1949）. 上海：上海外语教育出版社，2004.

[46] 新华社译名室. 世界人名翻译大辞典. 北京：中国对外翻译出版公司，1993.

[47] 新华通讯社译名资料组. 英语姓名译名手册. 北京：商务印书馆，1989.

[48] 徐勇. 小说类型与"当代叙事". 北京：商务印书馆，2017.

[49] 杨守森、贺立华. 莫言研究三十年（中卷）. 济南：山东大学出版社，2013.

[50] 杨淑华. 翻译文学对中国先锋小说的叙事影响. 北京：知识产权出版社，2016.

[51] 杨义. 中国叙事学. 北京：人民出版社，1997.

[52] 余华. 没有一条道路是重复的. 上海：上海文艺出版社，2004.

[53] 余华. 在细雨中呼喊. 海口：南海出版公司，1999.

[54] 袁可嘉，等. 外国现代派作品选. 上海：上海文艺出版社，1980.

[55] 杨扬. 莫言研究资料. 天津：天津人民出版社，2005.

[56] 查明健. 中国 20 世纪外国文学翻译史. 武汉：湖北教育出版社，2007.

[57] 查明建，谢天振. 中国 20 世纪外国文学翻译史（下卷）. 武汉：湖北教育出版社，2007.

[58] 张炯. 中国当代文学史. 南京：江苏凤凰文艺出版社，2018.

[59] 赵利民. 当代西方文学批评方法与实践. 北京：中国文史出版社，2013.

[60] 周新民. 当代小说批评的维度. 北京：中国社会科学出版社，2016.

[61] 朱振武. 福克纳的创作流变及其在中国的接受和影响. 北京：人民文学出版社，2015.

中文期刊论文：

[1] 曹明伦. 当令易晓, 勿失厥义——谈隐性深度翻译的实用性.《中国翻译》, 2014（3）: 112-114.

[2] 查日新. 解析美国南方的困境——论威廉·福克纳《喧哗与骚动》中的"焦虑"主题. 西华师范大学学报（哲学社会科学版）, 2004（4）: 64-68.

[3] 陈茜. 浅析《喧哗与骚动》中的"火"意象. 北方文学, 2017（12）: 233-234.

[4] 陈春生. 在灼热的高炉里锻造——略论莫言对福克纳和马尔克斯的借鉴吸收. 外国文学研究, 1998（3）: 13-16.

[5] 段峰. 深度描写、新历史主义及深度翻译——文化人类学视域中的翻译研究. 西华师范大学学报（哲学社会科学版）, 2006（2）: 90-93.

[6] 董亚钊. 论意识流对王蒙小说创作的影响. 新西部, 2012（4）: 145-146.

[7] 方梦之. 翻译策略的构成与分类. 当代外语研究, 2013(3): 49-50.

[8] 冯文坤. 论福克纳《喧哗与骚动》之时间主题. 外国文学研究, 2007（5）: 131-136.

[9] 葛纪红. 福克纳小说意象的审美解读. 国外文学, 2011(1): 106-112.

[10] 顾国柱, 刘劲文. 20世纪西方文论述评. 云南大学学报（社

会科学版），2007（4）：85-93.

[11] 郭亚玲，王立. 翻译策略：术语与隐喻. 语言与翻译，2016（1）：81-86.

[12] 韩子满. 试论方言对译的局限性——以张谷若先生译德伯家的苔丝为例. 解放军外国语学院学报，2002（4）：86-90.

[13] 黄忠廉. 方言翻译转换机制. 北京理工大学学报（社会科学版，2012（2）：144-147.

[14] 蒋跃梅，陈才忆. 种族偏见与美国南方人的不幸——福克纳作品主题探索. 西南民族大学学报（人文社科版），2010（8）：242-246.

[15] 李丹河. 也谈李译《喧哗与骚动》. 中国翻译，1993（4）：48-49.

[16] 李曙豪. 20世纪初文学期刊的译介活动及其贡献. 韶关学院学报（社会科学），2009（2）：21-23.

[17] 李双玲. 试论儿童文学作品重译的三原则. 长沙铁道学院学报（社会科学版），2011（4）：186-188.

[18] 李文俊. "他们在苦熬"——关于《我弥留之际》. 世界文学，1988（5）：177-189.

[19] 李文俊.《喧哗与骚动》译余断想. 读书，1985（3）：99-107.

[20] 李文俊. "他们在苦熬"——关于《我弥留之际》. 世界文学，1988（5）：177-189.

[21] 李新朝，张磷，张杰. 哈克贝利·费恩历险记重译是"操纵"的必然. 江苏大学学报》（社会科学版），2007（4）：75-78.

[22] 廖绖胜.威廉·福克纳小说《萨托里斯》中的语言和文化标志》.福建师范大学学报（哲学社会科学版），1988（3）：89-95.

[23] 刘道全.创造一个永恒的神话世界——论福克纳对神话原型的运用.当代外国文学，1997（3）：65-67.

[24] 林良敏.各领风骚数百年.外国文学研究，1981（3）：134-134.

[25] 柳鸣九.关于意识流问题的思考.外国文学评论，1987（4）：3-8.

[26] 刘全福.文学翻译中的方言问题思辨.天津外国语学院学报，1998（3）：1-4.

[27] 龙江华.零度书写与作家的身份焦虑——以中国先锋派文学的衰落为例.写作，2018（3）：44-50.

[28] 罗新璋.复译之难.中国翻译，1991（5）：29-31.

[29] 莫言.说说福克纳老头.当代作家评论，1992（5）：63-65.

[30] 莫言.两座灼热的高炉——加西亚·马尔克斯和福克纳.世界文学，1986（3）：298-299.

[31] 彭放.现实主义与现代派.文艺评论，1985（2）：40-48.

[32] 邱懋如.可译性及零翻译.中国翻译，2001（1）：24-27.

[33] 屈长江，赵晓.魂兮归来——《我弥留之际》的一种解读.读书，1989（3）：48-54.

[34] 石春让.外国人名翻译与应用的标准化问题及对策.第十四届中国标准化论坛，2017（9）：873-878.

[35] 孙致礼. 中国的文学翻译：从归化趋向异化. 中国翻译, 2002（1）: 40-44.

[36] 孙致礼. 坚持辩证法, 树立正确的翻译观. 解放军外语学院学报, 1996（5）: 43-49.

[37] 孙致礼. 翻译的异化与归化. 山东外语教学, 2001（1）: 32-35.

[38] 陶洁. 对我国福克纳研究的回顾与思考. 四川外国语学院学报, 2005（3）: 1-3.

[39] 陶洁. 新中国六十年福克纳研究之考察与分析. 浙江大学学报（人文社会科学版）, 2012（1）: 148-156.

[40] 谭晓丽. "文化自觉"的翻译观与《道德经》中"有无"的翻译——以安乐哲、郝大维《道德经》英译为例. 亚太跨学科翻译研究（第二辑）, 2016（1）: 1-13.

[41] 谭载喜. 译者比喻与译者身份. 暨南学报（哲学社会科学版）, 2011（3）: 116-123+209.

[42] 汪宝荣, 谢海丰. 西方的文学方言翻译策略研究述评. 《外国语文研究, 2016（4）: 39-49.

[43] 王春. 深度翻译与当代文学史的书写——以李文俊的福克纳译介为例. 福建论坛（人文社会科学版）, 2012（2）: 134-138.

[44] 王艳红. 浅谈黑人英语的汉译——从《哈克贝利·费恩历险记》三译本比较的视角. 广东外语外贸大学学报, 2008（4）: 53-56.

[45] 肖明翰. 文学作品忠实翻译的问题——谈《喧嚣与骚动》的李译本中的明晰化倾向. 中国翻译, 1992（3）：38-42.

[46] 肖明翰.《押沙龙, 押沙龙!》的多元与小说的"写作". 外国文学评论, 1997（1）：53-61.

[47] 熊兵. 翻译研究中的概念混淆——以"翻译策略"、"翻译方法"和"翻译技巧"为例. 中国翻译, 2014（3）：82-88.

[48] 许钧. 重复·超越——名著复译现象剖析. 中国翻译, 1994（3）：2-5.

[49] 许先文. 话语语言学视角下的科学名著重译和复译. 江苏社会科学, 2010（2）：183-188.

[50] 姚乃强. 关于福克纳的研究. 文学自由谈, 2004（4）：96-101.

[51] 金衡山. 比较研究：莫言与福克纳. 当代作家评论, 2001（2）：94-94.

[52] 余华. 内心之死关于心理描写之二. 读书, 1998（12）：23-28.

[53] 虞建华. 历史与小说的异同：现实的南方与福克纳的南方传奇. 英美文学研究论丛, 2006（5）：103-118.

[54] 袁可嘉. 略论西方现代派文学. 文艺研究, 1980（1）：86-98.

[55] 张和龙. 译作是个馍——《致悼艾米丽的玫瑰》译后谈. 中华读书报, 2015-04-15：18.

[56] 赵玫. 在他们中穿行. 外国文学评论, 1990（6）：121-124.

[57] 赵稀方. 李文俊的福克纳——中国当代翻译文学史话之六. 东方翻译, 2011（3）：65-67.

[58] 郑诗鼎. 论复译研究. 中国翻译, 1999（2）：43-48.

[59] 周领顺. 美国中餐馆菜谱英译评价原则. 中国翻译，2103（3）：104-107.
[60] 朱达秋. 语言的社会变体与翻译. 外语学刊，2001（4）：85-88.

英文文献：

[1] M H ABRAMS. 1999. *A Glossary of Literary Terms*. 7th ed. Massachusetts: Heinle & Heinle, a Devision of Thomson Learning, 1999.

[2] M M AZEVEDO. *Get thee away, knight be gone, cavalier: English Translations of the Biscayan Squire Episode in Don Quixote de la Mancha*. Hispania, 2009(2), p.193-200.

[3] BASSNETT SUSAN. *Constructing Cultures Essays on Literary Translation*. Shanghai: Shanghai Foreign Language Education Press, 2001.

[4] BERLINER JONATHAN. "Borrowed Books: Bodies and the Materials of Writing in The Sound and the Fury." *Faulkner Journal*, vol. 30, no. 2, 2016.

[5] BERMAN ANTOINE. *The Experience of the Foreign: Culture and Translation of Romantic German*. Albany: State University of New York Press, 1984.

[6] BERMAN ANTOINE. *Translation and the Trials of the Foreign*.1985;Laurence Venut. *the translation studies reader*.

London and New York: Routledge, 2012.

[7] BROOKS CLEANTH. *William Faulkner toward Yoknapatawpha and Beyond*. New Haven: Yale University Press, 1978.

[8] BROOKS CLEANTH. *On the Prejudices, Predilection, and Firm Beliefs of William Faulkner*. Baton Rouge: Louisiana State University Press, 1987.

[9] J BURKE PETER. "*Identities and Social Structure*: The 2003 Cooley-Mead Award Address." Social Psychology Quarterly 67(1), 2004, p. 5-15.

[10] CHESTERMAN. *Problems with Strategies*. In Karoly, K.and A. Foris (eds.). *New Trends in Translation Studies: In Honor of Kinga Klaudy*. Budapest: Akadémiai Kiadó, 2005.

[11] M COWAN. *Twentieth Century Interpretations of "The Sound and the Fury"*. Irving Howe, Olga Vickery, *A Useful Collection of Critical Essays Contains Excerpts From Faulkner's Remarks About The Sound and the Fury, and Essays*. Cleanth Brooks, and Carvel Collins, 1968.

[12] COWLEY MALCOLM. *The Portable Faulkner*. New York: The Viking Press, Inc. 1967.

[13] H COX LELAND. *William Faulkner Critical Collection*. Detroit: Gail Research Company, 1982.

[14] DUBALL JOHN N, ABADIE Ann J. *Faulkner and Postmodernism*. Jackson: University Press of Mississippi, 2002.

[15] EVEN-ZOHAR ITAMAR. *The Position of Translated Literature Within the Literary Polysystem*,1978, Lawrence Venuti, The Translation Studies Reader. New York : Routledge, 2012.

[16] FAULKNER, WILLIAM. *The Sound and the Fury*. Vintage: A Penguin Random House Company, 2015.

[17] FAULKNER WILLIAM. *Soldiers' Pay*. Toronto: Harper Collins Publishers Ltd., 2013.

[18] FAULKNER WILLIAM. *Sanctuary*. New York: Jonathan Cape&Harrison Smith, 1931.

[19] FAULKNER WILLIAM. *Light in August*. New York: Vintage International, 1990.

[20] FAULKNER WILLIAM. *Absalom, Absalom*! New York: Random House, 1936.

[21] FAULKNER WILLIAM. *The Wild Palms*. New York: Random House, 1939.

[22] FAULKNER WILLIAM. *Go Down, Moses and Other Stories*. New York: Random House, 1942.

[23] FAULKNER WILLIAM. *A Fable*. New York: Random House, 1954.

[24] FAULKNER WILLIAM. *As I Lay Dying*. New York: Vintage International, 1990.

[25] FAULKNER WILLIAM. *Snopes: The Hamlet, The Town, The Mansion*: New York:Random House, Inc., 1994

[26] P L A GARVIN. Prague School Reader on Esthetics,Literary Structure, and Style. Washington: Georgetown University Press, 1964

[27] L GWYIN FREDERICK, JOSEPH BLOTNER, eds. *Faulkner in the University*, The Univ. of Virginia Press, 1959.

[28] E HEMINGWAY. *The Old Man and the Sea*. Beijing: Foreign Language Press, 2012.

[29] S HERVEY, I HIGGINS, L M HAYWOOD. *Thinking Spanish Translation*. London & New York: Routledge,1995.

[30] INGE THOMAS. *William Faulkner The Contemporary Reviews*. Cambridge: Cambridge University Press,1995.

[31] INGE THOMAS. *Faulkner 100 Bookshelf*. Tao Jie. *In Faulkner: Achievement and Endurance*. Beijing: Peking University Press, 1998.

[32] S IVES. *A Theory of L iterary Dialect.In William son*. J &V. M. Burke (eds), *A Various Language: Perspectives on American Dialects*. New York: Holt R inehartand Winstrm, 1971.

[33] JENKINS LEE. *Faulkner and Black-White Relations: A Psychoanalytic Approach*.New York: Columbia University Press. 1981.

[34] KACZMAREK AGNIESZKA. *Little Sister Death: Finitude in William Faulkner's The Sound and the Fury*. New York: Peter Lang Gmbh, 2013.

[35] KARTIGANER DONALD M, ABADIE, ANN J. *Faulkner and the Natural World*, Jackson: University Press of Mississippi, 1999.

[36] KLAUDY KINGA. *Explicitation*.In M.Baker(ed).*Routledge Encyclopedia of Translation Studies*.London&New York: Routledge. 1998, p.80-84.

[37] H P KRINGS. "*Translation Problems and Translation Strategies of Advanced German Learners of French* (L2)." In J House & S Blum-Kulka. *Interlingual and Intercultural Communication*. Tübingen: Gunter Narr Verlag, 1986.

[38] LEFEVERE ANDRÉ. *translating literature,practice and theory in a comparative literary context*. New York: The Modern Language Association of America, 1992.

[39] LEFEVERE ANDRÉ. *Translation, Rewriting and the Manipulation of Literary Fame*. Shanghai: Shanghai Foreign Language Education Press, 2004.

[40] R A MARTIN. *The Words of "The Sound and the Fury"*. The Southern Literary Journal, 1999, 32(1): 46-56.

[41] T MATTHEWS JOHN. "The Importance of the Work." In *The Sound and The Fury: Faulkner and the Lost Cause*, 14-19. Twayne's Masterwork Studies 61. Boston, MA: Twayne Publishers, 1991.

[42] MESSERLI DOUGLAS. "The problem of time in The Sound and the Fury: a critical reassessment and reinterpretation." *The Southern Literary Journal*, vol. 6, no. 2, 1974

[43] B MERIWETHER JAMES, MILLGATE MICHAEL. *Lion in the garden; interviews with William Faulkner, 1926-1962*. New York: Random House, 1968.

[44] MICHAELA WOLF. *The emergence of a Sociology of Translation. Michaela, wolf, Alexandra Fukari. Constructing a sociology of translation*. Amsterdam & Philadelphia: John Benjamins Publishing Company, 2007.

[45] C MORELAND RICHARD. *A Companion to William Faulkner*. London, UK: Blackwell Publishing Ltd, 2007.

[46] C MORELAND RICHARD. *Faulkner at 100: Retrospect and Prospect*. Jackson: University Press of Mississippi, 2000.

[47] E A NIDA. *Language, Culture and Translation*. Shanghai: Shanghai Foreign Language Education Press, 1993.

[48] NIDA TABER. *The Theory and Practice of Translation*. Shanghai: Shanghai Foreign Language Education Press, 2004.

[49] NORD CHRISTIANE. *Translation as a purposeful Activity Functionalist Approaches Explained*. Shanghai: Shanghai Foreign Language Education Press, 2001.

[50] G PARSONS, A CARLSON. *Functional Beauty*, Oxford: Oxford University Press, 2008.

[51] PHILIP WEINSTEIN. *The Cambridge Companion to William Faulkner*. Cambridge: Cambridge University Press, 1995.

[52] POLK NOEL. *New Essays on The Sound and the Fury*. Beijng: Peking University Press, 2007.

[53] PYM ANTHONY. *Exploring Translation Theories (Second edition)*. London. New York: Routledge, 2014.

[54] Robert W HAMBLIN. *Myself and the world: a biography of William Faulkner*. University Press of Mississippi, 2016.

[55] RUZICKA WILLIAM. *Faulkner's fictive architecture: the meaning of place in the Yoknapatawpha novels*. New York: Macmillan Publishing Company, 1987.

[56] SHUTTLEWORTH MARK, COWIE MOIRA. *Dictionary of Translation Studies*. Shanghai: Shanghai Foreign Language Education Press, 2004.

[57] A SNEAD JAMES. *Figures of Division: William Faulkner's Major Novels*. New York: Methuen, 1986

[58] SCHWARTZ LAWRENCE H. *Creating Faulkner's Reputation: The Politics of Modern Literary Criticis*m. Knoxville: University of Tennessee Press, 1988.

[59] SNELLHORNBY MARY. *Ttranslation studies: An Integrated Approach*. Shanghi: Shanghi foreign Language Studies Press, 2001.

[60] STEVENSON R. *Modernist Fiction: An Introduction*. Lexington, Kentucky: University Press of Kentucky, 1992.

[61] THERESA M TOWNER. *The Cambridge Introduction to William Faulkner*, Cambridge University Press, 2008.

[62] VENUTI LAWRENCE. *The Scandals Translation: Towards an Ethics of Difference*. London and New York: Routledge, 1998.

[63] VENUTI LAWRENCE. *The Translator's Invisibility: A History of Translation*. London and New York: Routledge, 2008.

[64] VINAY JEAN-PAUL, JEAN DARBELNET. *Comparative Stylistics of French and English: A Methodology for Translation*. Amsterdam & Philadelphia: John Benjamins. 1995, p.342

[65] VIRGINIA V, HLAVSA JAMES. *Faulkner and the Thoroughly Modern Novel*. Charlottesville: University Press of Virginia, 1991.

[66] WASSON BEN. *Count no'Count: Flashback to Faulkner*. Jackson: University of Mississippi Press, 1983.

[67] M WEINSTEIN PHILIP. *The Cambridge Companion to William Faulkner*. Shanghai: Shanghai Foreign Language education Press, 2000.

[68] WELLEK RENEK, WARREN AUSTIN. *Theory of Literature*. London: Lowe Brydone (Printers) LTD, 1949.

[69] WILLIAM FAULKNER. "Nobel Prize Acceptance Speech" in Essays Speeches & Public Letters[C]. New York:Random House, 1965.

[70] W WILSS. *The Science of Translation: problems and methods.* Shanghai: Shanghai Foreign Language Education Press, 2001.

[71] W WAGNER LINDA. "The Sound And the Fury: Overview." *Reference Guide to American Literature*[M], 3rd ed., St. James Press, 1994.

附录一　福克纳作品译著要目

[1]　福克纳. 干旱的九月. 陈茜，译. 南京：江苏凤凰文艺出版社，2014.

[2]　福克纳. 八月之光. 蓝仁哲，译. 南京：译林出版社，2013.

[3]　福克纳. 野棕榈. 蓝仁哲，译. 北京：北京燕山出版社，2016.

[4]　福克纳. 喧哗与骚动. 李文俊，译. 上海：上海译文出版社，1984.

[5]　福克纳. 福克纳随笔. 李文俊，译. 上海：上海译文出版社，2008.

[6]　福克纳. 密西西比. 李文俊，译. 广州：画成出版社，2014.

[7]　福克纳. 押沙龙！押沙龙！. 李文俊，译. 北京：中央编译出版社，2014.

[8]　福克纳. 我弥留之际. 李文俊，译. 北京：北京燕山出版社，2015.

[9]　福克纳. 大森林. 李文俊，译. 北京：北京燕山出版社，2015.

[10]　福克纳. 福克纳演说词. 李文俊，译. 上海：译文出版社，2015.

[11] 福克纳. 福克纳书信. 李文俊,译. 上海:译文出版社,2015.
[12] 福克纳. 去吧,摩西. 李文俊,译. 北京:北京燕山出版社,2016.
[13] 福克纳. 一个旅客的印象. 宋慧,译. 南京:江苏文艺出版社,2013.
[14] 福克纳. 献给爱米丽的一朵玫瑰花. 李文俊,陶洁,等,译. 南京:译林出版社,2015.
[15] 福克纳. 圣殿. 陶洁,译. 上海:上海世纪出版集团,2004.
[16] 福克纳. 坟墓的闯入者. 陶洁,译. 上海:上海文艺出版社,2015.
[17] 福克纳. 福克纳短篇小说集. 陶洁,李文俊,等,译. 北京:北京燕山出版社,2015.
[18] 福克纳. 水汝女神之歌——福克纳早期散文、诗歌与插图. 王冠,远洋,译. 桂林:漓江出版社,2017.
[19] 福克纳. 寓言. 王国平,译. 北京:漓江出版社,2018.
[20] 福克纳. 没有被征服的. 王义国,译. 北京:北京燕山出版社,2015.
[21] 福克纳. 士兵的报酬. 一熙,译. 桂林:漓江出版社,2018.
[22] 福克纳. 村子. 张月,译. 北京:北京燕山出版社,2015.

(注:以上要目不包括再版和复译作品)

附录二 *The Sound and Fury* 各译本要目

[1] 福克纳著、戴辉译：《喧哗与骚动》，北京：印刷工业出版社，2001.

[2] 福克纳著、董刚译：《喧哗与骚动》，芜湖：安徽师范大学出版社，2013.

[3] 福克纳著、方柏林译：《喧哗与骚动》，北京：译林出版社，2015.

[4] 福克纳著、富强译：《喧哗与骚动》，北京：北京联合出版公司，2013.

[5] 福克纳著、何蕊译：《喧哗与骚动》，北京：北京联合出版公司，2017.

[6] 福克纳著、金凌心译：《喧哗与骚动》，北京：北京理工大学出版社，2015.

[7] 福克纳著、黎登鑫译：《声音与愤怒》，台北：远景出版事业公司，1978.

[8] 福克纳著、李继宏译：《喧哗与骚动》，天津：天津人民出版社，2018.

[9] 福克纳著、李文俊译:《喧哗与骚动》,上海:上海译文出版社,1984.

[10] 福克纳著、余莉译:《喧哗与骚动》,哈尔滨:北方文艺出版社,2016.

[11] 福克纳著、曾菡译:《喧哗与骚动》,北京:新星出版社,2013.